穢れを祓って、

# もふもふと幸せ生活

## 2

ありぽん

イラスト

戸部淑

# CONTENTS

# 第一章　僕達と虎魔獣達に起きた出来事

Kegare wo haratte, Mofumofu to Shiawaseseikatsu

それは一瞬の出来事だった。攻撃を受け飛び退いた衝撃で、ハルトが手を離してしまったのだ。すぐに回収しようとしたが、突然上から何かが降ってきて、そしてその何かはハルトの洋服を咥え、俺達から距離をとり。

あの魔獣だ。的当ての演技をしていた魔獣だ。全員がハルトに呼びかける。そっとハルトが目を開けた。何が起こったのか、分かっていない様子のハルト。

何故的当ての魔獣達は俺達を狙う？　いや、まさかハルトだけを狙っている？　すぐにハルトを助けようと動いたが、奴は軽く攻撃をかわすと、柱や縄を足場にヒョイヒョイとテントの上の方に登って行き、それに続くように、先程まで相手をしていた魔獣もそれに続く。

すぐに追いかけようとする俺。しかしここでロイが声をかけてきた。こんな時に何だ!?　俺は急いでいるんだ！

「俺も連れて行け！」

『ダメだ！　邪魔なだけだ！』

奴から目を離さないよう気をつけながら、そう答え行こうとすると、さらにしつこく言ってくる。

「もしハルト様が怪我をしていたら？　俺は少しなら回復魔法が使えるぞ」

確かにハルトが怪我をしていた場合、あいつを倒しても、すぐに回復する者が見つからなかったら？　考えている暇はない。

『振り落とされても、俺は知らないぞ！　乗れ！』

ロイを乗せすぐに奴のいる所までかけ登った。そしてハルトを見れば何か様子がおかしい。気を失っているようだ。早く助けなければ。ここまで来れば、さっきまであった魔力封じの石がない。これなら。

と、その時また奴が動き始めた。今度はテントの頂上付近の布が破れているところから、ハルトを連れて出て行ってしまったのだ。風魔法を使ったが間に合わなかった。

慌てて追いかけて外に出て奴を捜す。勢いよくテントの布を滑り降りている途中だった。俺達もそれに続き滑り降りる。滑りきると少し先に奴は止まって待っていた。そして俺達が滑り降りたのを確認するとまた走り始め。

何だ？　何でそんな変な行動をする？　そう思ったのは俺だけじゃなかったらしい。

「おかしくないか？　何か俺達に、こっちへ来いって言ってるみたいじゃないか？」

ロイまでそう言ってきた。確かにその通りだ。俺達が追いつけば走り出し、また追いつけば走り出す、の繰り返しだ。奴らは何がしたいんだ？　ハルトを狙っていただけではなく、俺達にも用があるのか？

散々追いかけっこし、気づけばいつの間にか街から出てしまっていた。しかしそんな追いかけっこも急に終わりが来た。ある場所で追いかけさせられたあと、奴らは急に逃げるのを止めたのだ。

一定の距離をとり睨（にら）み合う俺達。するとそこに突然、黒い空間が現れたと思った瞬間、その中からサーカス団の団長と、この魔獣達を従えていた女、そして最後にあいつが現れた。そう、スノーを助けた時に、ギルドに現れたあの黒服の男、奴が現れたのだ。

何故あいつがここに居る？　奴はハルトに近づき、ハルトの首に首輪を取り付けた。あれは奴隷の首輪か？

ハルトなら簡単に外せるが、今は気を失っているし、起きていたとして簡単に外してしまえば、それはそれで、それを奴らに見られるのは不味いだろう。

何故ハルトを狙ったのか、ハルトの能力がバレていて、狙ってきたのか、分からないうちは力を使わない方が良い。

と、色々考えていると、男が話しかけて来た。

「主が大事なら、黙って俺について来い。いいか、少しでも変な動きをすれば、このガキは殺す。そして俺に攻撃し殺せば、俺が死んだ事に反応して、この首輪にかけた闇の力でガキを殺すようになっている。お前達は黙ってついて来るしかないというわけだ」

くそっ、ここは付いて行くしかないだろう。

『分かった』

「そっちの男は別に殺しても構わんが、そうだな……、何かの役に立つかも知れん。お前も来るんだ」

言われるまま男の方に行くと、また黒い空間が現れた。この前消えたときの闇魔法とは違う。これはこれで別の闇魔法だ。かなり強い魔法が使えるようだな。

団長が最初に空間に入り、次に俺達が空間に入る。そして着いた場所は火山地帯だった。

・・●・・

「うゆ……」

目がしょぼしょぼ。目を擦って周りを確認します。

『起きたかハルト』

『ハルト大丈夫!? フウとっても心配したんだよ！』

『俺も心配したぞ！』

『『キュキューイ』』

『はると～!!』

「ハルト様良かった、気がついたのですね」

何々？ 僕、起きたばっかりで、よく分かんないんだけど。ていうかここどこ？ 何かとっても小さい部屋に僕達は居るけど。何でこんな所に居るの？

『ハルト、何があったか覚えているか？』

オニキスにそう言われて、何となく重たい感じのする頭を働かせます。確か僕はみんなと一緒にサーカス見ていて。最終日で前よりも迫力のある演技たくさん見たよね。それで最後のフィナーレ見て感動して、そしたら……。

そうだ！　突然大きな虎魔獣が暴れたんだった。それでお父さん達が虎魔獣からお客さん守りに行って。僕達はお母さん達と避難したんだよね。あとは……。何だっけ？

『その後、柱が倒れてきて、他の出口に向かっただろう？』

あっ、そうそう。柱のせいでお兄ちゃん達と別れちゃって、お母さんは別の魔獣が襲ってきたから、その魔獣と戦っていて。

そうだ！　僕達も虎魔獣に襲われたんだ。オニキスが上手く避けてくれていたけど、僕は落ちちゃって。ん？　その後どうしたっけ？

『そこからはさすがに記憶が曖昧か。ハルト、ハルトは小さな虎魔獣に洋服を咥えられて、連れて行かれたんだ。そしてテントの上まで連れて行かれると、ハルトは気を失った』

オニキスはここに来るまでのこと、詳しく話してくれたよ。僕が気を失っているときに色々あったんだね。でも追いかけてきてくれてありがとう。

「こ、どこ？　おうち、とおい？」

『どうだろうな。俺はあの森から、出たことがなかったからな。しかし話だけは聞いたことがある』

ここはお屋敷のある街から、とっても遠く離れた、火山地帯じゃないかって。魔獣もあまり近づかない、いつもどこかで噴火が起こる危険な場所。ここに住んでいる魔獣は、よっぽどのバカか、火や暑さに強い魔獣だけだって。

何で森から出たことがないオニキスが、そんな情報を知っているのかと思ったら、何か昔々に、この森から、オニキス達が住んでいたあの森にきたらしい魔獣が、話をしてくれたんだって。

「オニキスが言っている場所と、私が知っている場所が、一緒かは分かりませんが、私も地図で見たことがあります。昔は時々人が訪れていたようですが、今では人はほとんど、いや絶対に近づかない、とても危険な火山地域があります」

火山地域。へぇ、そんな危険な場所があるんだ。でもそんなに危険な場所なら、僕達こんな所にいたら、暑さで倒れちゃうんじゃ。

「しゅこちだけ、あちゅい」

『俺が魔法を使っているからだ。それから奴らに渡された氷の魔法の石をロイが使って、なんとかここまで涼しくしたんだ。あいつ等も俺達を殺すつもりはないらしい』

そういえばあいつ等って？　僕達をここに連れてきたのは、あの虎魔獣を従えていたあの女の人？　だって命令できるのはあの人だけでしょう？　オニキスにそう聞いたらちょっとだけあっているって言われました。

何と、僕をここまで連れてきたのはあの女の人と、サーカス団の団長さん、それからスノーと出会ったときにお父さん達の前に現れた、あの闇魔法を使う男の人だったんだ。何で団長さんと黒服が一緒に？　それにどうして僕なんか？　もしかしてまたスノーを狙ってきたの？

僕が考えていたら、近づいてくる足音が。オニキスとロイが僕の前に立ちます。僕はスノー達をギュッて抱きしめて、フウとライは僕の肩に乗りました。

『良いかハルト。今からあの黒服が来るはずだ。だが絶対逆らうな、俺に任せておけ。絶対だぞ』

強く言ってくるオニキス。何か様子が変。分かったよ、静かにしているよ。そういえばなんか、首に違和感が……。首に触ろうとした時ドアが開いて、入って来たのは団長と全身黒の洋服を着た男の人でした。

「ようやく目が覚めたか」

団長さんが声をかけて来ます。今までの優しそうな団長さんの笑顔じゃないの。何か嫌だって感じのあの笑い顔。

「話はしたか?」

『今目が覚めたばかりだ』

団長さんの質問に、オニキスが答えます。

「ふん、早く説明して言うことを聞かせろ。出なければ……、アブラム様」

黒服が手を上げました。

『止めろ！　これから説明するんだ!!　お前達がいてはハルトが怖がって話ができない！』

「……早く話をしろ。良いな、お前の主人の命は私が握っているのだからな。それに話がつくまでは食事はなしだ」

黒服が何か物騒なことを言って、団長と一緒に部屋を出て行きました。部屋から二人が出て行って、また僕達だけになると、オニキスが僕の隣に座って顔をスリスリしてきたよ。

『ハルト、そっと首を触ってみろ』

言われた通り、そっと首を触ります。何か首に着いている？　これって!!　僕はバッとオニキスを見ました。オニキスは頷いて、すぐに手を離すように言ってきます。

これってあの首輪？　どうして僕の首に、奴隷の首輪を着けられているの？　早く外さなきゃ。僕が首輪を外そうと魔力を貯めようとしたんだけど、オニキスがそれを止めます。何で？　奴隷の首輪だよ。僕、そんなの着けてたくないよ。

『ハルト。外さないのには理由がある。俺の言うことをよく聞くんだぞ。と、その前にブレイブ、アーサー、スノー、頼んだぞ』

『うん!!』

『『キュキュイ!!』』

三匹揃ってドアの前まで行って何かおしゃべりを始めました。それからオニキスがフウとライを見て頷きます。二人は僕とオニキスとロイの周りを飛びまわって、キラキラした粉を撒いています。

撒き終わったフウがサッて僕の所に戻って来ました。とっても不思議な粉で、落ちたら舞い上がり、落ちたら舞い上がりを繰り返して、いつの間にか僕達を包むようにドームを作ったんだよ。そしてドームが完全に閉まりそうになった時。

『これで大丈夫だよ。良かったね、この粉を持っていて。フウのおかげだよ。ボク一生懸命集めたもん』

『あ〜、ずるいぞ！　オレだって集めてたんだからな！』

ドームの外にいるライが、怒ったところで上の部分が閉まりました。この粉、魔力を使わないのに結界が張れる、妖精にしか使えないとっても珍しい粉だって。

そして粉は、花から作られているんだけど。その花が咲くのは百年に一度咲くかどうかで。さらに咲いている姿を見ることは、奇跡に近いらしいよ。

そんな珍しい花が、何と僕達がいた森に咲いたんだって。しかも一本や二本じゃなくて何百本と。朝、僕が寝ている間に、フウ達が見つけてオニキスに報告して、オニキスが集めておくようにって。二人とも全部の花粉を集めて、少しだけ自分達で持っていて、残りはあの花の入れ物にいれておいたみたい。

その入れ物は森を出る時に、オニキス達がお父さんに頼んで、お父さんの鞄に入れてもらって、今僕の部屋に隠してあるみたいです。とっても珍しい物だからね。

『もし俺が、魔法が使えない状況でも、これなら結界を張れるからな。やはり集めて持っていて正解だった』

色々お話するのに、外に居る見張りにお話聞かれちゃうのはまずいし、声を聞かせないようにオニキスが魔法で結界を張ると、何故か魔力を使ったことがあの黒服達にばれて、すぐにここに来られちゃうし。魔力を使わないこの粉は、ちょうど良いって。

声が外に聞こえない。強度がある。フウとライは出入り自由。しかも何とこの粉、何回か使い回しができるみたいで、良いこと尽くめの結界です。

もし足音が聞こえたら、外に居るライがフウを呼んで、二人でいっきに粉を片付けます。花から粉を取るのは時間かかるけど、粉だけならすぐに片付けられるんだって。

これで安心して話を始められます。僕が寝ていた間の、オニキス達と団長さん達が話していたことを、分かりやすいように教えてくれました。

団長さん達の狙いはロイを除いた僕達全員。スノーは伝説の魔獣だからね。ずっと狙っていたみたい。闇に隠れてずっと僕達のこと監視していたんだ。

それでね、僕がオニキス達を連れて歩いていたでしょう？　街の人達はお父さんがオニキスと契約しているると思っているけど、あの黒服には何故か、僕がみんなと契約しているって気づかれていて。

「お前達と契約できる程の魔力の持ち主だ。俺たちの役に立ってもらう。言うことを聞かなければ首輪で従わせるだけだ」

そう言われたみたい。なら尚更早く首輪外さなきゃ。

『ダメだ。ここを逃げ出して家に帰る方法が、まだ考えられない。今は大人しく言うことを聞くフリをして、チャンスを待つんだ』

「くにわ、やよにぇ」

『それもな、奴はハルトに首輪が効くと思っている。確かに外さなければ効くが、ハルトが外せる事を知っていれば、この首輪は使わずに、別の方法で従わせただろう。他の方法を使われて、完璧に従わなくてはならなくなったら、それこそ逃げられなくなってしまう。ならばそのまま奴らを騙し、逃げる寸前に外した方が、その後動きやすいからな』

そっか。オニキスの言う通りだね。完璧に逃げられなくなっちゃったら大変。もしかしたら首輪で痛い事、苦しい事されるかもしれないけど、でも逃げられなくなる方が困っちゃう。怖いけど、首輪はまだ外さない方が良いね。

『それに、ロイにハルトのことを説明しなければ。急に外してみろ。驚くだろう？』

あっ、そうだ。ロイにハルトのことをあんまり説明してないんだった。黒服のせいで、僕がかなり魔力を持っているのはバレちゃったけど、首輪を外せるくらい、魔力持っているなんて知らないもんね。もしかしたらお父さん達が、僕の護衛のために、もう話している？

『ロイ、これから話すことは、こんな状態でなきゃ話さないことだ。俺はあんまり気が乗らないがしょうがない。これからの作戦を考える上で必要だからな』

ロイが真剣な顔つきで頷きました。

・・●・・

ようやく騒ぎも落ち着いてきて、客の避難誘導が終わる頃、俺、キアルは、部下から報告を受けていた。これだけの騒ぎに関わらず、客にもサーカス関係者にも、大きな怪我をした者が居なかったらしい。

俺はふうと息を吐き、部下にサーカスの関係者を全員集めるよう、新たに指示を出した。今回の騒ぎの原因である魔獣と、それを操っていた女を調べるのは当たり前だが、責任者の団長にもしっかり話を聞かなければ。

　しかし全員集まったと聞き、その場所へ行ってみれば、あきらかに人数が足りていなかった。確認のため集まったサーカス団の団員に聞いたところ、今集まっているサーカス団の関係者の人数は、やはり少なく三分の二だと言う。

　まだザワザワしているため、全員集まって居ないだけかとも思ったのだが……。少し待っても残りの関係者が集まる気配はなかった。

　しかも見回りをしている部下からの報告で、騒ぎの原因の魔獣と、それを操っていた女の姿が、見当たらないと報告をうけ、挙句、団長の姿もないと言うのだ。

　何だ？　何が起こっている？　こういう場合、団長が先頭に立って騒ぎを沈めるのが当たり前なため、集合に遅れるのは分かる。分かるが、これだけ落ち着いてきたのに、どこに居るのかも分からないのはおかしい。

　もう一度団長を捜しに行かせ、魔獣使いの女の捜索もする。その指示を出している最中だった。パトリシアがこちらに走ってくるのが見え、そして近づいてきた彼女の姿に驚いた。

「パトリシア!?　何があった！　大丈夫なのか？　怪我をしたのか？」

　服はもの凄く汚れていて、生地が切れている部分もある。腕と頬に切り傷も付いていた。深い傷では無さそうだが。しかし心配し慌てる俺とは、別の慌て方をするパトリシア。

「あなた、私の事よりフレッドとハルトちゃん見てない!?」

「……何だ？　何があった？」

パトリシアを落ち着かせ話を聞く。そしてその話を聞き、俺は愕然とした。そんな俺達に、向こうの方から俺達を呼ぶ声が聞こえてきて。

「お父さん！　お母さん！」

フレッドがリスターと共にこちらに駆け寄って来た。良かった。フレッドは無事だ。リスターにフレッドとパトリシアを頼み、グレンと一緒にハルトを捜しに行く。

「あなたお願いね!!」

「ああ、もちろんだ!!」

パトリシアが最後にハルト達を見た場所へ急ぐ。テントの中はほとんどが俺の部下と、冒険者ギルドから、事態の収拾を依頼された冒険者だけになっている。その中を全力で移動する俺達。

少しすると、最後にパトリシアがハルトを見た場所が見えたが、その場所は遠くから見ただけでも、かなりの惨状になっていることが分かった。柱が倒れ客席を押しつぶし、おそらくパトリシアが魔獣と戦ってできたであろう、戦いの跡が残っていた。

場所に着き、周りを確認する。ハルトが魔獣に咥えられ、ハルトを咥えた魔獣が上へ向かったところまでは、パトリシアが確認している。その後どこへ移動した？　なんとか上まで登ると、ハルト達の居た痕跡を捜す。

捜しながら今回の事件のことを考えた。そもそもこれは、突然言う事を聞かなくなった、魔獣の暴走による事故だったのか？　もしかしたら、今は行方が分からない、あの魔獣使いの女が、故意にやった事だったとしたら？

「旦那様、あれを見てください!!」

　グレンが指差した方を見る。テントの天井近くにある折れた柱の部分に、見覚えのある物が引っかかっていた。俺は口笛を吹き、外を飛び回って警戒してくれていたルティーを呼んだ。そして引っかかっている物を取って来てもらう。

　引っかかっていた物。それは木でできたおもちゃの剣だった。その剣の柄のところ、そこにハルトの名前の頭文字が付いていていた。

　やはりこのおもちゃの剣はハルトの物。あんな天井近くに？　あそこまで運ばれたのか？　そして天井の生地が破れている所から外に連れ出された……。

「ルティー、匂いを追えるか？」

　ルティーが飛び立ち天井まで行くと匂いを嗅ぎ始めた。そしてひと声「ピュピィー!!」と鳴くと、テントの破れている生地の所から、すぐに外へ出て行く。それを追って、急いで外に出て上の方を見ると、下へ降りて行くルティーを見つけた。

　テントの生地を滑って降りるのは危険なため、すぐに柱をつたい下へ降り、外へ出て先ほどルティーが降りた場所へ向かうと、俺達を待っていたルティーがまた飛び始めた。

　どんどん街の外へ外へと向かって飛ぶルティー。全然止まる気配はなく、気づけば街の外壁の所まで来ていた。

　どこまで追えるか、だが外に出るなら馬で行ったほうが良いだろう。夜の道を徒歩で歩くのは危険だ。門の所に繋いであった騎士の馬を借り、すぐにまたルティーを追いかける。

それにしても本当にどこまで行くんだ？　たまに魔獣の足跡が残っているが、それがオニキス達のものなのかはっきりしない。

しばらく進むと、ようやくルティーが止まり、その場で旋回し始めた。旋回しているルティーの下に着くと、すぐに降りてきて俺の肩に止まる。

「こんな遠くまで来たのか」

「運んでいるのは魔獣ですからね。そして追いかけたのはオニキスです。魔獣を操っていた女も、ハルト様を追いかけているロイも、魔獣やオニキスに乗ってしまえば、移動などすぐでしょう」

その場を捜索したが、何も物は出てこなかった。が、はっきりと地面についた足跡を複数発見した。まずは最初にルティーが旋回した場所に複数の足跡。そして少し離れた場所にまた複数の足跡だ。その足跡の方には複数の人間の足跡と魔獣の足跡が残っている。

「おかしいな」

「そうですね」

「あっちの少ない足跡はオニキス達だろう。あの小さい足跡あれはブレイブ達のだ」

「そしてオニキス達はあちらの足跡の方へ歩いて行った」

確かに足跡はあるのだが、その足跡のつき方がおかしかった。ある一定の場所にしか足跡がなかったのだ。

普通足跡があれば、その足跡はどこかへつながってきているものだ。もちろん時間が経てば消えてしまうが、これだけしっかりした足跡だ。そう簡単に消えるはずはないのに、その場所にしか付いていない。

　少し遠くの方まで足跡を捜したが、先程ここまで来た時に付いていたような、しっかりと分かる足跡はまったくなかった。突然ここに現れ、そして突然消えたというような感じだ。

　そう、もし突然現れて、突然消えたのならば。ハルトとオニキス達は、消える時に一緒に連れて行かれた可能性が高い。

「一体何が。ハルト達はどこへ連れて行かれたんだ」

「こちらの複数の人間の足跡。最低でも三人は関わっていることになりますね」

「狙われたのはハルトか。それともスノーかオニキス達か。あの時の黒服が関わっている可能性もあるのに、くそっ！」

「旦那様、ハルト様達を見つけるにも、一度戻りサーカス団を調査しましょう。この辺りももう少し念入りに調べなければ」

「そうだな、よし戻るぞ」

　街に戻り、テントで俺の代わりに指示を出していたパトリシアに、見てきた事を報告し、おもちゃの剣を渡す。それを見たパトリシアは一瞬とても悲しそうな顔をしたが、すぐにしっかりした顔つきに戻り、そして。

「ハルトちゃん、待っててね。すぐに見つけてあげるから。ね、あなた」

「ああ、そうだな。必ず見つけて連れ帰ろう！」

「そしてハルトちゃんを酷い目にあわせた輩には、私が地獄を見せてやるわ！」

「あ、ああ。そうだな」

「奥様！　私もそれに参加してもよろしいでしょうか！　私もハルト様を攫った輩に、地獄を見せたいのです!!」

いつの間にかビアンカが来ていた。そしてビアンカの格好。すでに準備を整え、左の腰に剣をさし、右の腰には袋が装着してある。あの袋はビアンカが愛用している物で、中にはたくさんの強力な魔法の石が入っているのだ。

「もちろんよビアンカ。私達で必ずハルトちゃんを助けて、誰かは分からないけれど、必ず地獄を見せてやりましょう!!」

確かに俺も、ハルトを連れ去った奴らを許すつもりはないが。犯人を見つけて捕まえ話を聞く前に、連中は殺されそうだな。しかもかなりの地獄を見て。

本心はそれでも構わないのだが、それでは事件の解決にはならないからな。犯人を捕まえ、しっかりと今回の事件の事を聞き、それについてしっかりと処理をしなければ、本当の解決にはならない。

それまで何とか、彼女達が犯人を消さなければ良いが。

・・●・・

どこまで話して良いか分からなかったけど、でもここから逃げるためにも、僕のこと知ってもらうのは大切。僕が話すと時間がかかって、あいつらが来ちゃうかも知れないから、オニキスがロイに、僕のことを説明します。

僕が森にいたこと。そこでオニキス達と暮らしていたこと。色々あってお父さん達と出会ったこと。それから僕の魔力や力のこと。色々話したよ。

話している間、時々ロイは何か言いそうになったけど、最後まで何も言わないで、全部話を聞いてくれました。

それからとっても難しい顔しています。それから寂しそうな、困っているような、何とも言えない顔になったんだ。

何を考えているのかな？　僕ちょっと心配だよ。もし僕のことを気味が悪いって言われたら？こんな子供といたせいで捕まった、って言われたら？　僕はオニキスのしっぽにくるまります。

「りょい、ぼくきりゃい？　きもちわりゅい？」

そう言ったらオニキスがロイのこと怒りました。

『何だ、話を聞いてハルトのことが怖くなったのか？　それともハルトの言う通り気持ち悪いと思って、護衛になったのを後悔したか？』

「ち、違います！　ハルト様!!　そんな気持ち悪いとか怖いなんて考えてません！　ただ聞いていた話よりももっと凄かったもので」

ん？　どういうこと？　オニキスが詳しく聞いたら、何とお父さん、僕やオニキス達のこと全部話していたんだって。

でも僕が今みたいに他の人に力を知られて、ビクビクするといけない、早く護衛に慣れてもらわないといけないって、何も知らないフリをしてくれって、言われていたんだって。

確かに僕そのこと知っていたら、手品があってもあんなに早く打ち解けなかったかも。お父さんの言う通り、今みたいにビクビクしていたよね。

でもお父さん、穢れを祓えることと首輪が外せることまでは、お話してなかったみたい。ちょっと強い魔力を使える子供から、とっても強い魔力を使う、しかもほとんどの人が使えない、穢れを祓う力が使える子供に変わったんだから、そりゃあ驚くよね。

『それで結局、怖い顔や、よく分からん顔をしたのは何でだ？　微妙な顔をしていただろう』

「怖い顔をしたのは謝る。ハルト様、不安にさせてしまい申し訳ありません。オニキス、俺が微妙な顔したのは昔を思い出したからだ。まだ幼いハルト様には、俺のこの話は分からないだろうが」

ロイが話してくれたのは、ロイ自身の話でした。ロイは冒険者学校へ入った時、なかなか優秀な魔力の持ち主だったんだって。大魔法使いになるのが夢だったみたいだよ。

でもロイが学校に入学した年、やっぱり魔力が優秀な可愛い女の子がいました。ロイは入学式で出会った時から、その女の子の事好きになったんだって。

何回もテストや実戦で一緒に審査を受けた二人。ロイは一度もその女の子に勝つことができませんでした。それでも頑張って女の子に勝てたら、ロイは告白する事に決めていました。

でもある日、女の子から衝撃の告白が。

「もう何年も競ってきたけど、あなた一度も私に勝てないんだもの。私弱い男嫌いなの。もう私あなたを待たない事にするわ」

　ショックを受けたロイ。しかもその女の子。卒業してすぐに結婚しちゃったんだって。なんとお菓子職人の人と。理由は大好きなお菓子をその人が作っていたから。

　冒険者も力も関係ないじゃん！　って言う感じでさらにショックを受けたロイ。回復まで力を使えるようになっていたけど、ショックで剣の方に進路を変えたんだって。

　というか、それを思い出して、あんな微妙な顔をしていたの!?　僕の心配返してよ！　なんか僕の特別な力の話を聞いて、何故かそれを思い出しちゃったって。

　もう!!　オニキスもフウもライも、ブレイブもアーサーもじ〜と、ロイを見ています。スノーは何の話をしているか分からなくて、僕の隣でコロコロ転がっていたけど。うん。この話はもうお終い!!

　それで怖い顔をしていたのは、これからのこと考えたからだって。僕の力をあの黒服や団長達が、どれだけ知っているか知らないけど。

　もし僕が色々魔力使って、オニキス達の力も借りて、上手くここを逃げ出せることができても。黒服や団長から他の人に僕の話が伝わって、また別の人に狙われちゃうかもしれないって。

「奴らの態度から、ハルト様の魔力量が多いのは知られているが、穢れを祓える事は知らないだろう。魔力だけが必要という感じだった。お前も分かっていると思うが、穢れを祓う力、その力はどんな力よりも手に入れたいものだ。もしそれが他にも漏れれば……。それを考えたんだ。それであの顔を。不安にさせてすまなかった」

ロイさんが話をしている途中でした。外にいたライが声をかけてきて。

『奴らが来るよ！　フウ早く片付けようぜ』

『うん！』

二人がサァーと、結界のキラキラした粉を片付けます。すぐに結界は片付きました。本当に便利な粉だね。フウが花を見つけてくれたおかげだね。それにそれを集めてくれたライも、花のことを知っていて、集めるように言ってくれたオニキスも。みんなのおかげだよ。

ドアが開いて女の魔獣使いと、小さな虎魔獣が入ってきました。僕、咥えられたのを思い出して、ちょっとだけ震えちゃったよ。オニキスが気づいて、しっぽで包んでくれました。

「ふん、団長が見張っておけってさ。私は見張りなんて面倒なことしたくないんだよ。こいつをここに残していくからね。少しでも変な動きすれば、私に連絡が来るようになってるから、大人しくしてるんだよ!!」

女の魔獣使いはそう言うと、さっさと部屋を出て行っちゃいました。小さな虎魔獣がドアの前でお座りします。じっとみんながそれぞれを見つめました。

少ししてなんとか震えが止まってきた僕。小さな虎魔獣は、ぜんぜんドアの前から動かないし、唸ったり、威嚇したりしてこないんだ。とっても静かなの。それでオニキスのしっぽから少しだけ顔を出した僕。ある事に気づきました。

よく見たら小さな虎魔獣ね、首に見たことのある首輪を着けていて。そう、僕のと同じか、自分じゃ見られないから分からないけど。スノーが着けられていた物と同じ、奴隷の首輪を着けられていました。いま、僕についている首輪も同じやつかな？

「おにきしゅ、くびわ、しゅにょーといちょ。ぼくも？」

『ああ、そうだな。だがあの時よりも首輪にかかっている魔力は強い。あの魔獣のもだ』

そっか、首輪を着けた人の力によって、レベルが変わってくるんだ。ん？　でもそれなら。

「ねぇ、おにきしゅ、おはなち、できりゅかな？」

『やめておけ、あの女の魔獣だ』

「でもありぇ、どりぇいのくびわ」

『……確かにそうだが』

だって強い魔力のかかった奴隷の首輪を着けられているってことは、あの小さな虎魔獣が逃げないように、それから無理やり言うこと聞かせるためってことでしょう？

だって最初から言うこと聞く魔獣だったら、首輪なんて必要ないはず。僕達みたいに契約すれば良いだけだもん。まぁ、僕達は家族だけどね。

あの首輪外してあげられること伝えたら？　もし小さな虎魔獣が逃げたいと思っていたら？　僕、ちょっと怖いけどお話してみようかな。もちろんすぐには首輪を外せる事は言わないよ。

本当にあの女の魔獣使いと一緒にいたいなら、ちょっと近づいただけで、見張りだから唸ってきて、話さえできないはずだしね。僕はそっとオニキスのしっぽから抜け出しました。

そしてそっと、小さな虎魔獣に近づきます。オニキスの話だと、今はドアの前の見張りが誰もいないみたい。結界を温存するチャンスなんだ。

オニキスとスノーが後ろから唸って、僕の前ではブレイブとアーサーが、ボクシングの人みたいなフットワークで跳ねながら、僕を守ってくれているよ。フウとライも僕の肩に乗って、パンチ出しながら守ってくれています。

もちろんロイもね。剣とかは取られちゃっているから、体を張って守ってくれようとしています。みんなありがとう。

だいぶ小さな虎魔獣に近づいた僕。ドキドキする中、そっと小さな虎魔獣に話しかけようとしました。そしたら。

『逃げないなら僕、何もしないよ。痛いこと、苦しいこと僕も嫌いだもん』

そう、小さな虎魔獣の方から話しかけてきたんだ。思わず黙っちゃったよ。まさか向こうから話しかけてくるなんて思わなかったから。

それから小さな虎魔獣は伏せの状態になって、またまたビックリ。え？　見張りなのに良いのかな？　そう思いながら、僕は改めて声をかけました。

「ぼくのにゃまえ、はるちょ」

『うん、知ってるよ。ハルト、僕はマロンだよ』

マロン。クリの名前。そう言えばここにクリってあるのかな？　と、それはいいんだけど。

「まりょん、かわいにぇ」

『ありがとう』

「あにょね、まりょんは、あにょくりょいひとたちのにゃかま？」

『ううん、違うよ。あのね、ハルト。咥えちゃってごめんなさい。でも、僕ああしないと、これのせいで痛いし苦しくなっちゃうから。お父さんもお母さんもなんだよ』

マロンはすぐに伏せの姿勢やめてお座りした後、上手に前足で首輪を触りました。そしてその後は、僕の方に歩いてきてお顔をすりすりして、もう一度ごめんなさいって言ってくれて。それからクウンクウン鳴いたの。ふおぉぉぉ！　可愛い!!　……じゃなくて。

僕は叫びたいのを何とか我慢してマロンに聞いてみました。

「えちょ、しゃわっちぇい？」

頷いたからそっと頭を撫でます。撫でたらその場で伏せをして、次に体を撫でてあげたら、今度はお腹出してゴロゴロ。うう、なんて可愛いの！

撫でるのが止められなくなった僕と、ゴロゴロしっぱなしのマロン。何か虎っていうか大きいワンコみたい。あぁ、癒される。

そんな僕達の間に、オニキス達が割り込んできました。

『お前は何をそんな呑気にしている。そんな奴は放っておけ。俺達を撫でれば良いだろう。それにお前、お前もお腹を出してゴロゴロするなんて図々しい！　さっさと立て！　お前は一応見張りで、俺達の敵だろう』

『え～。僕、ハルト好きだよ。あいつらはとっても嫌な感じがするけど、ハルトはとってもあったかくて、日向ぼっこしてるみたい。僕、本当はハルトに酷い事したくなかったんだもん』

『ハルトから離れてよ!!　それでハルトは僕達の家族なんだからね！　ハルトもフウなでなでして

よ！』

　フウがずいって前に出てきました。

『フウずるい！　オレが先！』

　今度はライ。その後にスノーが続きます。

『『キュキュイ！』』

　ブレイブ達まで僕の頭の上に登ってきて、僕の頭の上の、取り合いを始めました。それを見ていたロイが溜め息。何だこれ？　緊張して損したって。もう、みんなやきもち妬かないの。後でいくらでも撫でてあげるから。

　でも……、うん。この感じやマロンの言っていたことから、やっぱりマロンは無理やり首輪着けられて、苦しい思いをさせられているって分かったね。

　そう言えばお父さんとお母さんって言っていた。詳しく聞かなきゃ。もしここにお父さん達がいて、やっぱり苦しい思いをしているなら、首輪外してあげないといけないし、そしたら逃げるのに、みんなで逃げたら何とかなるかもしれないし。

　僕はマロンに色々聞いてみることにしました。僕がっていうか、ささっと話すためにほとんどオニキスが聞いたよ。

　それで分かったこと。何とお父さんとお母さんは、あの大きな虎魔獣達でした。それで首輪着けられちゃったのは、マロンがあの黒服に捕まっちゃったからなんだって。

　ずっと遠くの森に住んでいたマロン達。そこにある日突然、あの黒服が現れました。それであの黒服は、見たことない闇魔法使って、近くにいたマロンをすぐに捕まえて。それでその時に首輪を着けられたみたい。

見たことない闇魔法とマロンを使って、黒服はマロンのお父さん達脅して、二人にも首輪を着けました。

それからはずっと、あのサーカスと一緒に色々な場所へ行ったらしいよ。それは街だけじゃなくて。森に行ったり海に行ったり、本当に色々な場所。

そしてその時に、他の人が契約している魔獣を無理やり奪って、自分の魔獣にして首輪を着けたり、マロン達みたいに野生の魔獣達を脅して、奴隷の首輪を着けたり。僕みたいな子供を攫って来たのは、今回が初めてらしいけど。

そして今居る火山地帯。ここには最近よく来るようになりました。マロンもよくは分かんないみたいだけど、ここには何かを捕まえるために来たらしいよ。マロンのお父さん達が黒服と一緒に何回も捕まえに来ているって。

後はこの家に、たくさんの黒服が居るってことも教えてくれました。それからサーカス団の人達が少し。

『僕、森に帰りたいんだぁ。それでね、また湖の周りとか走り回りたいの』

マロンがしょんぼりして、そのまま伏せしちゃいました。

『それにね。痛いのも苦しいのも、もう嫌なんだ』

そうだよね。僕はマロンの頭をそっと撫でてあげます。苦しいのなんて嫌だよね。本当に酷い事するよ。でもこれなら、マロンのお父さん達と話ができたら。案外手を貸してくれるんじゃ。

「まりょん、おとうしゃん、ぼくあえりゅ？」

『ハルトに？　たぶん会えるよ。僕の次はお父さんが見張りなの。ハルト会いたい？』

「おはなちしゅる。できりゅ？」

『う〜ん、お父さん、人間あんまり好きじゃないんだ。あの黒服達のせい。でもお部屋帰ったら、お父さんにハルトのこと言っておくね。お話したいって言ってたって』

おお、何とかなりそう。オニキスがマロンに注意します。お父さんに僕の話をするときに、絶対に僕とお話したことを、気づかれないようにって。

もし僕達がお話した事を、それからお父さんと話がしたいってことがバレたら、監視がもっと厳しくなって、さらに苦しい思いするぞって。オニキス少し脅しすぎじゃない？　ほら、しっぽが丸まっちゃったよ。

それから僕は奴らが来るまで、ずっとマロンを撫でてあげていました。マロンね、途中でちょっとだけ泣いちゃったの。僕が捕まったからお父さん達苦しいって。そんな事ないよ。マロンは悪くない。悪いのはあの黒服達なんだから。

女魔獣使いが来る気配がして、マロンはドアの前に、僕達も元の位置に戻ります。そして部屋に魔獣使いが入ってきて、マロンを連れて行きました。最後に一瞬だけマロンが僕達を見てきたよ。マロン、頼んだからね。

それから少しの間、ドアの前の見張り以外、誰も来ませんでした。ちょっと疲れちゃった僕。オニキスに寄りかかりながら、お父さん虎魔獣が来るのを待ちます。

そしてこっくりこっくりこっくり始めた頃、オニキスがばって頭を上げました。

「おにきしゅ？」

『ハルト起きろ、来たようだぞ』

魔獣使いが入ってきた後、一番大きな虎魔獣が、のそのそ部屋へ入って来ました。改めて見ると凄い迫力。思わずオニキスのしっぽに捕まります。

マロンの時と同じで、お父さん虎魔獣だけ残して、女魔獣使いもドアの前の見張りも、誰もいなくなりました。じっとお互いを見つめ合う僕達。最初に話し始めたのはお父さん虎魔獣でした。

『話があるというのはお前か？』

その声は僕にでも分かる、僕達人間に対する憎しみが混ざっている感じの声でした。こう、低くて重たいような。それから威嚇もしてきたから、さらに怖さが増します。でも……。

ここで怯んじゃったら、いろんなチャンスがなくなっちゃう。勇気を出さなきゃ。僕は小さく深呼吸しました。

「えちょ、ぼく、はりゅちょ」

『知っている』

あっ、そうだよね。じゃあ次は、僕が名前教えてもらおう。

「おにゃまえ、なぁに？」

『お前に名乗る名前などない。さっさと用件を言え。その内容によっては、この場で痛めつけてやる』

は？　何でいきなり痛めつけるとか言ってくるの？　やっぱりマロンが言っていたみたいに、本当に人間が嫌いってこと？　もう、それ絶対あの黒服達のせいじゃん。僕は黒服とは違うよ。

威嚇してくるお父さん虎魔獣に、オニキスも威嚇し返します。そんなオニキスを撫でながら、もう一回仕切り直し。最初が肝心なのに、もう躓いているし。

「くびわ、くるちい？　くびわめ！　みんなくびわめ！」

『だからどうした。お前には関係なかろう。いや、お前も首輪をされていたな。我に外せと言っているのか？　それともその方法が知りたいと。そんなものは知らん。話がそれだけならば、大人しく座っていろ』

お父さん虎魔獣がでんっ!!　とドアの前に立ちます。絶対部屋から出さない、変なことしたら殺すぞって感じ。しかももう、話は終わったって感じまで出しています。

ちょっとちょっと、何勝手に話を終わりにしているの。どれだけせっかちなのさ。僕ほとんど話そうとしたこと、話せていないんだけど。

「ぼくちょ、まりょんのかじょく、みにゃでくびわはじゅちて、あのわるいやちゅからにげりゅ？　みにゃくるちいのめ。まりょん、しゃみちそだった。ぼく、まりょんがしゃみちのやだ。みんにゃ、しゃみちいのめ！」

僕がマロンの名前を出したら、虎魔獣が乗り出してきて、更に唸ってもっと威嚇してきたよ。ふお!?　怖い！　僕はサッ！　とオニキスのしっぽに隠れます。

『人間如きが、俺の息子の名前を口にするなど。それに言っただろう、首輪の外し方など知らないと』

そう言って、また元の姿勢に戻りました。この虎魔獣勝手に話を終わらせすぎじゃない？　何かイライラしてきちゃったよ。僕、この首輪外せるんだよ。まあ、絶対とは言わないけどさ。

人間が嫌いなのは分かるよ。だってマロンのことで脅されて、首輪着けられて苦しめられたら、憎くなるに決まっているもん。でもさぁ。

「おはなちきいて！」

『だから話すことなど……』

よし！　ここはちょっと僕が話を聞かない虎魔獣にお仕置き。僕はフウとライ、ブレイブとアーサーに内緒話です。

『うん分かった。ボク得意！』

『オレも！』

『『キュキュイ！』』

みんながお父さん虎魔獣に突進します。虎魔獣は突進したみんなを吹き飛ばそうとしました。ふん！　狭いこの部屋の中ならフウ達の方が小回りきくもんね。でもちょっとだけ心配だから、オニキスに頼んでみんなに結界張ってもらいました。

フウとライが上手く攻撃避けながら虎魔獣の両耳を引っ張って、大きな声でワァワァ騒ぎます。ブレイブとアーサーはしっぽに噛み付いてブランブラン離れません。なんとかみんなを振り払おうとする虎魔獣。

強い風魔法使ってみんなを離すけど、すぐにみんながまた突進します。

『ええい、煩い!!　本当に始末してしまうぞ!!』

『始末だって、ライもっとやっちゃおう！』

『おう!!』

あ〜あ。二人が耳の中の方にまで入って行っちゃったよ。オニキスが嫌そうな顔をしています。前にオニキスもやられた事あるんだ。僕はないけど、あれ、とっても煩いし、その後、頭がガンガンするんだって。

『煩いぞ!!　おい人間、何とかしないか!!』

虎魔獣が何とか二人を出そうとしてゴロゴロ転がります。よし、ここからはまた僕の番。

「おはなちきいてくりぇりゅ？　そちたら、しじゅかにしゅるよ」

『チッ、分かった！　分かったから早く止めさせろ!!』

よし勝った！　僕の所にみんなが戻ってきます。お父さん虎魔獣が怒った顔で、また威嚇しようとしてすぐに止めました。フウ達がまた突撃の格好をしたからね。しゅんってするお父さん虎魔獣。

頭がガンガンするってボソッて言っています。

『ハルト、ここからは俺が話す。その方が早い。いつ奴らが来るか分からないからな』

しゅんとして、不貞寝をしているお父さん虎魔獣に、オニキスが話をしました。そして初めの頃、オニキスの話を嫌々そうに聞いていたお父さん虎魔獣。相槌も、聞き返すこともしなかったけど。

首輪の話をはじめたら、ピクッと耳が動いて。僕、ちゃんと見ていたからね。それでもすぐに、反対側向いて不貞寝し始めたけど。

う～ん。やっぱり信じてもらうのは、ちょっと無理があるかなぁ。もし僕が虎魔獣だったら、突然首輪が外せるって言っても信じないかも。どうしようかな。ここは僕が首輪外すところ見せた方が良いんじゃ。ちょっとオニキス達と相談です。

オニキスに僕の首輪外しても大丈夫か聞いたら、多分なって。こればっかりはこの首輪を着けた人間がどこまで強い魔力を流したかによるみたい。

強い魔力を流せば流すほど、奴隷の首輪にかけられる魔法が多くなるんだって。例えば、首輪に触っただけでビリビリするとか、首輪に締め付けられるとか。

あの黒服がどのくらいの魔力を流したか分からないけど、もし強い魔力を流していて、首輪を外したことが、分かるようになる魔法をかけていたら。すぐにここへ来られちゃって、大変な事に。

どうしようか考えていたら、のそのそお父さん虎魔獣が僕達の方に歩いて来ました。

『首輪は外しても、奴にはバレんぞ』

「なぜそれが分かる？　首輪を外したことのないお前が」

『……奴らは今、いつもの話し合いに行っている。しばらくは帰ってこないだろうからな、今のうちに話をしてやる。どうもお前達の話は本当のようだからな。本気で首輪を外そうとしている。それにその小さな人間はとても温かく、マロンの言った通り、日向ぼっこをしているようだ。そのような人間が、悪い人間とは思えん』

お父さん虎魔獣は僕の隣に座って、そして寄りかかってきました。何？　急にどうしたの？

『近くにいると、気持ちが良い』

ちょっと、もし僕が敵だったらどうするの？　それにあれだけ威嚇していたのに、変わりすぎじゃない？　はぁ、まぁ、良いか。何か今は力が入ってない感じ。マロンのこととか、黒服に手伝わされている仕事とか、きっと疲れているんだろうな。そんな感じがしたんだ。

僕が体を撫でてあげたら、ゴロゴロ喉鳴らしていました。オニキスが何か言おうとしたけど、僕がオニキス見たら黙っていてくれたよ。フウ達もね。ロイはハラハラしていたけど。

ここに来たのは最近。それまではどこかの森に、やっぱりこういう家があって、そこを中心に生活していたみたい。もちろんサーカスで色々な街に行きながらね。因みにお父さん虎魔獣達が捕まった時には、もう団長達は居たんだって。

それから出入りしている人達も多いって。同じ人間ではないのかってオニキスが聞いたら、みんな魔力の感覚が違ったから別人だって。黒服達って、どれだけの集まりなんだろう？

そしてサーカスで街を訪れては、僕みたいに魔獣と契約している人を捕まえて、その魔獣を奪って。反抗する人間は団長や黒服、黒服の仲間が殺したって。他にももちろん、移動している最中にも、目を付けた人間から魔獣を奪っていたみたい。

それだけじゃないよ。マロン達みたいに、森で生活している、野生の魔獣達もどんどん捕まえて、奴隷の首輪を着けました。だから今この建物には、無理やり従わせられている魔獣さん達がたくさんいるんだって。

そしてここに来たのは、ある生き物を捕まえるためでした。それでその生き物を捕まえに行ったとき、色々あったみたいなんだけど。それはまさかの生き物でした。

黒服達が捕まえようとしているのは、ドラゴンだったんだ。まさかのドラゴンだったよ。思わずドラゴンについて聞きたくなった僕。でも今はそんな時間ないからね、お父さん虎魔獣の話をそのまま静かに聞きます。

お父さん虎魔獣達がここに来た頃、お父さん虎魔獣達みたいに、無理やり従わされている仲間の魔獣の中に、強い闇魔法を使う、とってもとっても小さな小鳥魔獣がいました。

それでその小さな小鳥を、黒服は自ら連れ歩いていて。魔獣を捕まえるとき、その小鳥魔獣が魔法で捕らえていたんだって。

勿論ドラゴンを捕まえる時もその小鳥魔獣は黒服と共に、ドラゴンの所へ。

でもね、なかなかドラゴンを捕まえることはできませんでした。

それどころか一日目も二日目も、ドラゴンに近づくことさえできませんでした。

そして三日目、黒服がその日だけついて来ませんでした。誰かに呼ばれてどこかへ行ったんだって。だからその日は見張りの黒服とドラゴンの下へ。

その日、小鳥魔獣はとっても調子が悪くて。ずっと黒服にこき使われていて、体も魔力もボロボロだったの。

いつもみたいに戦いながら、ドラゴンを捕まえようとするお父さん虎魔獣達。ドラゴンだけじゃないよ。ドラゴンと一緒に暮らす魔獣達とも戦います。

でもその時、突然お父さん虎魔獣達に声をかけてくる人？　ううん、ドラゴンが。ドラゴンがお父さん虎魔獣達だけに分かるように念を送って来ました。お父さん虎魔獣達や小鳥の首輪を外してくれるって。

でもお父さん虎魔獣達の首輪を外せば、それに気づいた黒服が、直ぐに戻ってくるかもしれないって伝えると。じゃあボロボロで穢れに取り込まれる可能性がある小鳥だけでも助けようって。

それを聞いたお父さん虎魔獣達は、ドラゴンに小鳥を託すことに。一番小さい小鳥魔獣を、みんな前から助けたいと思っていたんだ。

お父さん虎魔獣達がドラゴンに攻撃するフリして、ドラゴンがその隙に見張り二人を一瞬で倒しました。すぐにドラゴンが小鳥の首輪を外します。首輪を外してもらった小鳥はその場にぐったりと倒れました。

そして見張りを殺しても、小鳥の首輪を外しても、すぐには黒服は来ませんでした。それに安心したお父さん虎魔獣達。でもそれよりもビックリすることが起こりました。上空からね、とても輝く炎が近づいて来たんだよ。

『まさか!?』

そこまで話を聞いて、突然オニキスが叫びました。ビックリしたぁ、いきなり何？

『いつぶりだ？　我々の前に現れたのは』

『どれくらいだろうか。数百年くらいだろうか』

何々？　そんなに珍しい鳥なの？

『ハルト、その鳥の名はフェニックスだ。とても珍しい、魔獣や人、すべての生き物を幸せにすると言われている伝説の鳥だ』

えええ〜!?　この世界にはフェニックスまでいるの!?　まあ、ドラゴンが居るんだから、いてもおかしくないと思うけど……。

フェニックスは小鳥の前に降り立つと、すぐに小鳥を癒し始めたんだ。その間にも黒服は来る様子はなく、ドラゴンは何匹かまとめて首輪を外し始めました。

順調に子供魔獣達の首輪を外すドラゴン。ただ、なかなか小鳥は良くなりません。それだけ小鳥の状態が悪かったってこと。

そうしているうちに、首輪を外していない子供魔獣はマロンだけに。でもその時、突然何の前ぶれもなく黒服が現れたんだって。いつもだったら闇が現れて少し経つと、その闇の中から現れるのに、闇と同時に現れたって。

黒服はお父さん虎魔獣達を見て驚いた顔をしました。でもすぐに首輪を発動させて、お父さん虎魔獣達は首輪のせいで苦しみ始めます。それから黒服の後ろから別の黒服達が何人か現れて、首輪を外した魔獣を捕まえ始めました。

もちろんあの黒服は、小鳥も捕まえようとして、そしてフェニックスに気づいて、黒服はニヤッと笑いを浮かべました。

首輪のせいでまた戦い始めるお父さん虎魔獣達。そのせいで、小鳥達の周りは大混乱です。フェニックスは小鳥の治療を続けたけど、黒服達のせいで思うように治療できないでいました。

と、黒服が隙をつきフェニックスと小鳥を攻撃しました。フェニックスは攻撃が当たる寸前に避けて、小鳥のことも守ろうとしたんだけど、少しだけ小鳥に攻撃が当たっちゃって。そしてそれは起きました。

黒いモヤモヤが小鳥に纏わりついて、小鳥はとても苦しみ始めたんだ。そう穢れが小鳥を取り込んだの。穢れはこの前のオニキス達みたいじゃなくて、すぐに小鳥の意識をなくし、意識のなくなった小鳥はみんなを攻撃し始めました。黒服も、首輪を着けている魔獣も、そうじゃない魔獣も全員です。

強い力を持っていた小鳥に取り付いた穢れは、物凄い力になっていて、誰も、黒服達も手が出せず、全員がやられると思ったって。

でもこの時、フェニックスが小鳥を挟むように立ちはだかって、そしてドラゴンと二匹で小鳥の穢れを祓い始めました。ただ二匹の力でも、なかなか穢れは祓えなくて。それでも二匹は諦めずに、祓うことをやめません。

そしてついに小鳥の穢れを祓うことに成功しました。地面に落ちる小鳥。その小鳥をたまたま近くにいた妖精が癒してくれて。そのおかげですぐに小鳥は意識を取り戻して、少しだけど元気になりました。でも……。

祓った穢れは完全に消えることなく、今度はドラゴンとフェニックスを襲っていました。小鳥が慌てて二匹に近づこうとします。これを見逃さなかった黒服達も近づこうとして、でもそんな黒服を、ドラゴン達の仲間が防ぎました。

穢れがドラゴンやフェニックスを襲うなか、ドラゴン達は小鳥に逃げるように言って、フェニックスが小鳥魔獣に結界を張りました。小鳥魔獣がお父さん虎魔獣達の方を見ます。お父さん虎魔獣達が頷いたのを見て、小鳥魔獣は泣きながら飛び立って行きました。

こうして小鳥は助かったけど、その後はドラゴンもフェニックスも、穢れに苦しむことに。そしてそんなドラゴン達を狙っている黒服達。ただ仲間の魔獣達が、更に一致団結して守っているみたいで、今は何とか黒服達の手には落ちてないって。

それからお父さん虎魔獣達の方は、また捕まっちゃった子供魔獣を脅しに使われて、首輪で従わせられているって。

なんて奴!! そんな酷いことするなんて!! ん？ でもそれと僕が首輪外すのと何の関係が？

『奴がドラゴンが首輪を外した時、すぐに来なかったという事は、首輪には首輪を外した時に、それが黒服の分かる魔法は付いていないという事だ。おい、その後首輪を着けられたとき、何か今までと違うような魔法を、首輪に着けていたか？』

『いいや、今まで通りだ』

『ならばハルトが首輪を外しても、奴は気づかない。これならば何とかなるかも知れないぞ。ただ……、お前達にも手伝ってもらえればだが』

オニキスがお父さん虎魔獣の方をじっと見ながら、そう言った時でした。突然どこからか声が聞こえて来たんだ。

『……だ。はや……、きに。……、……だ』

とっても苦しそうな声。僕も苦しくなっちゃうくらい。あれ？　これスノーの時と似てない？

僕はスノーを見ました。スノーはキョロキョロしていたと思ったら、僕の所にフラフラくっ付いて来て、グタッてしちゃったよ。

『はると、ぼく、ちょっとくるしいの。それにこえきこえる』

やっぱり！　これこの前と一緒だ！　スノーと僕の波長があった時と。きっと僕とスノーと、この人も波長が合う人なんだ。

ん？　人？　魔獣？　波長って、本当に時々合うみたいだけど、人とでもなるのかな？　それとも魔獣だけ？　まぁ、それは、後で確かめられるはず。

それよりも、僕もスノーもちょっと苦しいけど、スノーの時よりは平気かも？　まだあれほどまで、酷い状況にはなってない？

僕達を見て、オニキス達が心配して、僕達の事をみんなが囲んできました。それでオニキスに、声が聞こえた事と、ちょっと苦しいって報告をしている時、また声が。

『だ……。……も……じか……ない』

何？　よく聞こえない。でも最後のところ、時間がないじゃないかな？　何の時間がないの？

よく聞こえないこともオニキスに言ったら、スノーの時よりも距離が離れているんじゃないかって。僕達と声の人物が遠いから聞こえにくいって。そうなのかな？　でも、この火山地帯のどこかにはいるんだよね？

僕達の様子を見ていたお父さん虎魔獣が話しかけてきました。

『波長が合ったか。もしかしたら……、おいそこの』

『俺の名前はオニキスだ』

『何でも良い。それよりも、そこの子供が首輪を外せるのは本当なんだな？』

『……ああ、本当だ』

『そうか……。おい、我に考えがある。が、おそらくお前も同じような考えだろう。だから二人だけで話がしたい。話をするのはお前が一番早いからな。人間の大きい方に子供を見させておけ。奴らが戻って来る前に話をつけるぞ』

オニキスは頷いて、僕達にどれくらい具合が悪いか聞いて来たよ。大丈夫って言ったんだけど、フウ達に言って花の粉の結界張ってくれました。そしたら具合の悪いのがちょっと治りました。オニキスの結界と一緒だよ。

でもまた粉使わせちゃってフウ達に見張りさせてごめんね。みんなだって不安なはずなのに、気合入れて見張りをしてくれています。

オニキスは大事な話を聞かれても困るって言って、粉があって良かったって言っていたけどね。それからお父さん虎魔獣と、コソコソ話し始めました。

・・●・・

『あの二人は、完璧に波長が合っているようだな』

『ああ。それで今、ハルト達と波長が合ったのは、あの二人のうちのどちらかだろう？　まぁ、お前が確認しただけになるが、苦しんでいるのは、あの二人だけなのなら』

『おそらく。我が知っている限りではな。だがハルト達が感じている苦しさ、声の大きさ、そしてここからの距離を考えれば、間違いはないだろう』

チッと俺、オニキスは、舌打ちをした。おそらくドラゴンかフェニックスのどちらかが、ハルト達と波長が合ったんだ。なんて面倒くさい者と。大体何で、そうそう波長が合うんだ、波長が合うのは本当に珍しいことなのに。

本来なら、一生のうちで一回あるかないかだ。それが短期間に、これで二回目だぞ。大体どうして俺じゃない!!　それが一番問題だ!!

と、少し話がそれた。この建物の事と、外の様子を聞かなければ。ハルトが元気なうちにここを出なければ。そしてあの屋敷に戻って、もしまだ危険がありそうなら、俺達の最初の家でも良い。とにかくハルトを安全な所へ。

話を聞けばここは火山地帯の、比較的入り口に近い所だということが分かった。ここに着いた時、なかなかの熱量だと思ったが、入り口付近だったとは。

そしてドラゴン達がいるのは、ここからさらに火山地帯を奥に入った所、中間くらいの場所に居るらしい。中間と言っても火山地帯がかなり広いため、距離的にはかなりあるようだ。

黒服がなぜ魔獣を捕まえ従わせたり、人の魔獣を奪ったりするのか、その理由は分からないらしい。

ふん。それについては、ここから逃げ出して安全な場所へ行ったら、報復させてもらう。

『さて、一番大事なことを確認するぞ。ハルトがここから逃げて、火山地帯を抜けて安全な場所に行くのは、どれくらい危険だ？』

『ただ逃げるだけなら、お前がいる。火山地帯の入り口にはすぐに行けるだろう。だが我もそれ以上は行った事がない。そこからどこへ逃げれば良いか、どこが安全なのかは分からん。それに隙をついてここから逃げたとして、黒服達の邪魔が入らない、という事は絶対にないだろう』

まあそれはそうだろう。首輪を外していくら気づかれないように外に出ても、簡単に逃げられる訳がない。虎魔獣が知らない対策が取られていてもおかしくない。逃げ出した時、どれだけ早くここから離れることができるか。それが大切だ。

それに、それ以外にも問題がある。俺はチラッとハルトを見た。もし今、波長が合っているドラゴンかフェニックスを助けると言い出したら。言い出したらというか、必ず助けるとハルトは言ってくるだろう。

そうなれば上手く逃げ出せても、それで時間を取られてしまって、黒服に追いつかれ捕まり、またここへ連れ戻される可能性がある。

まあ、魔獣達の首輪を外しておいて、そいつらが手伝ってくれれば、対抗できるだろうが。はぁ。それもこいつに聞かなければ。

『お前達は、俺達にどれだけ手を貸すつもりがある』

『我は手を貸しても良いと思っている。黒服から完全に逃げることができるまで。マロンがあの子供を気に入っている。我がここにくる時、絶対にあの子供を怒ったり、威嚇したりするなと言われていたのだ』

『あの子供ではない、ハルトだ。それにお前、ハルトをだいぶ威嚇していただろう』

『まぁ、それは……。最初はマロンの言っていることが信じられず、部屋に入ってすぐに、ハルトのあの温もりには気づいたが、様子を見ようと思ってな。すまん』

こんなに素直に謝られるとは思わなかった。まさかこいつらも、ハルトと家族になると言い出さないだろうな？　ハルトは魔獣や妖精を惹き寄せる、匂いかパワーでも出しているのか？

『じゃあハルトが首輪を外せば、お前達は手伝ってくれるんだな』

『他の魔獣には戻ったら聞いてみるが、おそらく大丈夫だと思う。が、ただ、他の魔獣の中には、自分の子供を優先して守りに行く者も居るぞ』

まぁ、それはそうだろうな。その辺も含め、本当だったら、一度全魔獣が集まって話ができれば簡単なのだが。俺が考え込んでいると。

『いいか、きっと時間的には、あと二日後の昼頃までだぞ』

『は？』

昨日、黒服達が話していたらしい。二日後の昼頃、別のもっと大きいアジトへと移動する、そしてそれまでに色々片付けろ。奴らはこいつらに聞こえないように話していたらしいが、こいつは他の魔獣の何十倍も耳が良いらしく、それで聞こえたと。

普段はあまりに色々聞こえすぎて、煩すぎるため、自分で上手いこと力を使い、聞こえないようにしているようだが。黒服達が居る時は、情報を手に入れるために、ずっと聞こえる状態にしていると。それから、そういう魔獣の仲間が、ここにはもう一匹居るらしい。

大きいアジト……。そこはどこにあり、どんな場所なのか。ただそこへ連れて行かれたら、逃げるチャンスは限りなく少なくなる気がする。そうなればハルトは……。ハルトが苦しむことが待ち受けているはずだ。

『おい。お前はあと何回この部屋の見張りに来られそうだ』

『後二回程だ』

『よし。これから言うことを、他の魔獣に伝えて答えを聞いてきてくれ。他の魔獣が来るようなら、そいつに頼んでも良い。本当はお前が一番良いのだが』

まずはハルトが首輪を外す。これは絶対だ。その後の事だ。どれだけの範囲の首輪を一斉に外せるか。しかし首輪が外れても、すぐに子供達を助けるために動くのは待ってもらう。

かなり魔獣がいるからな。一斉に動けばバレる可能性の方が高い。俺達が上手くここを抜け出してから、各自行動を開始してもらおう。が、その合図が問題だが。

『それならばさっき言った仲間をここに残そう。あ奴はかなり遠い距離でも、声を聞くことができるから』

それは丁度良い。まずはここまで簡単に伝えてもらい、他の魔獣達の了解を得なければ。その後の作戦も何もあったものではないからな。

その時フウ達が動き始めた。魔獣使いか黒服が来たのだろう。結界がなくなり少し具合が悪そうなハルト。待っていろ、ハルト、必ずお前だけでも無事に。

・・●・・

お父さん虎魔獣が女魔獣使いに連れられて、戻って行きました。見張りの虎魔獣が居ないから、今はドアの前に見張りが立っています。

フウ達が様子探りながら、もう一回結界、花結界を張ってくれようとしたんだけど、でも、大切な花の粉。もったいないから今はいいって言いました。具合悪くない？　って凄く心配してくれています。

さっきまでちょっと気持ちが悪かったけど今は平気。誰かの声も聞こえません。スノーも同じで、今は元気になりました。

あの声、誰の声なのかな？　でも少しでも声が聞こえるってことは、近くに居るってことだよね。だってスノーの時もそうだったでしょう？

会話できるくらい近くに行けたら、何で苦しんでいるか聞けるんだけどな。それでももし、僕が手伝えることがあれば手伝ってあげたいんだけど。もう一回声聞こえないかな？

僕がそんなことを考えていたら、オニキスがジッとこっちを見ているのに気づきました。目が合うと溜め息つかれちゃったよ。え？　何？

よく分かんないけど、そうだ、さっきお父さん虎魔獣と、どんな話をしたか聞きたいな。あっ、でも今はドアの前に見張りがいて、花の結界張ってないから、話を聞かれちゃうかも。う〜ん。

またまた考え込んでいる僕を見て、またまたオニキスが溜め息。もうなんなの？　オニキスが近寄って、僕の顔に自分の顔をスリスリしながら言いました。

『次にここへくる魔獣は誰だろうな。また威嚇されるかも知れない、今は少し休め』

話は気になるけど、オニキスがそう言うなら。僕はオニキスに寄り掛かります。フウ達もみんなくっついてゴロゴロ。

オニキスはロイにも、少し寝るように言いました。自分が警戒しているから体力の回復と温存の為にって。そんなこと言って、オニキスはいつ休むのって聞いたら、なんとオニキス二十日くらい寝なくても平気なんだって。凄いねぇ。

それに少し横になるだけでも、かなり体力は回復するみたい。だから僕達と一緒に休んでいれば大丈夫だって。

疲れていたのかな。僕はゴロゴロしながら、いつの間にか寝ちゃっていました。

『……ルト、ハルト起きろ。見張りが来る。奴もな』

オニキスに言われて起きたんだけど、寝ぼけて最初ここがどこなのか分かんなくなっていた僕。ブレイブがしっぽで、僕の顔をバシバシ叩いて起こしてくれました。ちょっと痛いんだけど。まあ、目は覚めたけどね、でもそれあんまりやらないでね。

目が覚めた直後、黒服と女の魔獣使い、それから虎魔獣の三匹のうちの、最後の一匹が部屋に入って来ました。赤い首輪をしていた虎魔獣です。

「それで話はついたか」

　ロイが代表して話します。

「ハルト様はまだ幼いのだ。そう簡単に話が理解できるとでも」

「ふん。まぁ良いが、あと少しすれば、お前はもう用済みになるだけだ。それまでに話をつけ、逆らわないようによく理解させておく事だ」

　それだけ言ってさっさと出て行っちゃったよ。誰も居なくなって虎魔獣がオニキスに頷きます。それを見たオニキスがフウとライに花結界を張るように言いました。フウ達がすぐに結界張ってくれて、ブレイブ達と一緒に見張りに立ってくれます。

『あの人から話聞いたわ。みんなで奴らの隙ついて、話し合いも終わらして来たのよ。計画を実行するなら早い方が良いって、あの人言うから。と、その前に』

　虎魔獣が僕の方に近づいて来て、伏せしながら座っている僕の膝に顎乗っけてきました。

『ハルト、ごめんなさいね。こんな怖い目に遭わせて。それからマロンのこと。あの子のこと安心させてくれてありがとう。あの子、部屋に戻って来てから、いつもより元気になっていてビックリしたわ。でもそれがハルトのおかげだって分かって、マロンを元気にしてくれる、そんな良い子を攫って来てって、本当に悪いことしたと思ってたの』

　虎魔獣はマロンのお母さんだったよ。うん。お母さんって感じ。かなりすまなそうに謝るお母さん虎魔獣の頭を撫でます。すぐに喉がグルグル言いました。

　その後はすぐに自己紹介。僕達が名前言った後、お母さん虎魔獣の名前聞きました。お母さん虎魔獣の名前はラナ。お父さん虎魔獣の名前はガーディーでした。そう言えばお父さん虎魔獣に名前聞くのを忘れていたよ。

名前だけ言ってすぐに話し合いが始まります。オニキスがさっき休めって言ってくれたおかげで、今の僕は頭がスッキリ。しっかり話が聞けるよ。

『結論から言うわね。みんなあなたの作戦に従うそうよ。ほとんど家族で捕まってる魔獣が多いから。子供達を今度こそ、この苦しみから解放したいのよ。家族がいなくて、一人で捕まってる魔獣達も、私達にとってはもう、家族みたいなものだしね』

『そうか。なら、次は細かい計画を話す。それを伝えてもらい皆が了解すれば、作戦開始だ。が、問題は……』

オニキスが僕のこと見ました。今度は何？　さっきもそうやって見てきて、溜め息ついていたけど。

『あの人もそれを気にしていたわ。ハルトは優しい子だからと。あの人、少ししかハルトと居なかったのに、もうハルトにメロメロなのよ。下手したらマロンより酷いんじゃないかしら』

それを聞いたオニキスが、なんとも言えない顔をしていました。ガーディーお父さんが僕のこと好きになってくれたこと、それが嫌だって顔です。

良いじゃない、僕のこと気に入ってくれているんだから。僕は嬉しいよ。でも後で撫でてあげるから、今は機嫌を直して。

オニキスが僕の前に座ります。嫌な顔からすぐになんか真剣な顔に戻って、僕を見てきました。

本当に真剣な顔。え？　僕、何かしちゃったかな？　静かにオニキスが話し始めました。

『ハルト。さっき聞こえた声だが。ここから逃げたら、助けに行きたいと思っているだろう？』

うっ、やっぱりバレてた。僕、言葉に詰まっちゃった。そしてオニキスはやっぱり溜め息、ロイまで溜め息をついていたよ。

だって苦しんでいるんだよ。せっかく僕とスノーに声が届いて、もしかしたら僕達に、何かできるかも知れないじゃない。苦しいのをとってあげられるかも。あっ、もし穢れだったら、僕が祓ってあげられるし。

僕がゴニョゴニョ言っていたら、オニキスが凄い溜め息ついたんだ。

『はあぁぁぁぁ～』

そんな面倒くさいもの見る目で見ないでよ。オニキスの隣でラナが笑っています。

『本当にあの人が言った通りの優しい子ね。じゃあ、それも含めて、私達の考えを伝えるわね』

お母さん虎魔獣が、しっかりと座りました。だから僕もしっかり座り直して。

『ハルトにオニキス。私達は貴方達の言う計画に従うわ。それからハルトが助けたがってる相手のことだけど、私達からもお願いしたい、もし助けられるのなら、彼らを助けてあげて。私達を助けてくれようとした、とても良い人達なの。もちろんオニキスがハルトを危険に晒したくないことも分かってる。だからハルトがその人達を助けてくれている間、必ず私達がハルトを守るわ。命に替えてもね』

待って待って、命に替えてもって。そんな事をしちゃダメ。もしそんな事になったらマロンどうなるの？　マロンとっても悲しむじゃん。ガーディーだって。僕が慌てていたらラナが続けます。

『それにハルトがその人達を助けてくれれば、こちらは戦力がドンッと上がって、ここに居る悪い奴らなんか、一瞬で倒せるわ。オニキスも分かっているでしょう。ただ逃げるだけじゃだめだって。他に仲間がどこにいるか分からないけど、ここに居る黒服達やサーカス団の人達は、倒せるなら倒さないとって』

『……ああ』

そうなのオニキス？　と、それも気になるんだけど、別にも気になることが。ラナの話を聞いていると、僕に聞こえた声の相手のこと、ラナはその相手が誰なのか、分かっているみたいな感じだけど。もしかして……。

僕はオニキスの顔見ました。ふいって目を逸らすオニキス。ちょっと、本当に相手が誰だか分かっているの？

『ハルト。ハルトが声を聞いた人達がどこにいるか、私達が案内できるのよ』

おおお！　やっぱりそうなんだ！　まさかの展開。じゃあここから出られたらすぐに助けに行けるじゃん。

ん？　僕が助けられるってことは、やっぱり苦しんでいる原因は穢れ？　もう完璧じゃん。

「おにきしゅ、たしゅけいく。みにゃ、まもっちぇくりぇりゅかりゃ、だいじょぶ」

『はぁ、お前が助けに行くって言うのは分かってたから、なるべくだったらどこにそいつらがいるか分からないと言って、さっさと逃げようと思っていたのに。どうしてそうお前は、面倒くさい方に行こうとするんだ』
『あら、それがハルトの良いところなんでしょう。そしてそんなところが貴方は好きで……。しっぽふりすぎじゃない』
あっ、本当だ。オニキスしっぽブンブン振っているよ。えへへ。なんか僕、嬉しくなって、オニキスに抱きついちゃったよ。
オニキスはまたまた盛大な溜め息を吐いて、じゃあこの後の作戦の説明をするって、真面目な顔して言いました。でもしっぽはブンブン振ったままだったよ。

# 第二章 突然の作戦開始

それから数回、見張り交代と共に、ガーディーとラナと、話をすることができました。だからかなり詳しく計画の話ができたみたい。その辺は僕にはあんまり。邪魔して話が終わらないといけないから、僕達小さい子組は、静かにしていました。

後、僕がここに来てからどのくらい経ったのか、僕やロイには分からなかったけど、オニキス達は感覚で分かっているみたい。今は二日目の夜だって。

オニキス達が僕のこととっても心配してくれています。ここに来て口にしたのは、サーカス団員と黒服の手下？　が持ってきた、リンゴくらいの大きさの木の実が六個だけ。

トイレはオニキスのおかげで問題ありません。浄化してもらえたからね。でも僕、ちょっと疲れてきちゃったんだ。

それにたまに声が聞こえてきて、具合悪くなったりして。フウ達が花結界張ってくれているけど、作戦会議するのに大切な結界。あんまり何回も使うと、粉なくなっちゃう気がして止めてもらったの。オニキス達は大丈夫だからって言ったけどね。もしかしたらってこともあるでしょう。

スノーも苦しいのにごめんね。僕は具合が悪くなると、スノーのことを撫でてあげて、何とか我慢してもらっています。

そんな感じで待つ僕達。次にガーディーお父さんかラナお母さん、マロンかその他の魔獣が僕達の所に来るときには、いよいよ計画の最終確認だと思っていた僕。でもそれは突然でした。

「いいか！　見張っているんだぞ!!　もし何かあれば分かっているな!!」

大きな声と凄い勢いで、部屋に入ってきたのは黒服の手。そしてその手下に連れてこられたガーディーお父さん。手下はガーディーお父さんを部屋に入れると、さっさとドアを閉めて行っちゃいました。オニキスがすぐに、フウ達に花結界を張らせます。

『何だ？　何かあったのか？』

『分からん。が、今だ。黒服の数もサーカス団の連中も数が異様に少ない。ハルトがどれだけ離れた仲間の首輪を外せるか分からないが。取り敢えず試すなら、今がその時だ。そして首輪がちゃんと外せるようなら、すぐに計画を実行した方が良い。もしかしたらこれが動ける最後のチャンスになるかも知れん』

え？　何々？　何が起こっているの？　ガーディーお父さんが、自分達が閉じ込められている部屋と、他の魔獣が閉じ込められている部屋の場所を教えてくれます。

ここから一番遠い、大きな部屋に入れられているのが、マロン家族と魔獣が閉じ込められている部屋。そして僕達がいる部屋とマロン家族達がいる部屋の、ちょうど中間くらいにある部屋が、もう一つの魔獣達が閉じ込められている部屋だって。

ガーディーお父さんが、自分の毛の中から体を揺らして紙を取り出しました。へぇ、随分器用に入れられるねって感心していたら、早く見ろって急かされちゃったよ。

紙は、サーカス団が街に来たよ、って知らせるためのチラシでした。サーカス団が街に来たときに、掲示板や壁に貼ってあったやつ。

その絵の中のある部分を、ガーディーお父さんが大きな前足で指します。ん〜？　どれ？　ウサギと犬とサル。どれのことを指しているの？

『このブリザードモンキーが分かるか？』

モンキーってことは、このサルのこと指していたんだね。前足が大きいから何種類も指しているように見えるんだよ。でもモンキーって、この世界の魔獣は、けっこう地球と似ている生き物が多いんだね。まあ、地球の生き物は魔法使えないけど。

「しゃる」

『しゃる？　モンキーだが？』

サルとは言わないんだ。

『今、このブリザードモンキーは我々が居る部屋にいる。今この場でハルトにこのブリザードモンキーの首輪を外してもらいたいのだ。外すことが成功すれば、あちらから合図がある。私には聞こえるからな』

僕が首輪外しやすいように、ブリザードモンキーがどんな魔獣か、チラシで教えてくれたみたい。そうそう、この前のスノーの時は、スノー達以外の箱に入れられていた魔獣達は、見えなくても近くにはいたから、外せたのかもしれないからね。

今の場所は教えてもらったけど、距離が分からない状態で、試してみて外れなかったら大変。別の計画に変更しないといけなくなっちゃう。

それと、ブリザードモンキーは手が器用だから、少しの間に、もし急に誰かが見にきても、外した首輪を着けているように、上手く持ってカモフラージュできるって。

ちょっと最初の計画と変わったけど、作戦開始です。僕がまずブリザードモンキーの首輪外します。そしてその結果を伝えてもらって、外すのに成功していたら、次に僕達の首輪外します。ガーディーお父さんのもね。

外し終わったら、今は何故か少なくなったサーカス団員と黒服の目を盗んで、僕達だけ先に外に出ます。そう、外に出るんだよ。

壊したりすれば早いけど、残っている黒服達が全員で攻撃してきたら面倒だからって、良い逃げ道があるらしく、そこまでガーディーお父さんが案内してくれます。その出口でブリザードモンキーと合流です。

家の中を比較的自由に動けるブリザードモンキー。それは何故か。手先が器用なせいで、雑用押し付けられているから、フラフラしていてもみんな、それがおかしな行動と思わないみたい。

それにね、僕が外に出るのに、ブリザードモンキーは絶対に必要なんだって。外はとっても熱くて、僕なんかすぐに具合が悪くなって倒れちゃうくらい。

いま、冷やす魔法が使えるようになる、魔法の石があるにはあるんだけど、小さすぎてダメなんだって。そうなると、火山の熱さに耐えられるのは、ブリザードモンキーの魔法だけらしいです。

それで僕達が外に出たら、今度は僕が全部の魔獣の首輪外します。それでそれも成功したら、家の中に居る黒服達を、一気に残っていたメンバーが攻撃します。あの一番強い黒服と団長達が居ないと、今残っている人達は、ラナお母さん達で倒せるって。

どうしてこんな、どんどんとまとめて計画を進めていくのか。みんなで隠れながら、そして倒しながら、そろそろ逃げても良いはずでしょう？

でもね、もしその間に、どこかに隠れているかもしれない黒服の仲間かサーカス団の仲間がいたら？　黒服達に連絡されたら大変。

なら全員で、一気に動いて倒した方が良いって。それにね、もし連絡されちゃって黒服達が戻ってきても、先に外に出ていた僕達が外に居れば、僕達だけでも逃げられるかもしれないから。僕が逃げるのが大事って言ってくれたんだ。

ダメだよ、そんなの。絶対にみんなで逃げるんだから。僕、頑張るからね。気合を入れる僕に、ガーディーお父さんがまた体揺らして、二つの木の実を、毛の中から出してきました。

『これは、食べると魔力と体力を回復できる、とても珍しい木の実だ。この前お前を攫ってきた日に、俺に団長が我に渡してきたものと、今日の朝、奴らの目を盗んで取って来た。ハルトがこれからどれだけ、魔力も体力も使うか分からん。だからこれは、ハルトお前が持っているのだ。オニキス、ハルトの様子がおかしいと感じたらすぐに食べさせろ』

『分かった』

こんな大切な木の実まで用意してくれたの。僕はガーディーお父さんの足に抱きつきます。

首輪を外す前に、ここからすぐに出られるように、みんなでオニキスに乗っかります。ブレイブとアーサーは、ガーディーお父さんに乗っかりました。

それから黒服達に渡されていた、部屋を涼しくしていた魔法の石も一応持ちました。ブリザードモンキーが僕達冷やしてくれるけど一応ね。

この時、僕は大切なことを聞くの、忘れていました。声が聞こえた魔獣のことを聞くの、忘れていたんだ。だってオニキス達、どんな魔獣が僕とスノーと波長が合ったか知っているんでしょう。いや、計画の話の方が先だと思って、まだ聞いてなかったんだよ。

それを思い出して聞こうと思ったんだけど、オニキスとガーディーお父さんが早く早くって言うから、逃げているときに聞くことにしました。

さあ、準備は万端。いよいよ首輪外します。僕は体の中にあのあったかい魔力を溜めるイメージをします。久しぶりの魔力。ちょっとだけ時間がかかっちゃったけど、何とか魔力を溜めることができました。

「よち、だいじょぶ」

フウとライが結界をしまいます。首輪外すときの魔力、どうかバレませんように。僕はそう思いながらこの前みたいに言いました。ブリザードモンキーの首輪が外れるように、

「くびわ、はじゅれちゃ!!」

部屋がシーンって静まりかえります。ブリザードモンキー居ないからね。反応が……。でも、僕が外れちゃえ!　って言ったほんの少しあと、ガーディーお父さんがビクッてしました。

『……そうか、分かった!! ハルト、ちゃんと首輪は外れたぞ! 次は我々だ!』

ふぅ、良かったぁ。とりあえず最初のミッション完了だね。よし次は僕達。またまた外れちゃえ! って言う僕。言ってからすぐに、僕とガーディーお父さんの首に着いていた首輪が、カチャンッて音をさせて下に落ちました。よし!! 僕達の方も成功。ロイが凄いって言っていたよ。

オニキスが外に出る前に、風結界を僕達の周りに張ってくれました。だから誰かの波長と合って、ちょっと苦しかったのが治ったよ。

そうしてすぐに僕達は、そっと部屋から抜け出しました。オニキスとガーディーお父さんが気配を探りながら、廊下を歩き始めます。二人とも凄いんだよ。全前足音立てないで歩くの。僕なんて歩くとき、パッタパッタ、パタパタパタってすごく幼い足音が……。

廊下を右に曲がろうとしたとき、ガーディーお父さんがまっすぐ先を前足で指してコソッと僕に教えてくれました。

『見えるか。あの青いドア、あそこに魔獣達が閉じ込められている。そして一番奥の部屋が、ラナやマロン、残りの魔獣達がいる部屋だ』

了解! 部屋の確認ができたから、この後の首輪外しも、大丈夫な気がするよ。ブリザードモンキーの首輪も外せたしね。

確認したら、すぐに右に曲がりました。ガーディーお父さんが言った通り、本当に手下達の人数が少ないみたい。オニキスとガーディーお父さんが、気配を探って歩いてくれているけど、全然僕達の方に来ないって。

それにオニキスは、あの閉じ込められていた部屋の中に居たときよりも、気配を探り易いって。何か対策がしてあったのかもって言っていたよ。

そしてその後も何もないまま、ついにブリザードモンキーと合流する場所に着きました。そしてそこには真っ白な、ブレイブ達くらいのおサルさんが居たんだ。

お猿さん。あのチラシの子と同じ、間違えないね。僕がこんにちはって言おうとしたら、行くぞって、さっさとガーディーお父さんがドアを開けて、外に飛び出しました。

それで外に出たのかと思ったら、まだ外じゃなかったの。長い廊下が続いていて、向こうにもう一つドアがあります。そこが外に出るドアなんだって。少しでも熱い部分を遠くにって、ドアの方に近づくにつれて、どんどん周りが暑くなって来ました。

その間に、ブリザードモンキーが僕の肩に乗って来て、それからお顔をスリスリ。

『キィー、キィキィ』

オニキスが通訳してくれて、首輪外してくれてありがとうって、それから外に出たら暑さから守るからねって、言ってくれたんだって。だから今度は僕がありがとうって言ったよ。

外に出るドアの前、氷の魔力石のおかげでどうにかその場に居られるけど、かなりの暑さです。

『いいかハルト。外に出たら屋根に登る。そこで魔獣達の首輪を外すぞ。外せたのを確認したらすぐに移動するからな。おい、しっかり案内するんだぞ』

『分かっている。では行くぞ！』

ブリザードモンキーが魔法を使いました。僕達全員の周りを雪が舞って、暑いのが収まりきちんとみんなが涼しくなったか確認、その後すぐに、みんなで外に飛び出しました。

出た瞬間、僕思わず見入っちゃったよ。本当にここは火山地帯だったんだ。凄い迫力で、ちょっと行った所からは煙と、それから溶岩まで見えます。よくこんな所に家を建てられたね。普通、こんな所に家建てたらすぐ暑さでやられちゃうと思うんだけど。

そんなことを考えていたら、オニキスがタッとジャンプして、一回で屋根の上まで上がりました。よし、頑張らないと。僕は魔力を一生懸命溜めます。

でもなかなか溜められなくて。オニキスが興奮していて、上手く溜められないんだろうって、最初の手助けしてくれたよ。オニキスの魔力が僕の中に流れてきて、それ真似して自分の魔力を溜めます。よしなんとかなりそう。

やっと魔力が溜まったから、みんながいる場所思い浮かべながら叫びました。

「くびわ、はじゅれちゃえ!!」

シーンと静まり返って、周りは火山地帯のゴオォォォォッて音しか聞こえません。大丈夫かな？自分の目で確認できないからドキドキです。ガーディーお父さんが連絡を待ちます。そして……。

『よし成功だ！　全員外れたと。ハルト礼を言う。ありがとう！　さあ、すぐに移動だ!!』

良かったぁ、みんなの首輪ちゃんと外せたんだね。マロン、気をつけてね。

それでね、移動しようとしたとき、僕はあることに気づきました。ここにブリザードモンキーがいるなら、みんな逃げるとき外に出られる？　って。そのまま出たらまずいでしょ。

それで慌ててガーディーお父さんに聞いたんだ。そしたら別の、氷魔法使える魔獣が居るから大丈夫だって。

誰？　って思っている間に、走り始めたガーディーお父さん。すぐにオニキスが続いて。走っている間に、ガーディーお父さんがその魔獣のこと教えてくれました。

なんとブリザードモンキー双子でした。僕が今一緒にいるブリザードモンキーの首輪外したとき、もう一匹の方の首輪も外していたみたい。その子ずっと手で首輪押さえて、気づかれないようにしていたんだって。もう。そういう事はちゃんと言ってよ。

僕がプンスカ怒っていたら、それ見たフウ達が、後で全部色々終わったら、怒ってあげるからねって。あのフウとライのうるさい攻撃と、ブレイブとアーサーの噛みつき攻撃やってくれるみたい。

うん良いね、どんどんやっちゃって。スノーは僕にたくさん自分を撫でさせてくれるって。それ、自分がして欲しいだけじゃ？　まぁ、いっか。スノーもふもふで気持ち良いし。それを聞いたオニキスが俺もだって。一番大人なのに……。

どんどん走って周りは半分が溶岩、半分がゴツゴツしている岩場になりました。これ、ブリザードモンキーが居なかったら、絶対死んでいるよ。こんな所に住める魔獣って、一体どんな魔獣なの？　結構居るみたいな感じで話していたけど。

その時、ガーディーお父さんがビクッとしました。建物にいる魔獣達から連絡がきたみたい。

『上手くいっているようだ。中にいた黒服と団員達を倒したらしい。一応確認してこちらに来るそうだ』

無理しないでね。危ないと思ったらすぐに逃げるんだからね。僕、誰かが傷つくのは見たくないよ。みんなで無事に逃げなきゃ。

　更に走って、どれだけ奥に来たんだろう。半分以上が溶岩で覆われている所まで来ました。こんな所でも平気な、ブリザードモンキーの魔法、凄いねぇ。それに、よく黒服達はここまで来ようと思ったよね。

　なんて思っていたら、少し前の方に赤黒いモヤモヤが見えました。

「おにきしゅ、もにゃもにゃ、あかくちぇ、くりょい」

『あそこか?』

『そうだ。しかし赤くて黒いとは……。かなり穢れが進んでしまっているな』

　わわ!? ちょっとちょっと、早く早く。それだけ苦しんでいるってことでしょう。

『ハルト、先に言っておく。我が最後に見たときは、もう少しモヤモヤが薄かったのだが。あそこまで酷くなっているとは……。危ないと感じたらすぐにここから逃げろ。オニキス、ハルトが何と言おうとここから遠ざかるんだ。あれらが我を忘れ暴れ出せば、ここら一体は完全に消えるだろう』

　ちょっと脅かさないで。これから穢れ祓うんだから。僕はちょっと怖くなっちゃって、オニキスの毛をギュッと掴みます。

『大丈夫だ、俺達が居る。ハルトには絶対手を出させない。俺達はハルトの家族だ。家族を守るのは家族だからな。だから信じてハルトがやれることをしろ。それでダメなら、さっさとこんな所おさらばだ』

ありがとうオニキス。フウ達も僕にくっ付いてきて。みんなもありがとね。

更にモヤモヤに近づきます。そして、僕が祓う魔獣の一匹が見えてきました。そうドラゴンです。本物のドラゴンだよ。早く穢れを祓って、みんなで逃げて、お話できないかな？

『フェニックスはもう少し近づけば、見えてくるはずだ』

フェニックスに会えるなんて。喜んじゃいけないけど、でもごめん。嬉しい!!　早く穢れ祓ってあげて、フェニックスとも、お話できないかな。

『それとハルト。あのドラゴンは普通のドラゴンではない。火の精霊、ファイヤードレイクだ』

火に精霊？　ファイヤードレイク？　おおお!!　よく分からないけどカッコいい!!

『おいハルト、興奮するな！　俺が支えているとはいえ落ちたらどうする。お前もハルトが興奮するようなこと言うな。教えるなら後にしないか。今はドラゴンとフェニックスというだけで、かなり興奮してるんだ』

『す、すまん。こんなに喜ぶとは』

どんどん近づくファイヤードレイク。あっ！　下の方にモヤモヤのせいでよくは見えないけど、たまに綺麗な羽が見える時がある。あれがフェニックスだね。ファイヤードレイクより小さいけど、かなりの大きさみたい。

そしていよいよ、僕達の目の前には、大きな大きなファイヤードレイクと、これまた僕達に比べたら、かなり大きいフェニックスが。二匹ともとっても苦しそうな顔して横たわっています。それでその周りに、たくさんの魔獣が二匹を守るように囲んで居ました。

その中の一匹。真ん中の先頭にいた、炎を纏った馬？　が話しかけてきました。話しかけて？　ううん。怒鳴ってきました。

『なぜ人間がここに居る！　いやなぜ人間をここに連れてきた！　お前はオヤジ達の好意で助けられようとしたのに、恩を仇で返すつもりなのか!!』

『違う!!　聞いてくれ！　助けに来たのだ！　この中に穢れを祓える者は居るのか？　唯一穢れを祓えるのはファイヤードレイクとフェニックスだけだろう。我は穢れを祓える人物を連れてきたのだ。それによく見てみろ、我の首を。首輪が外れているだろう。これをやってくれたのもその人間だ。大丈夫。この人間は信用できる人間だ！』

オニキスがあの馬はファイヤーホースだって、小さな声で教えてくれました。ファイヤーホースがガーディーお父さんの首を見て、ちょっとだけ驚いています。それからじっとロイのこと見ました。あれ？　もしかして祓える人間はロイだと思っている？

『その人間が穢れを祓う？　笑わせるな』

ファイヤーホースが、ロイを見ながらふんって笑いました。ほらやっぱりロイだと思っているよ。

『だいたい人間が、オヤジやフェニックスに近づけると思うか？　お前もよく人間なんかと一緒にここに来れたな。人間がこの事態を招いたんだぞ。お前達を苦しめた人間がそこにいる。倒すのならまだしも、手を組むなんて』

確かにファイヤーホースの言う通りだよね。僕達は見てないけど、ガーディーお父さん達が苦しめられていた時、そして逃げることができた小鳥魔獣も、あの黒服やサーカス団のせいで苦しめられていて。そしてファイヤードレイクやフェニックスは……。

今まで、これだけ苦しめてきたのに、それなのに急に、人間が穢れを祓うなんて言ったって、信じてもらえる訳ないよ。

でも……。今ゆっくり説明をしている暇なんてない。だって僕達が閉じ込められていたお家では、ラナお母さん達が黒服達を倒してくれたけど、一番悪い黒服達が、いつ戻ってくるか分かんないんだもん。

もし黒服達が来ちゃったら、こんなに赤黒いモヤモヤの大きな穢れ、祓うのに時間がかかるはず。早く穢れを祓って動けるようにしてあげなくちゃ。それに、穢れに飲み込まれちゃダメだよ。

『話を聞いてくれ。この人間は……』

『だから人間など！』

『止めろ……』

あっ！　今の声！　途切れ途切れに聞こえていた声だ！　そして今声を出したのは……、ファイヤードレイクだ！　僕達と波長が合ったのはドラゴンだったんだ!!

『ガーディーが言っていることは本当だ……。その者から力を感じる。穢れを祓える力だ……』

『オヤジ……。だが相手は人間だ。もし何かされてみろ、今のオヤジ達じゃ』

「にゃにもちない」

『は？』

ファイヤーホースや他の魔獣が僕の方を向いて、そして何言ってんだこのガキ、みたいな感じで見てきます。そりゃそうだよね。こんな小さな子供が急に、何もしないって言ったら、そんな顔にもなるよ。でもここはどんどんいかなきゃ。それで早く祓ってあげないと。

「ぼく、にゃにもちない。でも、けがれ、はりゃえりゅ。がんばる！」

『小さな人間が、何を』

ファイヤードレイクは苦しいせいで息をハァハァしながら、周りにいる魔獣達に、僕が穢れを祓える人間だって説明してくれました。最初は全然信じなかった魔獣達が、フェニックスにも同じこと言われて、しんって鎮まりかえります。

そう言えばファイヤードレイク、僕達と波長が合っているの、分かっているのかな。今から穢れを祓うから、しっぽとかで攻撃しないでね、それから僕達と波長が合っているってこと、声に出さないで言ってみよう。

僕は心の中でファイヤードレイクに話しかけます。

「ぼくのにゃまえ、はりょと。よろちくね」

あ～あ、心の声までお子ちゃま言葉に。もう！　ビクッとして、ファイヤードレイクが僕のこと見ます。僕に続いてスノーも挨拶。

それからファイヤードレイクの声と苦しみ、ずっと聞こえていたし感じていたよって。そこまで言ったら、ファイヤードレイクが、やっぱり心の声で話しかけてきました。

『……我と波長が合ったのか。まさかそんなことが……。力には気づいたが……』

きっと穢れに苦しんでいて、僕達のことに気づかなかったんだよ。僕はこれからのことを説明します。急に僕もファイヤードレイクも黙っちゃったから、周りの魔獣がヒソヒソ何か言っていたけど、でもそんな事気にしている場合じゃない。

全部説明し終わると、ファイヤードレイクは深く頷きました。それでそのことをフェニックスにも説明するから待ってくれって。ボソボソ話を始める二匹。僕が見た感じだと、フェニックスの方が、穢れが強い気がする。赤が強いんだ。

僕が言ったのは最初にファイヤードレイクから穢れを祓うってこと。ほんとだったら、穢れの酷いフェニックスから祓った方が良いんだろうけど。オニキスの風結界があるとはいえ、ファイヤードレイクの苦しみが流れて来ちゃっているからね。

先にファイヤードレイクを治してこの苦しみがなくなれば、フェニックスの穢れ祓うのに集中できると思うんだよね。ただ……、ファイヤードレイクを治しているとき、フェニックスにはもう少しだけ、苦しいのを我慢してもらわないとだけど。

それからもし、もしも僕が穢れを祓えなかったら……。考えたくないけど、そのことも二匹にはちゃんと言っておかないと。

説明が終わったのか、フェニックスが頷いています。それを確認したファイヤードレイクが僕に近くにくるように言いました。

『お、おい！　オヤジ！』

『良いのだ……。それよりも、この子供が穢れを祓っている最中、もし奴らが攻撃してきたら……、その時はお前達、この子供を全力で守ってほしいのだ……。頼む』

『オヤジがそんなこと言うなんて……』

ファイヤーホースも他の魔獣も驚いています。ファイヤーホースが、僕のことをじっと見つめてきました。それから、

『行け』

そう言って道を空けてくれたんだ。それに続いて他の魔獣も道を空けてくれます。その間をオニキスが僕を乗せながら進んで。

目の前まで来ると、ファイヤードレイク達の大きさがさらによく分かったよ。僕が……、うん僕じゃ話にならないや。日本の平均的な一軒家の三倍くらい？　たぶんね。僕はファイヤードレイクの爪よりも小さいです。

それと他にも分かったこと。さっきいた場所で感じていたよりも、穢れの嫌な感じが何十倍にもなりました。近くにいるだけで、みんなの具合が悪くなりそうな、とっても酷い穢れ。ファイヤードレイク達守っている魔獣たち、よく近くでファイヤードレイク達を守っているね。それだけ大切な仲間なんだ。

オニキスが僕を心配してくれて、大丈夫かって聞いてきました。フウ達もとっても心配な顔をしています。

僕は大きく息を吸って、それから大きく頷きました。それから集中して魔力を溜め始めます。ここでもオニキスに、魔力を溜めるのを、手伝ってもらいました。失敗できないからね。どんどん溜まる魔力。さあ、穢れを祓って、みんな元気になって家に帰ろう！

たくさんの魔力が溜まったのを感じて、オニキス達にちょっと離れてもらいます。だって僕に触っていたり、肩に乗っていたりして、僕を通して穢れがオニキス達に流れちゃっても。それはダメだからね。今までと威力が全然違う穢れだから、何があるか分かんないからね。

離れたのを確認して、そっとファイヤードレイクに両手で触りました。体……、は大きすぎて触れないから爪の所ね。その途端ブワァッと、穢れが僕の方にまで押し寄せてきて。

オニキス達がビックリして、慌てて僕の周りに集まってこようとしたけど、ダメって止めます。ふぅ、やっぱり離れていてもらって良かった。

僕は穢れがなくなるように心の中でお願いしながら、穢れを祓う感じで、僕の魔力をどんどんファイヤードレイクに流していきます。

初めから全力でやって、何とか爪の穢れを祓って。お父さんファングの穢れ祓った時も大変だったけど、でもその時よりも、僕の魔力が穢れに弾かれる感じがします。

絶対に祓うんだから！　気合を入れ直して、更に魔力を流していきます。そうそう、お父さんファングの時よりも、僕が流す魔力は強い気がします。何回かやっていたから、慣れて力が強くなったのかも。

そして気づけば、ファイヤードレイクの片方の腕の穢れを、全部祓うことができました。この調子この調子。

「俺は、これほどの穢れを見たのは初めてだ。それなのにハルト様は、もう片方の腕の穢れを祓ってしまった。ハルト様は一体……」

『ロイ、それは後にしろ。今はどんな変化も見逃さないように、ハルトを見ておかないといけない。少しでもハルトが危ないと思ったらすぐに引き離すぞ。良いか、フウ達もよく見ているんだ』

『うん!!』

『勿論だよ!!』

『『キュキューイ!!』』

『はいです!!』

・・●・・

まさかこんな事態になろうとは。我ファイヤードレイクの隣で、我と同様、苦しげに呼吸をするフェニックス。何百年ぶりかに再会したフェニックスと共に、小鳥を助けたまでは良かったが……。

あのよく分からない人間共のせいで、かなり傷ついていた小鳥。せっかく首輪を外し、治療をしていたのに、あの者達が邪魔してきたおかげで、穢れが小鳥を飲み込んでしまった。

強い力を持つ小鳥。黒服共への怒りの感情と、穢れの力が合わさり、今までに遭遇したことのないくらい、大きな力の穢れが生まれてしまった。

そしてその穢れが、そのまま我らの方へ来てしまうとは。あまりにも莫大な力の穢れは、すぐに我らの力を取り込むと、そのまま我らを飲み込んでしまい。

我らの力をもってしても祓えないほどの穢れ。なんとか抵抗はしているが、このままでは確実に全てを飲み込まれ、我を忘れて全てを攻撃してしまう、ただの獣になり下がるだろう。

『あとどれくらい持ちそうだ……』

我が周りの魔獣に聞こえないよう、フェニックスに聞けば、

『どうだろうな……。だが、あまり長くはないだろう。あと数日といったところだ』

という答えが返って来た。やはり同じか。

『ファイヤードレイク、私は覚悟はできている』

『我とて同じだ。周りには煩く言われるだろうがな』

そう覚悟はできている。我はもうだいぶ長いこと生きてきた。まぁ、最後がこれかとは思うが。

だがそれでも、我を頼り慕ってくれている、そして今も、黒服共から守ってくれている者達を、巻き込む訳にはいかない。

もし穢れに全てを飲み込まれるのなら、その前に自ら命を終わらせよう。そうお互いに考えていた。しかし……。

これはいよいよ不味いかと思い始めた時、遠くから温かい、とても綺麗な輝く光が近づいてきた。何だと思いながら、近づいてくる者を待っていると、我らの前に現れたのは、ガーディーだった。

しかしやって来たのは、ガーディーだけではなかった。その他にも、この前首輪を外していた時にはいなかった、魔獣に妖精。更には大きい人間と小さい人間までがやって来たのだ。

そしてあの温かい綺麗な輝く光は、あの小さい人間から溢れているものだった。隣を見れば、フェニックスも苦しい顔をしながらも、驚いた顔をみせている。

話を聞けば、穢れを祓いに来たというではないか。周りの魔獣、それにファイヤーホースは、大きい人間を見ながら対峙しているが、我らは分かっていた。あの小さき者が穢れを祓える人間だと。何百年と生きてきて、こんなに素晴らしい輝きが溢れる人間に会ったことはない。この強い穢れを祓えるのは、この者しかいないだろう。

そんなことを考えていると、また驚くべきことが起きたのだ。まさかこんなことが……。突然頭の中に声が聞こえてきた。

『ぼくのにゃまえ、はりょと。よろちくね』

何だ？　これは。まさかあの子供が我に話しかけてきたのか!?　子供は自分の名前を言った後、我の心の声と苦しみ、それをずっと聞こえていたし感じていたと言ってきて。我と波長が合ったのだと。辿々しい言葉ながら一生懸命説明してきた。

これだけ長く生きてきて、さまざまな場所へ行き、たくさんの出会いを繰り返して来たが、今まで一度も、波長の合う相手と出会うことなどなかったのに。まさか今更、波長の合う人間と出会うとは。しかもこんなに気持ちの良い魔力を持つ人間が、我と波長が合っているだと。

全てを聞き終えると、すぐにフェニックスに、今聞いたことを伝える。そしてそれに付け加えこの子供が、我の運命かも知れない、ということも伝えた。一瞬驚きの表情を見せたフェニックスだが、すぐに良かったなと言ってきた。そしてもし穢れを祓うならば我からだと。

『こんなことはもう二度とないかも知れん。チャンスを逃すな。我なら心配するな。もし穢れを祓うことが間に合わなくても、穢れに飲み込まれる前に自ら命をたち、復活することもできる。私という人格はなくなるかも知れんが、それでも命は続くのだ』

それに、と続けるフェニックス。せっかく出会えた運命の相手を逃すなと。穢れを祓ってもらい、もし、あ奴らがまた攻撃してくるならば、全てをかけて守れと言われた。

そうだ。もう二度と、出会うことができないかも知れない運命の相手。しかもこれほどまでに温かい魔力を持っている、世界に一人として居ないであろう素晴らしい人間。もし穢れを祓ってもらえたのなら、これからの我の人生全てをかけて、ハルトを守らなければ。

我等を護ろうと、集まってくれている魔獣達に道を空けさせ、ハルト達を招く。近くに来たハルトを見れば、さらにハルトの纏っている輝きが増した気がした。

ハルトは我に近寄るとすぐに穢れを祓い始め、我の爪に触れるとすぐに、爪の所の穢れが祓われた。思わず目を見張る。こんなにも簡単にこれほど禍々しい穢れが祓えるものなのか？　爪の先からどんどん祓われていく穢れ。早々に片腕の穢れが祓われた。

片腕だけだが、自由に動かせる感覚が戻ってきた。どんどんと祓われていく穢れがまた暴走し、ハルトのことを傷つけてしまうことがないよう。もしそうなった時は、すぐにこの命を消し去ろう。

少し話しただけだが、ハルトが心の優しい人間だということは分かっている。きっと我が死ねば、自分が穢れを祓えなかったせいだと自分を責めるだろう。凄い悲しみを味わわせる事になる。だが、ハルトを傷つけてしまうなど、そんなことは我には考えられん。

もう一つ気になることもある。もしあの黒服共が襲ってきたら？　その時も絶対にハルトと、ハルトと一緒にいるあの者達を護ろう。穢れと共に奴らを道連れに、この世界から消えるのだ。

いつ黒服共が襲ってきても良いように、周りに注意を向ける。今、我の穢れは体半分と頭部が全て祓われている。そのおかげか、思考がはっきりとし、少し余裕も戻ってきた。このまま何事もなく過ぎてくれれば……。

・・●・・

ハルト達が消えて、あれから何日経ったのか……。ライネル達も頑張ってハルト達の痕跡を捜してくれているのだが、まったく何も見つからない。そしてサーカス団の団長とあの魔獣使い、それと数名の団員を、俺キアルは、まったく見つけられずに居た。

「旦那様、少し休まれた方がよろしいのでは。体も頭も休めなければ、急な動きがあっても、すぐに動けなくなります」

「ああ、分かっている。分かっているんだ。だが……」

ハルトが今、苦しんでいるかも知れないと思うと、ゆっくりすることなど考えられないでいた。だが、グレンに無理やり部屋に帰されてしまい、仕方なくベッドへと潜り込むと、やはり疲れているのかすぐに睡魔が襲ってきた。

隣には、泣きはらし、目元が赤く腫れてしまっているパトリシアが眠っている。なかなかハルトの情報が摑めない事が、かなりのストレスだったのだろう。

捜査から戻ってきたパトリシアは泣き崩れ、そのまま眠ってしまった。体力も限界だったんだろう。パトリシアの髪をそっと撫で、俺は机の上に置いてあるおもちゃの剣を眺めた。

サーカスを見てはしゃいでいたハルト。とても可愛い顔で笑っていたハルト。サーカスの時だけではない。ハルトと出会ってから、いつもあの可愛い顔を見せてくれていたハルト。

まだそれほど一緒には暮らして居ないが、これほどまでにハルトの存在が大きくなっていたとは。

オニキスやロイ達も一緒に居なくなっている事から、きっとハルトと一緒に居てくれていると思いたいが。

ハルトの魔力を目当てに、連れ去ったのは間違いないだろう。それならばまだ、生きている可能性が高い。が、言うことを聞かせるために、肉体的にも精神的にも、苦痛を味わわされている可能性も。

何故オニキスが警告してくれた時、もっと慎重に調べなかったのか。どれだけあの団長達の、危険を見つけるチャンスがあったか。悔やまれてならない。

そう考えていると、また目が冴えてきてしまった。頭を軽く振り何も考えないように目を瞑る。目が覚めたらまたすぐに調査しなければ。なんとしても必ず見つけ出して、またあの輝くような笑顔を助け出さなければ。ハルト待っていてくれ。

・・●・・

どんどんファイヤードレイクの穢れがなくなっていきます。今のところ上手くいっているみたい。

体の半分の赤黒いモヤモヤと、頭のところは完璧に穢れがなくなっています。よしよし、もっと集中集中。

それから僕の側でフウ達が一生懸命僕のこと応援してくれます。オニキスもずっと寄り添ってくれているよ。

この時の魔獣達、僕が穢れを祓うのを見て、とっても驚いていたって、オニキスに後で聞きました。それから僕が祓っている時、ずっと周りを警戒していてくれたって。でもこの時の僕は、周り気にできるほど余裕はなかったからね。

ファイヤードレイクも、さっきまでの苦しそうな呼吸が聞こえなくなって、今は落ち着いた呼吸に戻っているみたい。

どのくらい時間が経ったかな。やっと穢れが纏わりついている部分が、片足だけになりました。あと少し、あと少し。なんだけど。

最初よりも祓う速度が落ちてきちゃって、なかなか穢れを祓えません。あと本当に少しなのに。それにフェニックスも待っているんだから頑張らなくちゃ。

でも。そういえば頭がぼぅ～っとしてきているような？　疲れているからかな？　う～ん、ガーディーお父さんの木の実があるしここは……。

『ハルト!?』

僕がさらに集中して穢れを祓い始めたら、オニキスが僕のこと止めようとしてきました。きっと僕が無理をしているのが分かったんだね。ごめんね。でもやらなくちゃ。大丈夫だよ、木の実食べて復活するから。

僕が集中したら、また穢れがどんどん祓われ始めました。そしてついに……。

『……穢れが!!』

ファイヤードレイクに纏わりついていた穢れが、全部綺麗になくなりました。周りに居た魔獣達が歓声をあげます。ファイヤードレイクのこと見ています。

僕、ちゃんと全部穢れが祓えたよ、良かったぁ～。安心したら足に力が入らなくなって、ぺたんってその場に座っちゃいました。慌ててロイが僕のこと支えてくれて、木の実を食べさせてくれました。食べている最中、ファイヤードレイクが僕に、声をかけてきました。

『ハルト礼を言う。今ハルトの温かい魔力が、我を包んでくれているから、更に力が湧いているようだ。本当にありがとう』

僕はにっこりです。でも隣にいたオニキスには、凄い文句言われちゃったよ。フウ達にもね。力を使い過ぎだって。でもあれくらいしなくちゃ、まだ穢れ祓えてなかったよ。黒服達が来るかも知れないし、早くしないといけないでしょう。

それでもやっぱり魔力を使って疲れていた僕。モソモソってゆっくりしか木の実食べられませんでした。それでも木の実全部食べ終わる頃には、魔力を使う前みたいに、元気いっぱいまで復活したよ。凄い木の実だね。持ってきてくれたガーディーお父さんに後でお礼言わなきゃ。

木の実も後一つあるし、フェニックス治してあげた後もこれなら大丈夫。よし！　僕は気合入れ直して、今度はフェニックスの前に立ちました。

フェニックスもファイヤードレイク程じゃないけど、かなりの大きさです。羽だけで僕がたくさん入っちゃいます。それから赤黒いモヤモヤの下に綺麗な羽の色がたまにチラチラ見えました。ぜぇぜぇ息をしているフェニックス。早く治してあげなくちゃ。それに綺麗な姿見たいしね。チラッと僕を見たフェニックスが小さな声で、

『すまない……』

そう言ったのが聞こえました。気にしないでね。だってみんなを助けてくれようとした、とっても優しいファイヤードレイクとフェニックス。放っておけないもん。

羽の先端に触って、さあ穢れを祓おう！　オニキスに最初の魔力を、溜めるのを手伝ってもらっている時でした。一瞬、僕の近くにいたガーディーお父さんが、ビクッとしたのが分かりました。オニキスも気づいたみたい。

『どうした？』

『不味いことになった。ほとんどあの家の黒服と団員は片付けたのだが、どうも最後に残っていた黒服に何かされたらしい。闇の魔力石を黒服が割った途端、奴らが移動に使っている闇の入り口が現れた。取り敢えずあの黒服達は来ていないようで、ラナ達が一応家を破壊してこちらに向かっている。もうそんなに時間はないかも知れん』

わわわ!?　大変！　本当に早くしなくちゃ。穢れを祓い始める僕。そんな僕の後ろで、さらにオニキス達が話します。そこにファイヤードレイクも話に加わりました。

『黒服と団長達がここへ来るようなら、俺はハルトを連れて逃げるぞ』

『分かっている。我もそのつもりだ。我の運命の相手だからな。皆にはすまないと思うが、我も全力でハルトを逃そう』

『……フェニックスが死ぬかも知れないぞ』

『奴も承知していることだ』

ちょっと勝手に話進めないでよ。僕、ギリギリまで頑張るからね。ファイヤードレイクも復活したし、黒服達だってそう簡単に、こっちを攻撃してこられないでしょう。ファイヤードレイク強いんでしょう？　僕がフェニックス助けるまで、お願いだから黒服を近づけないで。

「おにきしゅ、ぼくがんばりゅ。だかりゃ、しじゅかに、ぜったいたしゅけりゅよ」

そう言ったらオニキス達が静かになりました。コソコソお話はしているみたいだけど、これでもう少し集中できそう。集中したおかげかな、すぐにフェニックスの片方の翼の穢れを祓うことができました。この調子。

やっぱりフェニックスの羽は七色みたいにとっても綺麗な羽でした。体の部分やしっぽの部分の穢れがなくなると、綺麗な燃えるような赤い色も見えて。その赤い色もとっても綺麗でした。

それから毛も、ふわふわのもふもふなの。オニキスやスノーや、今までに会った魔獣もみんな、毛がサラサラふわふわもふもふだけど、この世界の生き物ってみんなそうなのかな？

フェニックスの頭と顔の穢れを祓い終わって、頭のふわふわな毛が見えました。そしたらファイヤードレイクの時みたいに、頭がスッキリしたのかな。フェニックスが顔上げて、首を僕の手に乗せてきて。

『ありがとう。お前の力は本当に温かい』

「も、しゅこちだよ。ぼくがんばりゅ」

そう言ったときでした。

『お父さん!!』

『あなた!!』

この声マロンとラナの声だ。ちょっとだけ後ろ見たら、マロンやラナお母さんが、こっちに走ってきています。それから他の魔獣達も。二匹はガーディーお父さんの所に来て、お互いにお顔すりすり。と、僕の頭の上に軽い衝撃が。

『キィー!!』

『キッキキィ!!』

僕の頭の上で魔法を使ってくれていたブリザードモンキー。双子のもう一匹が僕の頭の上に乗っかっているってオニキスが。

みんな怪我しないでここまで来られたって、ラナお母さんの報告を受けました。良かったぁ。僕穢れは祓えるけど、怪我は治せないから。

うんうん、今のところ良い感じ。あとは僕が穢れを祓っちゃえば、みんな遠くに逃げられるね。黒服達が来る前に早く早く。

でも……。最後のフェニックスの片方の羽を祓い始めたんだけど、なかなか祓えなくて。今まではちゃんと祓えていたのに。オニキスが最初に力使い過ぎたんじゃないかって。

木の実食べたら力戻るかな？　そう思ってフェニックスに少しだけ待っててって、それで木の実もそも食べ始めた、その時でした。

ガガガガッ!!　凄い音がしてみんなが振り返ったら、土煙と溶岩と煙が混じり合って大きな爆発？　が起きていました。そしてその爆発が収まると、黒服と団長さん達が現れたんだ。

魔獣達がバッと、僕達を守るように囲みます。その一番前にファイヤードレイクが陣取りました。僕は木の実を食べている途中だったけどそれを止めて、急いでフェニックスの残りの穢れを祓い始めました。少ししか食べられなかったけど、さっきよりは速く祓えているかな？

後ろで黒服の声が聞こえます。とってもイライラしている感じが伝わってくる声。

「急いで戻ってみれば……。あちらも作戦は失敗し、こちらまで失敗となれば。おい、分かっているだろうな」

「ああ分かっている。それにしても皆首輪が外されている。どういう事だ？」

団長さんの声もイライラしているね。怖いけど頑張らなくちゃ。もうちょっとだからね。もうちょっとで全部祓えるからね。

「おそらくその子供が外したのだろう、それだけ強い魔力を持っているという事だ。ガキだけでも必ず連れて帰るぞ」

•••●•••

「見てみろ」

俺は団長によく子供を見るように言った。じっと見る団長がハッとした顔つきになる。その隣では、分かっていないのか魔獣使いの女が喚いていた。

団長と違い首輪がなければほぼ何もできない魔獣使い。目の前の大事な事に気づきもしない。この仕事が片付き次第、この女は消してしまうか……。子供が手に入れば、この女の何十倍もの戦力になるのだから。

気を取り直し、団長に話をする。

「分かったか。あの子供を手に入れようとしている理由が。そしてその証拠に、あれも復活している」

「まさかここまでの力の持ち主だとは」

ファイヤードレイクが魔獣達の先頭に陣取っている。俺が最後に見た時は、見たことがない程穢れに取り込まれていたというのに。今の奴は穢れに取り込まれる前の、完璧な姿で立っているのだ。

そしてもう片方。やはり穢れに取り込まれていたフェニックス。あちらも今では、半分以上穢れが祓われている。そのフェニックスの傍にはあの子供が、両手を前に出し何かしていて、更にフェニックスの穢れが祓われていく。

そう、あの子供が穢れを祓っているのだ。この様子だとファイヤードレイクの穢れを祓ったのも、あの子供だろう。

確かにあの子供は、なかなかの魔力を持っていることは分かっていた。私の手下が、いつも見張って居たからな。あの森で、初めて子供が首輪を外したのを見たあの時、この子供は使えると思い、それからはちょくちょく監視していた。

上手く子供を攫うことができ、今まで色々と失敗していたからな、内心喜んでいたのだが。気を許したつもりはなかったが……。

手下からの知らせで戻ってきてみれば、今までに捕まえて居た魔獣は全て逃げ、建物は破壊され、手下は全員が殺されて居た。一人を除いては。最後に俺達に知らせてきた者以外。

が、その手下も死ぬ寸前で、死ぬ前に何が起こったのか聞き、どうしてこう問題ばかり重なるんだと、少々イラつきながら、魔獣達が走り去って行ったという方へ俺達も急いだ。まさか火山地帯から遠ざかる方向ではなく、全魔獣がここへ走ってきたのには少し驚いたが。

だが俺は、今この光景を見て、これも計画の一部と考える事にした。子供の力がもう一つ分かったからだ。

穢れを祓える人間は居る。だがここまでの強力な穢れを祓える人間は、今この世界に一人しか居ないのではないか。

首輪を外す力。力のある魔獣と契約する力。そして穢れを祓う力。この子供が魔法の石を使えば、どれ程の攻撃ができるのか。そう思うと俺は、気づかないうちに笑っていた。

いまだに私の隣で驚いている団長に声をかけ、これからの攻撃について簡単に話をした。絶対に、絶対にあの子供だけは連れて帰らなければ。

しかもだ。チラッと魔獣を見渡す。あの子供といる魔獣と妖精は、あの子供を捕まえて脅せば、必然的に我々に付いてくるだろう。くくく。さあ、攻撃を始めよう。

•••●•••

どうして、どうしてなの。確かにちょぴっとしか木の実食べられなかったけど。最後フェニックスの片方の羽の穢れを祓うだけなんだよ。一瞬だけ祓う速さが上がったけど、すぐにさっきみたいに、なかなか穢れが祓えなくなっちゃった。

『ロイ、ハルトを守れ。俺は奴らの攻撃をどうにかする！』

オニキスが僕とフェニックスを守るように立ち上がって、それから黒服達の方見て、攻撃態勢になったのが分かりました。ロイがオニキスに言われてすぐ、僕のこと支えながら周りを警戒します。反対側を向いたオニキスが言いました。

『ハルト、俺は危ないと思ったら、お前が何と言おうとここから逃げる。フェニックスの穢れが祓えていなくてもだ、良いな！』

その言葉にフェニックスも、

『オニキスの言う通りだ。我は今すぐにでも逃げてもらいたいくらいだ』

って。ダメ、ダメだよ。絶対祓うから。お願いオニキス、ファイヤードレイク、ガーディーお父さん、僕頑張るから、あの黒服達を止めていて。そう思ったらファイヤードレイクがテレパシーでお話ししてきました。

『分かっている。ハルト頑張れ』

ありがとうファイヤードレイク。僕はもっともっとって思いながら、フェニックスに魔力を流しました。

その後はずっと、僕の後ろでもの凄い音がしていました。魔獣達が黒服達と戦っている音。見なくても分かるよ。みんな僕とフェニックスを守れって言いながら戦っているんだ。

ロイがたまにチラチラ後ろ見ているけど、僕には何も言いません。穢れを祓うのに、集中しているのが分かっているから。

それにしても、どうして片方の羽だけこんなに祓えないんだろう。もうちょっとなんだよ。僕どんどん魔力を流しているのに。僕の顔を見てフェニックスが話してきました。

フェニックスについている穢れ。一番質の悪い穢れが羽に取り憑いちゃっているんだって。今までファイヤードレイクやフェニックスについていた、穢れの中心って感じ。とっても強力な穢れの中心は、祓うことが難しくて、もし魔獣達にこういう穢れがついていたら、魔獣が穢れに取り込まれちゃう前に、ファイヤードレイクやフェニックスがその魔獣を、静かに眠らせてあげていたって。

それって……。やっぱりそういう事だよね。殺して静かに眠らせてあげるって事。

「ぼく、しょれめ！　がんばりゅ！」

そんな事、絶対ダメ。ちゃんと祓って、悪い奴も何とかして、みんなでここから逃げよう!!

それからも魔力を流し続けた僕、フェニックスの羽の四分の一まで、何とか祓う事ができました。

ふぅ、僕は急いでほんの二口だけ木の実食べて、すぐにまた祓い始めます。うん、祓い始めたんだけど。後ろでオニキスの声が聞こえて。

『何だ、あの闇魔法は？』

『なぜこんなに自由に闇を操れる。我の結界の中まで侵入するとは。そっちに行ったぞ、かわせ!!』

フウが報告してくれました。ファイヤードレイクが結界を張ってくれたんだけど、黒服の闇魔法が結界の中まで入ってきちゃって、それと一緒に団長達や他の黒服達が、結界の中に入っちゃったって。

それに黒服達、闇魔法で体に結界張っているって。それのせいもあって、なかなか倒せないみたいです。

でもファイヤードレイク、やっぱりドラゴンだよね。とっても強いから、中に入っていた半分は、ファイヤードレイクが力で押さえつけて、倒しちゃったって、フウ達が興奮しながら教えてくれました。

『次はそっちだ!!』

ファイヤードレイクの声が途切れません。と、ファイヤードレイクが今までで一番大きな声で叫びました。

『避けろ!!』

それと同時くらいに、ガーディーお父さんとラナお母さんの声も。

『『マロン!!』』

それから、ドバンッ!!　って音がして。

『キャイィィンッ!!』

って、悲痛な声が。その声が僕の隣を通り過ぎて、僕から見て前の方に、ドシャアァって落ちました。え？　僕の前に落ちた物。それはマロンでした。体から赤い血が流れているのがハッキリ分かります。

でもすぐにまた危ないって言う、ファイヤードレイク達の声がまた聞こえて。パッ！　とちょっとだけ後ろ見たら、黒い塊が結界の外から中に入ってきて、倒れているマロンの方に飛んでくるところでした。

そこからはそんなに時間かかってないはず。僕は思わず立ち上がってマロンの方に走ります。ちょっと躓きながらマロンの所まで行って、それでマロンのことギュウゥゥッて抱きしめました。

『ハルト!!』

オニキスの声が聞こえた瞬間、僕の体に真っ黒い塊が当たります。凄い衝撃と痛みが襲ってきて、それから体が浮く感覚が。

僕の目の前が真っ暗になります。遠くで僕のことを呼んでいる、オニキスの声が聞こえた気がしました。

# 第三章

# 最後の力、サヨナラのその先へ

Kegare wo haratte, Mofumofu to Shiawaseseikatsu

僕はハッとして目を開けました。身体中がとっても痛くて、一番痛いのは背中で、ズキズキしているの。痛みで涙が勝手に溢れて来て、その涙目で前を見たら、涙で歪んでいるけど、オニキス達が僕の所に走ってくるのが見えました。ロイもね。

僕、どうしたんだっけ？　そうだ、マロンが黒い丸に襲われそうになって、僕はマロンを助けようとして、黒い丸に攻撃されたんだ。それで僕、一瞬だけ気を失っていた？

僕は横を見ました。そこには、お腹に酷い傷のあるマロンが、横たわっていました。

『ハルト！　大丈夫か!!』

目の片隅に見える、戦っている魔獣達。さっきよりも攻撃力が上がったみたい。でもあの黒服の変な攻撃で、やっぱり苦戦しています。みんなが戦ってくれているんだから、僕痛いなんて弱音吐けないよ。本当は物凄く痛いけど……。

それで大丈夫って、オニキス達に言おうとしたんだけど、あれ？　おかしいな。パクパク、口は動いているのに声が出ないの。声出そうとすると背中がもっと痛くなるし、それに喉もなんか変。

『ハルト、どうした？』

オニキス達がとっても心配そうな顔をしているけど、僕は口をパクパクするだけで、大丈夫だよってオニキス達に伝えられません。

「ハルト様失礼します」

ロイが僕の体そっと撫でます。一番痛みが酷い背中は、本当にちょっとだけ。でもそれでも、また物凄く痛くなっちゃったよ。それから喉も触って、ロイがとっても難しい顔をしています。

「オニキス、声のことは何とも言えないが、背中の傷がかなり酷い。俺が一応回復魔法をかけるが、なるべく早く、もっと力のある者の居る所に行かないとダメだ」

『くそっ、分かった。とりあえず回復してくれ。俺はハルトの傷が落ち着くまでここに。落ち着いたら他の魔獣と一緒に、どうにかあの黒服共を倒す。倒さなければここから逃げることも、街へ行くこともできそうにない』

二人は話を進めているけど、お願いロイ。マロンのこと見てあげて。きっと僕より酷い怪我をしているから。だって二回も飛ばされて、血だってあんなに流れているんだよ。

僕はマロンのこと指差します。ロイはチラッと見て、それからすぐに、僕に視線を戻して回復魔法使い始めました。

マロンの所にラナお母さんが来ました、それから怪我したお腹のところ見て、小さな溜め息です。何の溜め息？　どういうことなの？　僕はマロンの方に行こうとして、体が痛かったけど、体の向きを変えようとしました。そんな僕をオニキスやみんなが怒ります。

『動くな。怪我が酷くなったらどうする！』

「パクパク（でも）」

『でもじゃない！』

　おお、オニキス僕の口パクパクだけで、僕が何を言っているか分かったよ。怒られる僕に、ラナお母さんが言いました。

『ハルト。マロンはあなたよりも傷が浅いわ。確かに酷い怪我だけれどね。そうだわ。ハルトあの木の実の残りもらうわね』

　そう言うと、フェニックスの方に歩いて行って、僕の食べかけの木の実を拾って戻って来ました。傷が治るわけではないけど、少しは痛みを和らげることができるみたい。

　倒れているマロンの口にラナお母さんが木の実を落としました。ゆっくり口を動かすマロン。待っていてマロン、僕治ったらすぐにロイに治してもらうからね。

治す……。僕慌ててフェニックスのこと見ました。穢れを祓っているときにこんな事になっちゃったから。どうしよう、またフェニックスの穢れが広がったら。フェニックスと目が合います。その途端にフェニックスにも怒られちゃった。しっかり自分のことだけを考えろって。

『ハルトのおかげでかなり良くなった。後は羽だけなのだから心配せずに、自分の怪我を治してもらうと良い』

　そう言って顔を地面につけます。そうだよね。僕が治らなくちゃ、フェニックスの穢れ祓えないもんね。

　僕は静かにロイの回復を受けます。痛くて最初目を閉じて我慢していた僕。それで少したったら背中の痛みが少し良くなって、周りの様子を、見ることができるようになりました。

オニキスは僕達の前に立って、真っ黒のモヤモヤの塊が、また襲って来ても大丈夫なように。それかそれ以外にたまに飛んでくる、戦いのせいで飛ばされた、石や岩から守ってくれています。

ファイヤードドレイクが結界張り直してくれたけど、あの襲ってきた黒い丸は防げないみたいだからね。あっ、でもね、戦っている魔獣達を見たら、黒い丸を蹴り飛ばしたり、魔法で吹き飛ばしたりはできるみたい。あれ、一体何なんだろうね？

『ハルト大丈夫？　フウがなでなでしてあげるね』

『オレも！』

『『キュイキュイ!!』』

『ボクも！』

みんなが僕の頭を撫でてくれます。スノー、それは撫でているんじゃなくて、ペシペシ叩いているんだけど……。でもありがとう。ちょっとだけ痛くなくなった気がするよ。

横を向くと、さっきまでヒューヒューと息をしていたマロンが、今は落ち着いて、ゆっくりと息をしていました。木の実が効いたみたい。

この時、僕達は気づいていませんでした。あの一番偉そうな黒服が、とってもイライラした顔しながら、僕達の方を見ていたの。

「ふん。やはり時間がかかるな。いくら俺がこの魔法を使って結界の中に攻撃できても、ファイヤードドレイク達が居ては。そろそろやってしまうか……」

まだ身体中痛いけど、それでも体をちょっと動かすくらいなら、どうにかできるようになりました。動かすだけね。起きるのはダメ。でもロイありがとうね。僕が少し具合良くなったのを見て、ロイがニコッて笑ってくれた時でした。

「ぎゃあぁぁぁぁ!!」

「ぐあぁぁぁぁ!!」

突然の物凄い断末魔？　みたいな悲鳴が結界の外の、色々な所から聞こえてきたんだ。僕もロイもオニキス達も、ラナお母さんも他の魔獣も、ファイヤードレイクまで悲鳴が聞こえた方を見ます。そこにはあの魔獣使いの女の人と、それからサーカス団の団員、黒服の仲間が大勢、あの黒い丸とは違う、もっとドス黒い煙の塊みたいな物に襲われていました。

魔獣使いの女の人が、煙に飲み込まれて顔だけ出している状態で、ある方向を見て叫びます。それにつられて僕達もそっち見たら、そこにいつの間にか岩の上に移動して立っている、黒服の姿が。その横にサーカス団の団長が立っていました。

「何故です！　何故ですか！　私はあなた様のために!!」

「だからだ。今もっと役に立たせてやろうとしているのだ、嬉しいだろう？」

「そんな……、そんな……。団長助けて!!」

「本望だろう。お前の想い人の力になれるのだから」

「そんな……、助けて……、助けて……」

魔獣使いの女の人も、他のドス黒い煙の塊に捕まったサーカス団員や黒服達も、完璧に煙に包まれました。

すると、その煙の塊が、黒服に集まり始めて、黒服が手に持っている石に吸い込まれて行って。煙の後には何も残っていません。みんな消えちゃいました。

オニキスが、黒服が持っている石は闇の魔法の石だって。僕が今までに見た中で、一番大きな魔法の石かも。

ここでまた変化が。石に煙の塊が吸い込まれたけど、今度は真っ黒のモヤモヤが、魔法の石から溢れ出しました。

「いい加減、時間がかかり過ぎているからな。そろそろ終わらせよう」

その黒服の言葉と共に、今出た大量のモヤモヤが、一斉に結界の中に入ってきました。ファイヤードレイクも他の魔獣も対応するけど、対応しきれなかったモヤモヤが僕達を襲ってきます。

オニキスが頑張って消してくれて、フウ達も上手くモヤモヤ避けて。でもロイがモヤモヤに襲われそうになって、避けているうちに僕から離れちゃったんだ。

「ハルト様!!」

ロイの声にオニキスが僕の方見ました。

『ハルト!!』

僕の方に大量のモヤモヤが飛んできて、僕は目を瞑ります。ごめんねオニキス、フウ、ライ、ブレイブ、スノー、アーサー。僕、もう一緒に居られないみたい。

ハルトの方に大量の闇が飛んでいく。あれに襲われたら、確実に命を落とすだろう。黒服が慌てた様子でこちらを見ている。ふん。ハルトを捕まえようとして、よく分からない、自分でも制御できないほどの、難しい闇魔法を使ったか。自分の力を過信して。

ハルトの方に、大量の闇が飛んできた瞬間、私フェニックスは、空へと舞い上がった。片方の羽が穢れのせいで重いが、そんな事はもう関係ない。

この穢れをハルトが祓ってくれたとしても、私は長く生きられないだろう。色々と力を使い過ぎたし、今までずっと穢れにつかれていて、かなりの力を奪われてしまった。

だが、ハルトを助ける力は残っている。ハルトの怪我を回復し、他の魔獣達の怪我も回復する力は。

最後の時に、ハルトに出会うことができて良かった。これだけの温かい、全てを包み込むような、優しさに溢れた魔力の持ち主に出会うなど、そしてその魔力に触れることができ、私はもう、思い残す事はない。

そしてファイヤードレイクの運命の相手。ファイヤードレイクも今まで色々な経験をしてきている。そう、それは良いことばかりではなく、辛い出来事も、かなり経験してきているはずだ。そんな奴にはこれから先、ハルトと幸せに暮らしてほしい。

それにハルトを守るために、奴は丁度良いだろう。今はあの分からない闇魔法と、ハルトの力を受け、力は戻ったとはいえ、それでもやはり万全ではなかったのだろう。上手く戦えず苦戦しているようだが、完全に復活すれば、ハルトの最強の守りになる。

私が力を外に放出すると、私の体が光り始め、その光によって、今ここにある大量の闇を消し去る。そして光はハルト達も包み込み。すぐに効果は現れ、ハルト達の怪我を回復する事に成功した。ハルトは立ち上がると私の方を見て、とても悲しそうな顔をした。私の体全てを、穢れが覆ったのを見たからだろう。もう穢れに飲み込まれるのは時間の問題だ。だがその前にやることがある。あの黒服達を消し去らなければ。

私はすぐに攻撃態勢に入った。黒服は全ての闇が消えてしまったことと、私の力にもう対応する術がない事が分かったのだろう。別の小さな魔法の石を出すと、闇の空間を作り上げた。

「ここは引くしかないようだ。子供を手に入れられなかった事は残念だが……。色々報告することもできた。おそらくあのファイヤードレイクは……。おい、行くぞ！」

闇の空間に、黒服と団長と言われていた男が入って行く。どうにか攻撃したが、攻撃が当たる前に、奴らは闇へと消えてしまい、後に残ったのは、先程奴の魔法の石に吸収されなかった者だけだ。

仕方なくその者達だけでも、全て消し去ると、私は力を使い果たして地面へと落下する。ハルトが駆け寄ってくるのが見えた。

・・●・・

目を瞑ってからどれくらい経ったかな。来るはずの衝撃が来なくて、しかも周りが急にしんっと鎮まりました。僕は恐る恐る目を開けます。

目を開けてすぐでした。僕やマロン、それから怪我をしている魔獣達を、綺麗な光が包み込んで。その光に包まれてすぐ、僕達の怪我が治り始めたんだ。どんどん怪我が治っていきます。僕の背中の怪我も、マロンのお腹の傷も、すっと治っちゃったんだよ。

そしてその光が消えたときには、完全に怪我も痛みも、全部が完全に治っていました。オニキス達の姿を捜したら、オニキス達がビックリした顔して、僕のことを見つめています。

それからすぐにバッ！　とオニキスがある方向見上げて。オニキス達だけじゃなくて、マロンのお母さんも他の魔獣も。黒服と団長まで同じ方向見上げています。

何を見ているんだろう？　そういえば、今まで僕達を襲っていた黒いモヤモヤは？　僕はみんなが見ている方を見ながら、周りの真っ黒いモヤモヤが全部消えていることに気づきました。一体何が起きているの？　そして見上げた先には……。

「にゃんで？」

僕は囁くようにそう言っていました。見上げた先にはフェニックスが飛んでいたんだけど、フェニックスの全てが、穢れに包まれていたんだ。それも祓う前よりももっと、禍々しい穢れに包まれていて。

何で!?　僕、頑張って祓ったのに。何でまた穢れに飲み込まれちゃっているの!?　愕然とフェニックスを見る僕。そんな僕にフェニックスが気づいて、フェニックスが笑った気がしたよ。

次の瞬間、フェニックスが攻撃態勢に入りました。あんな穢れに取り込まれたまま力を使ったら。力を使ったら？

もしかして僕やマロン、みんなの怪我が治ったあの綺麗な光って……。それに周りに全く真っ黒いモヤモヤが無いのって。

黒服と団長に攻撃しようとするフェニックスを見ながら、それに気づいた僕。モヤモヤを消して、僕達の怪我を治すのに力を使ったから、フェニックスの力が弱くなって。そのせいで祓えてた穢れの力が、また復活しちゃった？

黒服がフェニックスの攻撃がとどく前に、黒い縦長の丸を出しました。その中に、黒服と団長が入って行きます。二人が入るとすぐに黒い縦長の丸は消えたよ。黒服が居なくなれば、あの変な魔法を使える人間はいないから、手下の黒服達を次々に魔獣達が倒して行きます。

そう、フェニックスも手下達を攻撃して。そしてフェニックスは攻撃した後、飛びながら僕の方見て。今度こそハッキリと、フェニックスが笑った顔が分かりました。次の瞬間。

フェニックスが地面に向かって落ち始めます。慌てて駆け寄ろうとする僕。でも足場が悪くて転びそうになっちゃって、オニキスが僕の洋服咥えて支えてくれました。その時前から、ドシャッ!!っていう音が。そして少しの土煙の後、穢れが溢れ始めました。

穢れの中心に、地面に落下したフェニックスが見えます。早く祓わなきゃ!!　また急いで近づこうとしたら、オニキスが洋服離してくれません。バタバタしても何をしても離してくれないの。

「おにきしゅ、はなちて!!　ふぇにくしゅ、しんじゃう!!」

『ダメだ、ハルト』

言ったのオニキスじゃありませんでした。ファイヤードレイクが僕達の隣に来て言います。

『もうダメなのだハルト。奴は助からん』

そんな事ないよ！　だって子ファングのお父さんの穢れ祓った時だって、なんとか祓えたんだから。絶対大丈夫だよ！

僕が暴れている時、他の魔獣がフェニックスの周りに集まって来ました。そして穢れが自分達に届かない所でお座りをして、それからみんなが鳴き始めたんだ。

子ファングの時と同じ……。あの時は子ファングのお父さんがもうダメだって、それでみんなが別れの挨拶で遠吠えをして。

『別れの挨拶だ。皆、奴が死ぬのが分かっている。ハルト、これはもう避けられない事なのだ』

ダメ！　ダメだよ！　僕は何とかフェニックスの所に行こうとしました。その時、フェニックスの大きな声が。

『ハルト!!』

フェニックスが僕のことを呼んだの。僕はフェニックスの顔見ました。フェニックスがニコッと笑っていいます。それから静かに話し始めました。

『ハルト。あそこまで穢れを祓ってもらったのにすまない。だが、私にとって黒服の攻撃でハルト達を失う事の方が、穢れに取り込まれるよりも耐えられなかった。……私は最後に、ハルトの温かい魔力に触れることができて幸せだった。もう思い残すことはない。私の言っていることは分かるか？　ふっ、ハルトはまだとてもとても幼いからな』

僕はコクコク、思いっきり頷きます。いつの間にかポロポロ涙が溢れてきていました。

『そうか。なら私がもうここにいられない事も、オニキス達の話からも、しっかり分かっているだろう』

僕は小さく頷きます。分かっている……、本当は分かっているの。でも、もしかしたらって。何とかなるんじゃないかって。

『ハルトに私からお願いがあるのだが』

お願い？　僕にできること？　僕、何でもするよ!!

『私はこれから穢れに全てを取り込まれる前に、自らこの世から消える』

僕の体がビクッてしました。その言葉の意味をちゃんと分かっているから。でも……。僕は涙をゴシゴシして、まっすぐフェニックスの目を見ます。だってフェニックスの最後のお願いだもん。

『私が消えると、私の一部がこの世に残る。それをハルトに持っていてもらいたいのだ。それは新しい私が生まれてくるために、とても大切な物。どれだけ時間がかかるか分からないが、新しく生まれてくる私を、ハルトに任せたい』

そうか！　フェニックスって復活するって、僕達の世界ではそう言っていたよね。それのことだよね、多分。

『私の意思は、次の私に引き継がれる。きっと私にハルトの記憶がある分、次の私が生まれた瞬間から、次の私はハルトのそばから離れず、ハルトの力になるだろう。次の私のことをよろしく頼む』

　僕はしっかり頷きます。フェニックスがもっとにっこり笑いました。

『ありがとう』

　と、フェニックスが今度はニヤッって。え？　何？　何その笑い？　僕達、真面目な話をしていたよね。フェニックスはファイヤードレイクの方見ました。

『どうせお前はハルトに付いて行くのだろう？　お前はすでにハルトの虜だからな。ならばお前にも……、そうだな、これは私からの命令か？　ハルトにとってお前は強力な力になる。これからハルトには、黒服達のような者が何人も近づいてくるだろう。そんな輩から絶対にハルトを守れ。そして生まれ変わった小さい私のことも守れ。良いな』

『最後がこれか……。はぁ、そんなことは当たり前であろう』

　ファイヤードレイクが頷きます。フェニックスが、時間がないから早くしろって、ファイヤードレイクに言ったけど何のこと？　ファイヤードレイクが僕の前に片膝をつきました。

『ハルト、我と契約してくれ。我はハルトから絶対に離れず、ハルトのピンチには全力でハルトを守ると誓おう』

　ああそうか。フェニックスはこれを見届けてから逝くつもりなんだ……。なら安心して逝けるように、ファイヤードレイクとちゃんと契約しなきゃ。

　僕もピシッと立って、オニキスに手伝ってもらって魔力を溜めました。そしていざ契約、と思ったんだけど。ここで問題が。

僕、名前考えてない！　こんな急に契約になると思わなかったから。どうしようどうしよう。どんな名前がファイヤードレイクにピッタリ？　早く考えないと、う～ん、う～ん。あっ、そうだ！

うん、これが良い!!

「どれく、にゃまえ　でぃあん」

ガーディアン、みんなを守ってくれる人。本当は少しだけ変えて、ガーディーにしようかと思ったんだけど、ガーディーお父さんが居るからダメ。だからディアンにしたの。詳しくはガーディアンって言葉があるか分からないから言えないけど、これだけは言っておこう。

「みにゃを、まもっちぇ、くれりゅひちょ」

『ディアンか……、とても良い名前だ。それで頼む』

「でぃあん、ぼくと、けいやくちてくだしゃい！」

ディアンの体全体が光って、それですぐに光が消えました。ディアンの羽が前よりもカッコよく大きくなっています。僕は爪に抱きつきました。

『さあ、そろそろ時間だ。皆に見守られながら逝けるのは、とても嬉しいことだ』

フェニックスがスッと飛び上がりました。体全体がオレンジ色の炎で包まれます。包まれた途端、今までフェニックスにまとわり付いていた穢れが一瞬で消えました。あの炎は聖なる炎なんだって。全ての物を浄化しちゃう、とっても綺麗な炎です。でもその聖なる炎は、フェニックスの最後を示していて。

どんどん炎が大きくなって、もうほとんどフェニックスの姿が見えません。うん、やっぱり寂しい……。止まっていた涙が、また出てきちゃいました。そんな僕に、フェニックスの声が。

『ハルトありがとう』

「ふぇにくしゅ!!」

その言葉と共に、炎が弾け飛びました。そうして消えた炎の後、もうそこに、フェニックスの姿はありません。どんどん涙が溢れてきます。

「うえっ……」

涙で霞む視界に、ある物が映りました。涙を拭いて、でも涙が溢れて来て、それでもなんとか見ると。ヒラヒラと何かが落ちて来ていました。それでね、ヒラヒラしながら、どんどん僕の方に近づいて来たんだ。僕は急いで両方の手のひらをくっ付けると、その手を前に出します。

ヒラヒラ落ちて来たのは、一枚の綺麗なフェニックスの羽でした。

『ハルト、それがフェニックスの言っていた一部だ。大切に持っているんだぞ』

ディアンがそう教えてくれました。僕はそっと羽を抱きしめます。

大丈夫。いつ会えるか分からないけど、僕、絶対次のフェニックスのこと守るよ。だから早く帰って来てね。

そう思った瞬間、火山のせいで曇っているはずの空に、一筋の光がさしました。

『ハルト。その羽は、そのまま抱きしめて持っているつもりか?』

僕が落ち着いたのを確認して、オニキスが話しかけてきました。あっ、そうか。このまま抱きし

めたままで、持って歩くわけに行かないよね。何か入れ物……。はっ!!

入れ物で僕は思い出しました。僕のオニキスの顔の首掛けカバンは？　僕、サーカスを見ていたときは、首から下げていたでしょう。それに僕の剣！　どこにいっちゃったの？

「おにきしゅ、ぼくにょかばん、どこ？　けんもにゃい」

『剣はハルトが攫われている時に、落としたのを見た。俺は追いかけるのに精一杯で、置いてきてしまった』

そっか。じゃあしょうがないよ。だってオニキス達、僕のこと一生懸命追いかけてきてくれたんだもん。ん？　じゃあカバンは？

『カバンはここへ来た時、あの団長がどこかへ持って行ってしまったんだ。おそらくロイの剣と同じ場所に置かれているか、捨てられてしまったか……』

そんな!?　あれ大好きだったのに。僕がもの凄い勢いでしゅんってなったら、後ろで声が聞こえました。僕の知っている声。僕はパッと振り返ります。

「まりょん!!」

僕は羽を落とさないように、ロイに持ってもらってから、マロンにかけ寄ります。マロンも僕に駆け寄って来て、僕はマロンに抱きつきました。

良かった!!　あんなに酷い怪我していたのに、ジャンプするみたいに走りながら僕の方に来たマロン。お腹を見たけど、怪我の痕も残っていません。フェニックス、みんなを治してくれてありがとう！　マロンを助けてくれてありがとう!!

ぎゅうぅぅぃっと抱きしめて、少しの間興奮していた僕。マロンがお腹を出して、そのお腹をわさわさ、わさわさって撫でまわします。でもあんまりやり過ぎて、オニキス達に怒られちゃったよ。

オニキスなんて僕のこと咥えて、マロンから離したんだ。

『いい加減にしないか！　撫でるのなら俺達にするべきだろう！』

『そうだよ！』

『そうだ！』

『『キュキュイ！』』

『ぼくなでなでして！』

『なでなでとは、そんなに良いものなのか？』

ちょっとみんな心狭すぎだよ。ディアンまでなでなでのことを聞いてくるし。でも……。後でたくさん撫でてあげるからね。僕の大切な家族。僕を守るために、かなり無理したはずだし。みんなの気の済むまで撫でてあげよう。

撫でるのを止めたら、ちょっとしょんぼりのマロン。そのマロンが
『僕、ハルトのカバンどこにあるか分かるよ。そっちの大人の人間の剣も』

え？　今なんて言ったの！　マロン僕達の荷物がどこにあるか知っているの？

マロンね、僕達の荷物を隠しておいてくれたんだって。僕達の荷物をとって、ロイの剣を調べて、僕のオニキスカバンの中身も調べた団長と黒服。何にもないって分かって、最初はオニキスが言ったみたいに、二人は荷物を捨てたんだって。

でもマロンは、僕と初めてお話しした時、謝ってくれたでしょう。僕とお話しする前にもずっと僕のことを心配していて、悪いことしちゃったって思っていたみたい。

僕達の荷物捨てられたのを見て、もし僕が黒服達から逃げられたら、黒服達の目を盗んで、返してくれるつもりだったんだって。

だから捨てられちゃった荷物を、黒服達が荷物置くために使っていた部屋の奥に、隠してくれたんだ。

なんて良い子なの！　僕は、今度はマロンの頭を撫でます。そんな喜んでいる僕と、撫でられて喜んでいるマロンに、ガーディーお父さんが話しかけてきました。

『あの家は、破壊したと連絡してこなかったか？』

あっ……。僕はそっとマロンを見ます。マロンはしっぽ振ったまま堂々としていました。そんなマロンの隣に立つラナお母さん。

『大丈夫よ、あなた。家を破壊するとき、この子があの部屋だけは残してと言ってきたから、上手くその部屋だけ壊れないように、家を破壊したのよ。でももしも生き残った黒服や、あの一番威張っている黒服に気づかれると不味いと思って。部屋が壊れている風に見せかけるために、破壊した木やらなんやらを、部屋の周りに重ねておいたわ。ディアン、あなたなら瓦礫を退けられるでしょう』

何？　この完璧な、マロンとラナお母さんのコンビネーション。

二人の話を聞いてすぐに、あの閉じ込められていた家に向かうことになりました。でもみんなで移動を開始しようとしたとき、この火山地帯に元々住んでいて、一番ディアンを心配していたファイヤーホースがディアンに声をかけてきました。

それでファイヤホースを見たら、ディアンやフェニックスを守っていた魔獣達が、全員集まってディアンを見ていたよ。

『オヤジ、俺達はここでお別れだ。まさかこんな所まで人間が来るとは思わなかったからな。またあの黒服達が来ても面倒だから、俺達はもう少し奥の、人間が来ることのできない場所まで、移動することにする』

まさかの突然のお別れです。今までずっと揺れていたディアンのしっぽが止まりました。

『オヤジはその小さい人間と一緒に行くんだろう。契約もしたことだしな。あとはそっちの問題だ。俺達には関係ない。が、最後にこれだけは言いたかったんだ。オヤジ、今まで俺達のため、ずっとこの場所を守ってくれてありがとう』

魔獣がみんな一斉に頭を下げます。凄いね、ディアン。こんなにみんなに慕われてて。僕、ディアンと契約して良かったのかな？　僕はとっても嬉しいけど、ここのみんなに悪い気がしてきたよ。

『ハルト、我はハルトと一緒に居たいのだ。悪いなどと考えるな。大体我が側に居たいと思う事を、文句言われる筋合いもないだろう』

僕の考えている事バレていました。これも波長が合っているから？　思っていたら、それも違っていて。お前はすぐ顔に出るって、ディアンだけじゃなくて、ファイヤーホースにまで同じこと言われました。みんなが一斉に笑います。

え～、そんなに？　僕、そんなに考えていること顔に出るの？　そういえばオニキス達も僕が話す前に、僕が考えていることを、言ってきたりするけど、もしかしてそれもそうなの？

僕もっとキリッとした、格好いい大人になりたいんだけど。こう忙しいとか難しいとか顔に出さずに、なんでもない顔をして、いろんなことができる大人にね。

僕は試しに、キリッとしたお顔してみます。そしたらまたみんな笑うの。もうね、大爆笑だよ。ロイまでお腹押さえて笑っています。

『ハルト、なんだその顔は！　ワハハハハハ！』

『ハルト面白い！　フウもやってみよう。フンッ！』

『オレも！　フンッ！』

フウ達だけじゃなく、ブレイブ達までマネをします。ちょっと酷くない？　僕は真剣に、キリッとしたお顔したんだけど。

やっと笑うのを止めたファイヤーホースが、僕の前に歩いてきました。

『小さい人間。オヤジを頼む。今までずっと俺達のために、気を張り続けてきたんだ。お前の側でゆっくりさせてやってくれ。まぁ、お前の側じゃ、ゆっくりできるかどうか疑問だが。……たまにここに遊びに来い。俺達はお前なら歓迎する』

おお～。ここに来る許可を貰っちゃいました。でもここに来るなら、ブリザードモンキーとかに手伝ってもらわなきゃだよね。後でブリザードモンキーとお話ししてみようかな？

こうしてファイヤーホース達にバイバイすると、ファイヤーホース達はぞくぞくと奥の方に消えていきます。そして全員行ったのを確認して、僕達も移動を始めました。

家まで歩いて行くのは良いんだけど、ドシンッ、ドシンドシンッ！　ディアンが歩くと地面が揺れます。戦っている時はそれどころじゃなかったから気づかなかったけど、後でこれについても相談しなきゃ。それどころか街に戻ったときどうしよう。ドラゴンのままじゃ大変なことになるよね。

『ハルトそれなら大丈夫だ。後で話す』

そうディアンが。え？　またお顔に出ていた？　僕はお顔モミモミ、それを真似してフウ達もモミモミ。もうすぐ真似するんだから。

家があった所に着いてビックリ。本当に跡形もなく家が壊れていました。

「しゅごい」

思わずそう言ったよね。だって本当にただの、瓦礫の山になっていたんだもん。これ、本当に僕のオニキスカバンとロイの剣大丈夫なのかな？

マロンがディアンに、ある場所の瓦礫をどかすように言います。それでディアンが大きな爪でヒヨイヒヨイっと簡単にどかしていって、すぐに作業は終了。

そうしたらちょっと壊れた部屋が出てきて、その中からマロンが、箱を一つ運んできてくれて、ロイが箱開けます。そして中からオニキスカバンと剣が出てきました。僕はマロンに抱きつきます。

それから他にも箱を運んできたラナお母さんや、魔獣達が箱を運んできて。それも開けると中からは、僕が貰った、あの元気になる木の実とか、色々な魔法の石とか、お金とか、色々な物が出てきました。

『色々必要だと思って、隙を見て隠しにきていたのよ』

そうラナお母さんが。ありがとうマロン、ラナお母さん。僕は早速、オニキスカバンに羽を入れようとします。

「ハルト様お待ちを。中に包みが。これに包んで入れた方が」

ロイが羽をそっと包んでくれて、オニキスカバンに入れてくれました。それから木の実も入れて僕の準備は完了。ロイも壊れかけの部屋からカバン見つけてきて、それに魔法の石とか、お金とか、色々な物入れて、剣を腰に着けて準備完了です。

『よし。じゃあこれからの話をするぞ』

オニキスがみんなに声をかけました。でも、いざ話をしようとしたんだけど、この暑さだからね。ブリザードモンキーの双子がいてくれるけど、ずっと力を使わせるのはダメ。

という事で、これからのこと詳しくみんなで話し合う前に、取り敢えず火山地帯から離れようって事で話がまとまりました。

オニキスがディアンに、僕達が魔法なしで、安全に休める場所がないか聞いたら、ここからディアンがちょっと飛べば、火山地帯は終わって広い森に出るって。本当にすぐだから、みんなに乗れって言いました。

乗る。まさかドラゴンの背中に乗れるなんて。ディアンは大きいから、僕達やマロン達、それに他の魔獣が乗っても平気だって。

「はいはい！　ぼくしぇんとう！」

僕は嬉しくて、思わずぴょんぴょん跳ねちゃったよ。ディアンが伏せしてくれて乗る順番に並びます。でもね、ディアン伏せしてくれたけど、ディアンの爪よりも小さい僕が、一人で乗れるわけもなく、オニキスに咥えてもらって背中に乗りました。

スノーは僕が抱っこして、一緒に乗ったよ。背中に乗った後は、トコトコ歩いて先頭に。その間のオニキスはロイも咥えて乗せてくれました。

フウとライは飛んで自分で乗れるし、ブレイブとアーサーは木登りみたいに上手にディアンの体を使って登ってきて。

他の魔獣も同じ。次々に背中に乗ってくると、マロンが僕の隣に座りました。

『えへへ。僕、ハルトの隣』

もう片方の隣に、オニキスがフンッて鼻を鳴らしながら座ります。それからマロンの背中にブリザードモンキーの双子が、僕の後ろにロイとガーディーお父さんとラナお母さん。その後ろに次々にみんなが座ったよ。

『全員乗ったな。オニキス風魔法で結界を張れ、風で飛ばされないようにな』

『分かった』

そうね、ディアンが飛ぶんだから、そのスピードや威力がどのくらいかは知らないけど、絶対僕は飛ばされるよ。

風を防ぐのに風魔法って面白いね。オニキスが結界張って、ブリザードモンキーも弱まってきた雪の粉を、もう一度強化してくれて、いよいよディアンが飛び立ちます。ふわっとした感じの浮遊

感の後に、ブワッて空に舞い上がりました。

「ふわわわわ!!　しゅごい！」

高く舞い上がるディアン。火山地帯が広がっていて、今のところそれしか見えないけど、もうね凄く良い眺め。でもその景色もゆっくり眺めていられません。だってディアンが一回羽ばたくだけで、かなりの距離進んじゃうから、すぐに景色が変わります。

ちょっとだけ残念だと思ったけど、早く離れたいっていう気持ちもあるし。今度ゆっくりまた、背中に乗せて飛んでくれないかな？

たぶん僕が普通に移動したら、かなりの時間がかかったと思うけど、ディアンが飛んでくれたおかげで、本当にほんのちょっとで森に着いちゃいました。

森の中にちょっとだけ開けている所があって、そこにディアンが降りようとしたとき、ロイがディアンのこと止めました。

「ちょっと待ってくれ。すまんがもうひと羽ばたきだけ、してくれないか？　あそこにちょっとだけ見えているのが、街なのか確認したいんだ」

ディアンがもう一回だけ羽ばたいて、ロイが見つけた所確認したら、ロイが言った通り何かが見えました。あれって街なの？　確認が終わると、開けた所に戻って下におります。

先ずは大人組が下に降りて安全を確認したら、今度は僕達が下に降りて。ようやくこれからの事の話し合い開始です。

開始……。そう開始しようとした瞬間、僕のお腹がぐぅ～って。だって僕、木の実ちょっとしか食べてないからお腹空いちゃったよ。そしたらフウ達もお腹空いたって、結局まずはご飯食べようって話になりました。

ガーディーお父さん達や他の魔獣達が、別れて食べ物を探しに行ってくれます。待っている間、ロイとオニキスそれからディアンが何かお話ししていました。

少しして戻ってきたガーディーお父さん達。うん、凄いや。木の実も魚もいっぱい。それから大きな魔獣達は狩りもしてきて、魔獣達は生で、僕達は火の魔法使える魔獣が、カリッと焼いてくれて、ついでに魚も焼いてもらって食べました。

『ハルト、久しぶりにまともなご飯を食べるんだ。あまりお腹いっぱい食べるな。お腹を壊すぞ』

「うん！　もぐもぐ、もぐもぐ」

『なんかその会話聞いてると、オニキスはハルトのお母さんみたいだな』

そうロイが、じぃーっと僕達を見ながら言いました。だってオニキスお母さんだもん。最初に暮らしていた森に居るときからそうだったし。

みんなたくさんご飯食べてお腹いっぱいで、僕達はお腹を上にしてゴロゴロです。マロンも僕の隣でゴロゴロ。他の小さな子魔獣もゴロゴロ。でもさすが大人組。お腹いっぱいでちょっとゆったり座っているけど、周りの警戒を怠りません。

う～ん、お腹いっぱいで眠くなってきちゃった。これから大切なお話し合いしなくちゃいけないのに……。

なんて思っていた僕。僕はいつの間にか寝ちゃっていて、起きた時、まさかオニキス達が居ないなんて、思いもしませんでした。

・・●・・

お腹がいっぱいになり、寝てしまったハルト。他にも子魔獣達の何匹かが寝てしまっている。仕方ないだろう。ここまでかなりの魔力と体力を使っている。疲れていて当然だ。そんなハルトを見ているとロイが近づいてきた。

「オニキスさっきの話だが」

俺、オニキスは頷きガーディーや他の魔獣を集めた。他の起きていた子魔獣達も、皆すやすや寝始めている。そんなハルトと子供達が寝ている間に、一つやってしまいたい事があり、皆を集めた。そして皆にあることを頼む。

皆が餌を探しに行っているときロイに言われたのは、さっき見つけた街に行きたいというものだった。あの街へ行き今いる場所がどこなのか確認をして、帰り道を確実にしたいと言ってきたのだ。だがあそこまで行くのに、ロイだけで行けば何日かかるか分からないし、俺が乗せて走ったとしても時間がかかり過ぎる。ディアンに乗せてもらい行っても良いが、近付き過ぎて街の人間に見られるのも不味い。となかなか話がまとまらなかった。

確かにロイの言う通り、ここがどこなのか知ることはとても大切なことだと。闇魔法で移動してしまったからな。どれだけ家から離れているか確認しなければ。

結局ディアンに俺とロイが乗り、さっきよりももう少しだけ街に近づいたらそこで降り、ディアンにはその場で待機してもらう。そしてそこからは俺がロイを乗せ街まで走り、色々情報を集め、またディアンの所に戻りディアンに乗り帰ってくる。

そう決めたため、皆にはその間、ハルト達のことを頼んだのだ。こうして俺はガーディー達にハルトのことを頼み、すぐに出発をした。

ハルトが起きたら不安になり、また心配するだろうからな。なるべく早く帰らなければ。

すぐに予定通り、街のスレスレまで行くと、ディアンが隠れられそうな場所を見つけるとそこへ降りた。ここからなら、俺の足の速さなら、一日とちょっとで戻って来られるだろう。

『よし！　しっかり掴まっていろ、飛ばすぞ。ディアンはここで待っていてくれ。それにしても、ディアンのことは後で考えないとな。その体じゃいつもハルトの側に居るのは難しい』

『その事なんだが……、まぁ、それはお主達が帰ってきてから話す。早く行け』

よく分からないがそう言われ、俺は走り出した。風魔法で結界を張り、ロイが落ちないように気をつける。

俺が考えた通り半日で街まで着くことができた。かなり大きな街で、シーライトと同じくらいの街だ。外壁をくぐりすぐの所に看板が立っていて、ロイがそこにはバイルトイアと書いてあると。

「やはり俺の思っていた街で間違いないようだ。火山地帯の一番近くにある街、バイルトイア。冒険者ギルドに行って地図をもらってこよう。それとハルト様に必要な物を買って戻ろう。何、金ならあの崩れた家でだいぶ拾ったからな。お前も欲しいものがあれば言え。次はいつ街に行けるか分からないからな」

ロイの後ろについて歩き、先ずはギルドで地図を手に入れた。すぐに地図を見てどれだけ移動しなければいけないか確認する。ロイが言うには人間が普通に歩けばかなりの時間がかかるらしい。二十日は絶対にかかると言っていた。

ここはそんなに離れた場所だったのか。が、俺達にはディアンが居る。奴に運んでもらえば、かなりの時間短縮になるはずだ。

地図の確認を終え、次はハルトの買い物だ。一応食糧も買い込む。人間がよく食べると言われる保存食だ。

俺達魔獣はいざとなったら、食べられるものならなんでも食べる。それが多少危ないものでもだ。が、ハルトはそうはいかない。そのための人間用保存食だ。

食糧を買ったら次はハルトの洋服を買った。洋服の汚れや歯磨きについては俺が浄化をかければ良いが、色々あったからな。洋服が所々切れてしまっている。俺はハルトが喜ぶからと言って、騎士が着ているような洋服を買わせた。

あとは乗り物のおもちゃを二個と、小さい俺の形をしたぬいぐるみ、それと絵本を一冊買って、それを全てロイが買った大きなリュックの中に入れる。

最後に、怪我や具合が悪くなったとき用に、人間用の薬を買い、買い物は終わりだ。俺は別に欲しい物はなかったため、フウやライ、スノーにブレイブやアーサーのために、大きなタオルを買ってもらった。みんなタオルに包まるのが好きだからな。

買い物も終わり、すぐに来た道を引き返す。予定よりずいぶん早く戻れそうだ。あとは、ディアンの問題が残っているが、どうやらそれについては奴に考えがあるようだからな。さぁ、ハルトの所へ戻ろう！

・・●・・

フウ達を抱きしめながら、オニキス達が帰ってくるのを待っていたら、急に空が暗くなりました。パッと顔を上げると、ディアンが羽を広げて降りてくるところで。あれだけ大きいのに、全然音しなかったんだけど。

まぁ、それはいいや。地面にディアンが降りると、オニキスがロイの洋服咥えて、ぴょんって地面に降りてきました。

「おにきしゅ!!」

僕は立ち上がってオニキスに駆け寄ると、オニキスのモフモフの気持ちの良い毛を、体全体で感じるように、ぎゅうっと抱きつきました。良かったぁ。オニキスちゃんと帰ってきた。誰にも何もされてないよね。

『ハルト、起きたらオニキスが居なくて、とっても心配していたの。フウね、街に行っただけだからすぐ帰るって言ったんだけど』

『今までずっと一緒に居たのに、寝ているうちに居なくなっちゃったから、ハルトとってもオニキスのこと心配したんだ』

『ボクもちんぱい』

『『キキィ!!』』

ブレイブとアーサーが、オニキスの顔をしっぽでバシバシ叩きます。だって黒服達のこともあるし、このまま帰って来なかったらどうしよう、って思ったんだもん。

僕の家族。僕がこの世界に来てから一番ずっと一緒にいる家族だよ。そんなオニキスが居なくなったら、そんなの僕いやだよ。僕いつの間にか泣いちゃっていました。

『す、すまないハルト。こんな知らない森じゃなくて、早く家に帰してやりたくて色々調べに行ったんだ』

オニキスが慌てて謝ってきたよ。今度からは起こして良いから、ちゃんと言ってから行ってね。

数分後、なんとか泣くのが落ち着いたら、僕はオニキスに寄りかかって座りながら、オニキスとロイの話を聞きました。

街に行ってきたオニキスとロイ。地図を手に入れて、これから必要になるかもしれない色々な物を買って帰ってきました。僕達には、おもちゃと絵本まで買ってきてくれたんだよ。あとオニキスのぬいぐるみも。今僕は、そのぬいぐるみ抱っこしています。

それから買ってきてもらった洋服にも着替えて、今さっぱりしています。汚れてボロボロの洋服は、オニキスに汚れだけ浄化してもらいました。新しい洋服があるから大丈夫だろうけど一応ね。ボロボロでも着ないといけないかもしれないし。

ロイの話だと、ディアンに乗ってシーライトの街まで帰れば、かなり早く帰れるみたい。僕達がそのまま歩けば、何十日もかかるけどね。

でも問題はディアンです。ファイヤードレイクのディアン。そんなディアンを街の人達が見たら大騒ぎだって。珍しいって言うのは分かっていたつもりだけど、そんなに珍しいのかなって思って、ロイに聞きました。

普通のドラゴン種は、冒険者が見たり戦ったりするから、そんなにみんな驚かないみたい。いや、普通の一般人がドラゴン種を見かけたら、すぐに逃げるけど。冒険者さん達や、力のある人達だったら、対応できるって。

でもディアンは、ファイヤードレイクは、本ではみんな知っているけど、今生きている人の中で、見た事がある人はいないはずだって。前に姿が確認されたのは、もう何百年も前。だから居ないと思っている人が多いみたいだよ。

そんなドラゴンがいきなり街に現れたら？　飛んでいるところを見られたら……。そりゃ大騒ぎになるよね。

『それについてだが』

話を聞いていたディアンが、移動は問題ないって言ってきました。ディアンね、人の気配をかなり遠くからでも察知できるから、森の上や林の上を飛んでいる時、もし人が居たら避けて飛べば良いって。う～ん。それでもディアン大きいから遠くから見えるんじゃ？

『あまり人間が居るようならその時は、どこかに隠れて動かなければ良い。まぁ、その間、ハルトに待ってもらう事になってしまうが』

隠れる……。ここみたいに広い隠れる場所あるかな？　話を聞いていたオニキスは、他にも問題があるって言います。

『確かにそれなら大丈夫そうだが。だが他にも問題があるだろう。街の近くや街ではどうするんだ。お前だけ森の中で隠れて暮らすつもりなのか？　それだとハルトとは、ずっと一緒に居られないんだぞ』

そうだよ。もし家に帰れても、ディアンが一緒じゃなきゃ。だってせっかく家族になったんだよ。一人だけ隠れて暮らすなんてダメだよ。

『それについては、一つやってみたい事がある。昔な、皆の前でやったことがあるんだが、その頃ははっきりと人間を見たことがなかったからな。我も皆も、それが合っているのか間違っているのか、分からなかったのだ。どれ……』

ディアンはそう言うと目を瞑りました。そして数秒後、ディアンの体が光り始めて。ぽわぁって優しい光から、だんだん強い光に。最後には僕達が目を瞑らないといけないくらい明るく光って。

やっと光が落ち着いてきて目を開けたとき、僕達の目の前に一人の男の人が立っていました。髪の毛は真っ赤で、洋服は冒険者が着ているような洋服。背が高くてダンディーなおじ様って感じの男の人です。

「おじしゃん」

僕が思わずそう言ったら、

『おじさんか……。もう少しこう、そうだな』

おじさんが光り始めます。次に光から現れたのは、ロイと同じくらいの歳の、ハンサムな……、やっぱりおじさんでした。

『どうだ？　ちゃんと人間に見えるか？』

「うにょ？」

『そうか、お前は人間に変身できたのか。ハルト。皆、この人間はディアンだ』

「ふおぉ!!」

なんと男の人は、変身したディアンでした。それもカッコいいハンサムなおじさん。思わずみんなでディアンに駆け寄ります。周りをぐるっと回って、洋服とか手とか触って、最後に顔をじぃーって見て、どっからどう見ても人間です。

「でぃあん、かっこい！　へんちんしゅごい！　かっこい、おじしゃんねぇ」

『そうか。だが、まだおじさんか。我は若く見てもらいたいのだが。いつもオヤジやおじさんや、魔獣の子には、大きいじいじだったからな。人間の姿のときくらい、お兄さんでも良いだろう？』

え？　お兄さん？　ディアンってそういうの気にするの？　でも僕、ダンディーなディアンも好きだよ。フウ達もみんなカッコいいって言っているし。スノーなんてボクもカッコいいおじさんに変身したいって、周り跳ね回っています。

でもこれなら街で歩いていても、誰もディアンがドラゴンだなんて分かんないよね。うんうん、ずっと一緒に居られるよ。

パッ！　とオニキスとロイ見たら、ロイが何とも言えない顔をしていました。それで固まっているの。僕はロイに近づいて、洋服の端っこのところ引っ張ります。そしたらハッとなって、僕の方見るロイ。

「りょい、どちたにょ？　とまってりゅ」

「あ、いえ、まさか姿を変えられるとは」

それからも独り言をぶつぶつ言っていたロイ。本当にどうしたんだろうね。まぁ、そんなロイはほっといて、もう一回ディアンの所に行って、カッコよく変身したディアンに、みんなで拍手です。

『お前が言っていたのは、これのことだったのか。これなら森を飛んでいて、急に人間の気配がしても、すぐに隠れることができるな』

オニキスがゆっくり近づきながらそう言いました。そうだね。これでどこでもサッと隠れられるよね。

ディアンの問題も解決して、オニキスが次の話をするって。え？　まだ問題があるのって思ったら、まずもう一回みんなでご飯食べて少しゆっくりして、僕の家の方に向かいながらディアンの背中の上でお話するって。

そっか、オニキス達今帰って来たばっかりだもん。ごめんね僕自分のことしか考えてなかったよ。せっかくぬいぐるみとか買って来てくれたのに、ほらゆっくり休んで。みんなで葉っぱ集めて葉っぱのお布団作って三人に座ってもらいました。それからご飯を並べます。

「どじょ。おみじゅは……、りょいだちて」

ロイは僕より先に食べるなんてって言ったけど、ロイが食べないと僕が食べないって言ったら、渋々食べ始めました。三人が食べ始めたのを見て僕達もご飯です。移動前のゆっくり時間。

ご飯を食べてゴロゴロしていたら夕方に。ゆっくりし過ぎちゃった？　移動は明日から？

『いや、なるべく夜に移動する。ディアンは夜でも問題なく移動できるからな。街へ行った時に確認した』

『ああ、全く問題ない』

夜の真っ暗の中移動した方が、暗闇に紛れて移動できて、他の人達に姿を見られる心配が減るからだって。なるほど。

完璧に日が沈んで、さぁ、いよいよお家に向かって出発！　前と一緒の順番でみんながディアンに乗ります。僕が怖くないように、目立たないくらいに、ライがずっと光ってくれています。ロイの魔法と交代で光ってくれるって。ありがとう、ライ。

フワッと浮かび上がるディアン。そしてビュッて前に飛び始めました。それを確認したオニキスが、後ろに乗っている魔獣達に話し掛けます。オニキスがさっき言っていたお話です。

『ハルトや俺達は家のあるシーライトに戻るが、お前達はこれからどうする？』

あっ！　そうだマロン達のお家。とっても大事なこと忘れていたね。マロン達は黒服達に捕まる前、どこで暮らしていたのかな？　もしかして僕のお家と別の方向？　もしそうだったら先にマロン達送ってあげなくちゃ。

オニキスの言葉に、最初に話し始めたのは、ガーディーお父さんでした。

『俺達家族や、俺達と同じ森にいた魔獣は、元の森には帰れないんだ。おそらく他の魔獣も同じだろう』

えっ？　どういうこと？　オニキスが詳しくガーディーお父さんに聞きます。

今ここに居る魔獣は、もちろん黒服達が移動の最中に捕まえた魔獣達や、人から奪った魔獣もいるけど。半分以上が、自然の森や林、海や岩場に住んでいた魔獣だって。

それでね、黒服達がガーディーお父さん達を捕まえた時、住処やみんなが集まる水辺とか、手当たり次第に破壊したみたい。脅しだったんじゃないかって、もう森には戻れないと思わせるための。

『おそらくあの辺りに住んでいた魔獣は、森の奥に引っ込んだか、別の森に移動しただろう。我々で森を修復できれば良いのだが、さすがにあれほど破壊されてしまってはな。だから俺達には、もう帰る場所がないんだ』

なんて酷いことするの！　こんな可愛いマロン達の、住処の森を破壊するなんて。それにそんなことしたら捕まらなかった魔獣達まで、その森に住めなくなっちゃうじゃん。現にそうなっているだろうって、ガーディーお父さんも言っているし。

『だからお前達が街に行っている間に、皆で話し合ったんだ』

もしこのままディアンに乗せてもらえるなら、僕が家に帰るまでの間に、どこか良さそうな森か林を見つけて、そこで新しい生活を始めよう。そういう話でまとまったんだって。

僕が、オニキスが帰ってくるか心配していた時、後ろの方でガーディーお父さん達がガウガウ、キィキィ煩かったの。あれね、これからの相談していたんだ。

ガーディーお父さん達、人間の言葉じゃなくて鳴き声で話していたから、そんな大事な話をしているなんて知らなかったよ。

『本当にそれで良いのか？　お前の言う通り新しい森に住むとして、元から居る魔獣達と、争いが起きないとは言い切れないぞ』

『分かっている。なるべく元から居る魔獣達の、邪魔はしないようにするつもりだ。しかしもしも縄張り争いが起きたなら戦うだけだ。家族のため、ここに居る魔獣達のために』

せっかく黒服や団長達から逃げられて、これから家族や仲間でゆっくり暮らそうとしているのに、縄張り争いなんかして怪我したらどうするの。そんなのダメだよ。

どこかに森で暮らす魔獣達みんなが、仲良しで楽しく幸せに暮らせるような森ないかな？　ほら、子ファング達が暮らしている、僕やオニキス達が最初に暮らしていた森とか……。

ん？　僕達が暮らしていた森？　そうだよ!!　みんなが仲良しの森あるじゃん！

「おにきしゅ！　ぼくたちいちゃもり、みにゃなかよち！　まりょん、よりょこぶ！」

『……そうか、俺達が暮らしてた森なら』

オニキスが、僕達が住んでいた森の説明をします。森の広さとか、そこで暮らす魔獣のこととか。フウ達は僕達の最初のお家があることとや、そこでたくさん遊んだこととか、楽しいことのお話ばっかりしました。

それ聞いて最初に飛びついたのは、もちろんマロンと子魔獣達です。当たり前だよね。確かに穢れのことはどこでも発生するし、それで色々問題が起こるけど、それは仕方がないこと。その問題さえ気をつければ、あの森はみんなが幸せに楽しく暮らしている森なんだから。

『お父さん僕、ハルト達が居た森に行きたい。だってもう前にいた森で暮らせないんでしょう。湖の所で走り回れないんでしょう。じゃあじゃあハルトが教えてくれた森がいいよ』

『確かに良さそうな森だが、全員がその森に行っても本当に大丈夫なのか？』

『大丈夫だろう、あの森は争い好きの魔獣は、森の最深部に集まっていて、時々しか外側へ出てこない。それと最深部付近へ行かなければ、縄張り争いに巻き込まれることはないだろう。もちろん必ずと言うわけではないがな』

僕はそのへんは、あんまりよく知らなかったけど、今のあの森も最深部や最深部付近以外で、一番力のある魔獣はあのファング達みたい。だから僕達が住んでいた家の周りや、ファング達の住んでいる場所、その辺で暮らせば、問題は起きないって。

『森の奥に行かなければ平和な森だ。もちろん外側でも、他の森と比べれば、強い魔獣が多いが、ファング達が見張っているから問題はない。ファング達に頼めば、お前達の縄張りも決めてくれるだろう』

『そうか、なかなかよさそうだな』

『それから一つだけ。森の奥に一匹面倒な奴がいるが、基本魔獣達のことを一番に考える、良い奴だから気にするな。森に住むことになれば、そのうちお前達の前に現れるだろう』

そういえばオニキスが穢れで苦しんでいる時、どこかに遊びに行っていて、オニキスの穢れ祓ってくれなかった魔獣が居るって。

その魔獣さ、確かに弱い魔獣の事とか考えてくれているみたいだけど、僕、何となく心配だよ。オニキスが大丈夫って言うんだから、そうなんだろうけど……。

『もし本当に、あの森にガーディー達が行くのであれば、俺がちゃんと奴と話をするから心配するな』

本当？　ちゃんとお話ししてね。マロン達のことなんだからね。

ガーディーお父さん達大人魔獣達の話し合い開始です。でもすぐに話し合いは終わってね、その結果、あの森に行くことで、みんなの意見がまとまったって。ふぅ、これで後は、オニキスがちゃんとお話ししてくれて、何事もなくあの森まで行ければ完璧だね。

「オニキス。今話していたのは、ハルト様が見つかった森のことか？」

今まで静かにみんなの話を聞いていたロイが、オニキスに話しかけてきました。

『そうだ。ガーディー達の住む所にはピッタリだからな』

「そうか……。住む場所が決まったのは良い事なんだが、そこまでどうやって行くつもりだ。あの森に行くまでに大きな森も林もない。ディアンが飛んで運べば大騒ぎになるぞ」

あっ!!　大変！　大問題だよ。今はあんまり人が居ないから、飛んで運んで貰っているけど、森や林がないんじゃ、少しも隠れられない。

う～ん。歩いて行く？　でもそれでも、みんなで道をゾロゾロ歩いていたら、やっぱり大きな騒ぎになっちゃうよね。どうしよう……。

僕達がうんうん悩んでいたら、ディアンが僕が住んでいる街から森まで、どのくらい離れているのか聞いてきました。

　オニキスの説明によると、オニキス達が地図とか手に入れてきた街があったでしょう？　その街から僕達が待っていた場所までの距離よりも、ちょっと遠いくらいだって。

『ならば我が暗闇に紛れて飛んで運び、急いで帰ってくれれば問題ない。その距離ならばほとんど時間はかからないからな』

『だから、それが問題だと。人間に見られれば、ハルト達が大変な目に遭うんだぞ』

『オニキス、お前の風結界を、もっと濃く張ることはできるか？』

『できるが、それがどうした』

　ディアンがやってみろって。オニキスがどんどん結界を濃く張っていきます。オニキスの風結界の色は、いつもだったら薄い白色だったり、薄い緑色だったり。でもねオニキスが濃く結界を張り始めたら、濃い白色と緑色それから灰色が混ざって来ました。それで最後は暗い灰色になったんだ。

『これが限界だが？』

『この色の結界ならば、暗闇の中ならば目立たないのではないか？　後はお前が、どれだけこの濃い結界を維持できるかだが……。お前達が暮らす街から森までを、行き来するくらいならばもつだろう？』

『なるほど……、もう解くぞ』

『じゃあオニキス達が街の近くに行った時も、それやれば良かったのにね』

　そうライが。オニキスもディアンもロイも、みんな静かになっちゃいました。ライ、それ言っちゃダメだよ。みんな気づいてなかったんだから。とにかくこれで色々と、何とかなりそうだね。

これからの予定です。まずシーライトに一番近い森まで行きます。そしたらそこからは僕達が街に戻って、マロン達は森で待機。僕のお父さん達に色々お話をして、マロン達の事もお話しします。

そのお父さんとのお話が、どれくらいかかるか。その日のうちに、マロン達の下へ行けるか、次の日になるかは分からないけど、とにかくまたマロン達の下へ。

そして夜になったらみんなで僕達が住んでいた森に移動。オニキスが森のみんなにマロンの事説明。こんな感じです。みんなもそれで良いって、話がまとまりました。


そんなこんなで予定が決まってから五日目。ついにシーライトに一番近い森に着きました。マロン達にはここで少し待っていてもらって、僕とオニキス達とロイで街に帰ります。僕はオニキスに乗って、僕にフウ達が乗ってスノーは僕が抱っこ。隣をディアンとロイが歩きます。

あとちょっとでシーライトに、僕達の二番目のお家に帰れます。ちょっとドキドキ。お父さん達どうしているかな？　僕達のこと待ってくれているかな？　もしかしてもう僕達のこと、居ないものだと思われちゃっていたら？

なんかちょっと不安になっちゃったよ。優しいお父さんとお母さんとお兄ちゃん。グレンとビアンカ。みんながそんなこと思うはずないって分かっているけど……。

そんな不安の中、歩き出して数時間後、シーライトの街の壁が見えてきました。そして、どんどん近づいてくる街の大きな壁。壁の外に並んでいる、街の中へ入るための検査を待つ人達の列も見えてきました。

もうね、ドキドキが止まりません。と、ロイが僕達に止まるように言って、それから壁からちょっと離れたこの場所で待ってろって。

え？　何で？　もう僕ドキドキし過ぎて疲れてきちゃったんだ。もうね、早く会うなら会うで、どんなこと言われても良いように、覚悟はしているんだけど。オニキス達も何で？　ってロイに突っかかっています。フウ達の攻撃を避けながらロイがね。

「ハルト様。おそらくハルト様の捜索がされていたでしょうが、ハルト様が攫われてからかなりの日にちが過ぎています」

僕が攫われてから、お父さん達が街の騎士や冒険者に、僕のこと捜すように命令したはずだって。もちろん僕の似顔絵を全員に渡してね。

僕は知らなかったけど、僕が今回みたいに攫われたり、行方不明になったりした時は、似顔絵を配って全員で捜索するって、話になっていたみたいです。騎士の方はお父さんが、冒険者の方はお母さんが指揮をとっているみたい。

それで今回のことになるけど、街中に僕の顔が知れ渡って、壁の門の所では警備の騎士達が、街に来た人達に僕の似顔絵見せて、僕を見てないか確認しているはず。

だからもし僕が、このまま普通に街に戻ったら、街に入る前に大騒ぎになって、大変なことになるって言われました。

あ～、うん、そうね。それだけ僕の似顔絵みんなに見せて捜索していたら、僕が街に近づいた途端に大騒ぎになるね。だからね、ロイだけ先に街に戻って、お父さん達呼んできてくれるって言いました。

「私はハルト様の護衛です。特別に騎士の門から入ることを許されています。そこからこっそり入ればば大丈夫なはず。警備の騎士にはハルト様の安全のために騒ぐなと言えば良い。良いですか、ハルト様は絶対ここから動かないでください」

『我らが居るのだ、安心しろ。早くハルトの家族を呼んでこい』

ロイがフードをかぶって歩いていきます。僕は大きな木の下に座って、ロイがお父さん達呼んで来てくれるまで、オニキスに寄りかかって休憩することに。少しドキドキおさまったかな？

ディアンには街に着くまでに、僕の家族のこと教えました。お父さんとお母さんとお兄ちゃんのこと、それからグレンやビアンカのこと。話したら随分家族が多いんだなって。みんな僕の大切な家族だよ。

もちろんディアンと、いつ復活するか分からないけど、フェニックスもねって言ったら、ディアンとっても嬉しそうな顔していました。

どれくらいの時間が経ったかな。ロイ、上手く街に入れたかな？　何て考えていたら、それまで伏せしていたオニキスが、顔上げて耳をピクピク。

『街の方が騒がしいぞ』

『そうだな。あれは馬の足音か？』

そうディアンも。え？　何々？　もしかしてロイの作戦、失敗しちゃったの？

僕は立ち上がって、木の陰から街の方を見ます。ん～、確かに馬が走って来ています。それから馬車も。結構なスピードが出ているみたい。

どんどん近づいてくる馬と馬車。それで僕、気が付きました。向かってくる馬車に付いているマーク、あれって確かお父さんの家のマークだったはず。じゃあ今走って来ているのって……。

僕の隣に立つオニキスとディアン。それからいつもみたいに僕の肩に乗るフウ達と、僕に抱っこされるスノー。オニキスの上にブレイブ達が乗っかって、あの馬と馬車が走って来るのを見ていました。そして……。

最初に騎士が乗った馬が、バッ!! と僕達の周り囲みます。それからその囲みの中に馬車が入ってきて、僕達の目の前で止まりました。馬車の後ろからロイが馬に乗って現れて、僕の方を見てニコッと笑った後、馬車の扉を開けたよ。

最初に馬車から下りて来たのはお父さん、次にお母さんが下りて来て、最後にお兄ちゃんが下りて来ました。僕の前に並ぶお父さん達。何だろう。みんな無表情っていうか、僕のこと見て何とも言えない顔をしています。

どうしよう。今まで少しはまったりできていたけど、またドキドキが復活しちゃったよ。しかも一番酷いドキドキです。

やっぱりもう僕のこと諦めていた？　それとも簡単に攫われたこと怒っている？　僕、オニキスにしがみつきます。

『おい！』

オニキスの声にビクッてしたお父さん。その瞬間お母さんが走り寄ってきて、僕の事をぎゅううぅと抱きしめてきました。何が起こったのか分からない僕。僕とお母さんに挟まれたスノーが、

『くりゅちぃぃぃ……』

って。でもお母さんのぎゅうううぅが終わりません。それにお母さんちょっと震えている？　僕はどうしたら良いか分からなくてオロオロ。でもオロオロしていたらお母さんが。

「ハルトちゃん、辛かったでしょう。怖かったでしょう。お母さん助けに行けなくて、迎えにいけなくて、ずっと心配していたのよ、良かった、良かったわハルトちゃん‼」

お母さん、涙声でずっと僕の名前を呼んでいます。そんな僕とお母さんに、今度はお父さんが寄ってきて、僕とお母さん両方を抱きしめました。お父さんも力強く僕達の事抱きしめてくれます。

「ハルト、無事で良かった。よく戻ってきたな。なかなか迎えにいけなくて悪かった、不甲斐ないお父さんですまない」

そっと顔を上げると、お父さんと目が合って、お父さんの目にも涙が溜まっていました。

「おとうしゃん、おかあしゃん。おこっちぇにゃい？　いにゃくにゃっちぇ、ごめんしゃい。しゅぐに、かえっちぇこにゃくちぇ、しんぱいごめんしゃい。……ぼくかえっちぇうれち？」

今、僕が言える精一杯を伝えました。それを聞いたお父さんとお母さんがそれぞれ、僕のこと見ます。泣いているお母さんとお父さんがビックリした顔して、それからすぐに二人は、また僕の事抱きしめてきました。そして。

「何をバカな事を。お前は俺達の子供だろう！　心配しない親がどこに居る！　お前がごめんと言

う必要ないんだ！　分かるか？　帰ってきてくれて嬉しいに決まってる‼」

「ハルトちゃん、お母さん達の所に帰ってきてくれてありがとう。お帰りなさい」

僕の頬を、知らないうちに涙がポロポロ溢れます。

「ヒックッ、エックッ……、ちゃじゃいま、ふえぇ、うわあぁぁぁぁぁん‼」

もうね涙が止まりませんでした。こんなに泣いたのは、僕の地球でのお父さんとお母さんがいなくなった時以来かな？　それから僕に、お帰りって言ってくれる人が居るのは、何時ぶりだろう？

地球の僕の優しいお父さんとお母さんに、今のお父さんとお母さんが重なります。

あぁ、僕帰って来たんだ。僕はここ居ても良いんだ。僕の家族、ここに帰ってこられて本当に良かった。

僕が泣いている最中に、お父さんがお兄ちゃんのこと呼びました。ずっと静かに馬車の前で待っていたお兄ちゃん。お兄ちゃんが僕達の所に来ると、お父さんはみんなまとめて抱きしめたよ。

それからしばらく、僕が落ち着くまで、みんな離れずにずっと、僕のこと抱きしめていてくれました。

みんなただいま‼　僕帰って来たよ‼

# 第四章 色々な説明とマロン達が暮らす場所

Kegare wo haratte, Mofumofu to Shiawaseseikatsu

　僕が落ち着くまで代わりばんこに、抱きしめてくれたお父さんとお母さん。やっと涙が止まった僕に、お父さんが頭をポンポンしてくれて。今まで泣いていた僕はちょっと恥ずかしくなって、笑って恥ずかしさを誤魔化します。

　その時、最初だけ一緒に抱きしめてくれていたお兄ちゃんだったけど、途中で急に離れちゃって。そのお兄ちゃんがまた近づいてきて、ギュッと僕の手を握りました。それでね。

「ハルトごめんね。僕、近くに居たのにハルトのこと守れなかった。ごめんね、怖かったよね」

　そう謝ってきたんだ。今度はお兄ちゃんが泣きそうな顔をしています。僕はお兄ちゃんの手を外して、ギュッと抱きつきました。

　それからみんなが居てくれたから怖くなかったこと、お兄ちゃんが怪我してなくて良かったってことを、なんとか伝えたよ。そしたらお兄ちゃんが小さな声で、

「お帰り、ありがとう」

　って。あのとき柱に阻まれてバラバラに逃げていたし、お兄ちゃんも逃げるのが大変で、自分を守らなくちゃいけなかったのに。お兄ちゃんずっと、僕のこと気にして責任を感じていたんだろう

な。お兄ちゃんのせいじゃないのに。

もう!! お兄ちゃんをこんな気持ちにさせて、あの黒服と団長、もし今度また僕を攫いに来たり、みんなをいじめに来たりしたら、僕の魔法でやっつけてやる!! ……魔法をちゃんと使ったことないから、ディアンに手伝ってもらおう。そうすればできるはず?

「さぁ、家に帰ろう。グレン達もハルトが帰ってくると聞いて、かなりソワソワしていたからな。ビアンカはスキップしながらどこかへ走って行ったが……」

スキップしてどこかへ? どこに行ったのかな? あんまり考えない方が良さそう。うん考えないようにしよう。僕がそんなこと考えていたら、お父さんがディアンの方を見ました。

『貴方がハルトを助けてくれたディアン殿か。礼を言う。詳しい話を聞かせてもらいたいのだが。俺達の屋敷へ来てくれるか?』

『もちろん家には行くぞ。我は……』

「ま、待て、ディアン!!」

ロイが急にディアンの話を止めました。どうしたのかな? 僕が不思議に思っていたら、オニキスが小さな声で、ディアンがファイヤードレイクと話したら、キアル達は叫ぶんじゃないかって。

あっ、あ～、そうね。そうだったね。ディアン、ドラゴンだったね。森に居た時、他の人達が見たら大問題だって言っていたっけ?

僕がそんなディアンと家族になって、これからずっと一緒にいるって話したら、絶対お父さん叫ぶよ。お母さんは驚いた後、すぐにニコニコして喜びそうだけど。

ロイがコソコソお父さんとお話ししています。不思議そうな顔しているお父さん、何回か頷いてから、僕達に馬車に乗るように言ってきました。帰ってゆっくりお話しようって。

ダメダメ。早く家に帰りたいけどマロン達が森で待っています。早くマロン達がゆっくり休めるあの森に、連れて行ってあげなくちゃ。

「えちょ、おちょもだりいりゅ。みにゃおうちおくりゅ」

「何だ？　他にも攫われた子供が居たのか。よしどこに居るんだ？　取り敢えず街に連れて帰ってから、確認をして家族のもとに帰そう」

あっ、お父さん、人間の子供だと思っている？　そうだよね。今までの話からしたら、まさか僕達が魔獣を連れて帰ってきたなんて、考えつかないよね。

僕の隣でロイも、しまったってお顔しています。今のところディアンのことは誤魔化せたけど、マロン達のことを話したら、ディアンのことも話さなくちゃいけなくなっちゃう。

うんうん考える僕とロイ。そんな僕達見て、お父さんがさらに不思議そうなお顔しました。そんな僕達にオニキスが取り敢えず街に戻るぞって。でもそれじゃあマロン達どうするの？

そしたらね、オニキスがマロン達に、一日隠れているように伝えに行ってくれるって。それで明日の夜から移動した方が良いって言いました。まずはディアンの説明をしっかりとって事みたい。

う～ん。マロン達大丈夫かな。マロン達に待っていてもらっている所、そんなに広い場所じゃなかったし、今までに比べたら、人間が住んでいる所にも近いし。

でもオニキスもディアンも一日くらい大丈夫だって。二人がそう言うなら良いけど。ちゃんと人間が来て危ないと思ったら、逃げるように言っておいてもらわなきゃ。

「おい、森で待っていてもらうとは、どういう事だ？」

そうそう、それだけでもお父さんに言っておかないと。オニキスが、ササッとお父さん達に説明しました。今まで攫われたり、奪われたりした魔獣達と一緒に逃げてきたって。それについても後で説明するから、今は魔獣達に隠れているように伝えてくるって。

その説明を聞いたお父さん達。またすぐにお父さんが質問してこようとしたんだけど、オニキスに今は俺のいう事を聞いてくれてって言われて、何とか納得してくれました。

こうしてオニキスはマロン達の所へ、その間に僕達はお家に帰ります。話はオニキスが帰ってきてからね。

オニキスを見送って、僕達は馬車に乗り込みました。ぞろぞろ騎士さん達と一緒に街に帰ります。門の所、騎士さん専用入り口に立っている、番をしている騎士さんが、馬車から顔を出した僕に、お帰りなさいってにっこり笑って、敬礼してくれました。僕もありがとうの敬礼です。

街の中をどんどん進む馬車。そしてついにお屋敷に到着です。馬車を降りてビックリ、家の前にずらっと使用人さんメイドさんコックさんに庭師さん、お家で働いている人達みんなが並んでいました。それで僕が馬車から降りたのを確認して。

「「「お帰りなさいませ、ハルト様!!」」」

一斉に挨拶をした後、ザッとお辞儀されました。僕はビックリしてピシッと立っちゃったよ。それだけ迫力があったの。フウ達もビックリしたみたい。僕と一緒にピシッとまっすぐになっていました。そして……。

「ハルト様、お帰りなさいませ」

グレンが前に出てきて挨拶してくれます。僕、グレンに会えて嬉しくて、グレンに抱きつきました。ふわっと片方の手で僕を抱きとめてくれるグレン。それから僕を守れなかったことを謝るの。もう、だから誰のせいでもないんだから。僕は僕の目線までしゃがんでくれたグレンの髪の毛を、くしゃくしゃします。そうしたら心配そうなお顔をしていたグレンが、ニコッと笑ってくれました。今までで一番のニッコリ顔です。

僕を抱きとめた反対の手を差し出すグレン。その手には見たことないオニキス人形が。僕が帰ってくるって知らせをロイから受けて、僕が帰ってくるまでのこの短時間で、グレンが作ってくれたんだって。すごっ!!　そして可愛い!!　僕はそれ受け取ってニコニコです。

僕がニコニコしていた時でした。家の中から、ダダダダダッ!!　って音が、玄関に近づいてきたんだ。凄い音なの。何々？　って思っていたら今度は、バアァァァァァン!!　って。

勢いよくドアが開いて、出てきたのはビアンカでした。ビアンカはたくさんのぬいぐるみと花を抱えていたよ。そして僕を確認したビアンカは、サッと持っていた荷物を玄関前に置くと、僕をギユウって抱きしめてきました。

「ああ、本当に本物のハルト様なのですね。このビアンカ、ハルト様は必ず戻ってきてくださると信じておりました。それでハルト様を攫った、不届き者はどこに居るのですか？　すぐに私が地獄を見せて差し上げましょう。死んだ方がましだと思うような、それでも死ねない最悪の地獄を。うふふ、楽しみですわ」

ニコニコお顔なのに最後の方、なんか怖いこと言わなかった？　フウ達、ディアンの後ろに隠れちゃったよ。だってニコニコしながら言うんだよ。よし、聞かなかったことにしよう！　僕はビアンカにただいまを言って、話を変えるために、あのぬいぐるみと花のこと聞きました。

「びあんか、ありぇにゃに？」

「ああ、あちらはハルト様が帰ってこられた時に、お部屋に飾って差し上げようと、毎日別のものをご用意していた花と。ハルト様はぬいぐるみがお好きですので、帰られた時にすぐにお部屋で落ち着けるようにと、ご用意していたぬいぐるみですわ。グレン様がオニキス人形はご用意されましたので、その他の物をと」

十分抱きしめたのかビアンカが離れて、僕の部屋をセットしに行くって、また荷物全部抱えて走って行っちゃいました。

玄関前に並んでいるみんなに、口々にお帰りなさいって言われながら、家の中に入ります。みんなが僕のこと待っていてくれたのが分かって、とっても嬉しいな。僕はこの世界に来られて、本当に良かったよ。

ビアンカが部屋のセットをしているから、まずお風呂に入ってから、お母さんが用意してくれていた、いつもの可愛い洋服に着替えて、その後休憩室に行きました。夜のご飯はもう少しあとです。それにオニキスが帰って来てからね。

ロイも話し合いまでに綺麗にしてこいって、お父さんがお風呂に入らせていました。ディアンにもそう言ったんだけど、なんとか僕とロイはそれを阻止したよ。ディアン、お風呂の入り方、絶対知らないもん。お父さんまた不思議そうなお顔をしていました。

お風呂入ってさっぱりした僕。オニキスとご飯待っている間に眠くなっちゃって、コックリコックリ……。話し合いまで起きていられるかな？

「ハルト夕飯だ、起きろ」

「すうすう……」

「ハルト」

「ダメそうね。部屋に連れて行ってあげましょう」

誰？　眠いんだから起こさないで……。

「戻ったぞ。ん？　ハルトはどうしたんだ？」

僕はハッと目を覚ましました。僕のこと抱っこするお父さんと、隣にはお母さんが立っています。他にもお兄ちゃんやグレンやロイにリスター、それからドアの所にオニキスが居ます。ディアン達はソファーに座ってお菓子食べていました。

周りをよく見たら、ここは休憩室。そっか、僕、いつの間にか寝ちゃっていたんだ。

「ハルト起きたのか？　寝てて良いんだぞ」

ダメダメ我慢しなきゃ。だってこれからディアン達のお話するんでしょう。僕達の新しい家族なんだから、ちゃんと紹介しないとね。

お父さんに下ろしてもらって、僕はテーブルに置いてあったオニキスカバンを抱っこしてソファーに座ります。フェニックスのこともちゃんとお話ししないと。

僕の肩にフウ達が座って、スノーは僕が抱っこ。横にそれぞれブレイブとアーサーが座って、アーサーの隣にディアンが。オニキスは僕の足下にいるよ。ソファーの後ろにはロイが立ちます。お話し合いの始まりです。

まずはロイが、僕が攫われてからのことを、半分まで説明してくれました。人間関係のことね。団長のこと黒服達のこととか、どこまで僕が連れて行かれたかとか、詳しく話したよ。完璧な説明でした。ロイの説明に、お父さん達は口を挟まず話を聴いていました。

そしてロイが話してくれたのは、僕が攫われて閉じ込められて、マロンが見張りに来たところまで。もちろんまだマロンの名前は出ていません。

ロイの話が終わると、オニキスが一歩前に出て、ここからは俺が説明するって。

『まず、見張っていた魔獣、ハルトを攫った魔獣だが。名前はマロン、ガーディー、ラナ。他にもたくさんの魔獣達と共に、あそこから逃げてきた』

「なんだと!!」

お父さんが大きな声を上げました。そりゃあそうだよね。僕を攫った魔獣が隠れているなんて聞いたら、そうなるよね。

オニキスがマロン達の話を、詳しくお父さん達に話してくれます。マロン達がどうして団長達のいうこと聞いていたかとか、なんでそういう事になったのかとか、詳しくです。

　最初怖い顔して立っていたお父さん。でも話を聞いているうちに、ドカッとソファーに座って、少し普通のお顔に戻ったかな。

　それからも話を続けてオニキス。やっと僕達が、あの建物から逃げるところまで話が終わりました。

「そうか。それで逃げられたのか。だがそれにしてもよく、逃げた後に団長やその全身黒尽くめの奴らから逃げられたな。誰も追ってこなかったのか？」

　あ～、やっと逃げるところまでオニキスが話したけど、だいぶ大事なところ抜かして話したから……。

『もちろん黒服共は我々を追ってきたぞ。今からその話をする。だがその前にお前達に言っておくことがある。これから話すことはきっとお前達にとっては、かなり衝撃的なものだ。覚悟しておけ』

「そんなにか？　そうなのかロイ？」

「言葉をなくすか、もしかしたら叫ぶかと……」

「……嫌な予感しかしないんだが」

　オニキスがすぐに話し始めると思ったんだけど、何か考え始めて、少しだけお話が途切れました。何考えているんだろう？　ちょっとして顔を前に向けたオニキス。一番面倒なこと先に話すって言いました。たぶんディアンのことだね。オニキス、しっかりディアンのことお話ししてね。

『いいか。俺達が建物から逃げて向かった先は、火山地帯の出口じゃない。奥へと進んだんだ。そしてそこにはある生き物が居た。一匹はスノーのようにハルトと波長が合った生き物。もう一匹は波長までは合わなかったが、それでも最終的にハルトと心を交わした者だ』

「火山地帯、しかも火山地帯の奥。ロイの話から、あの誰も立ち入らない火山地帯の、更に奥に入ったとなれば、それ相応の魔獣がいたはず。……まさかドラゴンが居たなんて、言うんじゃないだろうな」

オニキスも僕もロイも動きが止まりました。お父さん凄い。話をちょっと聞いただけで、ドラゴンって当てちゃったよ。

そんな僕達を見て、お父さんの顔が引きつります。グレンも珍しく、ちょっと驚いた顔をしていました。お母さんは……、ニコニコしていたけど。

「おい、本当にドラゴンなのか!? それでまさかそのドラゴンが団長達を倒して、ハルトと契約して、森に隠れてるなんて言うんじゃないだろうな！」

お父さんの言葉にオニキスがお顔を軽く振ります。うん隠れてはいないね。隣に居るけど。お父さんが安心したように、ふぅって溜め息ついて、ソファーに深く座りました。ちょっと後ろ見たらロイが凄い汗かいています。

その時、僕の隣に立っていたディアンが、さっきのオニキスみたいに一歩前に出て、軽い感じで自己紹介しました。

『我の名はディアン。ハルトに名前をもらい、家族になったのだ。もう一匹はまだだが、其奴もここで世話になる。お前達はハルトの家族だ。ハルトの大切な人間はまとめて守ってやる。安心する

といい』

突然の自己紹介にお父さん達が、は？　ってお顔をしています。そりゃあそうでしょう。今までドラゴンの話をしていたのに、突然ドラゴンだけど、人の姿をしているディアンが自己紹介したら、なんだこの空気を読めない人間はってなるよね。

お父さんが人間だと思っているディアンに、紹介はもう少し待ってくれって。そしたら今度はディアンが、は？　ってお顔になりました。それでオニキスに聞いてきます。自分は何か間違ったのかって。うん間違ってないよ。お父さんもディアンもね。

オニキスがディアンにこっそり、お父さん達が、ディアンがドラゴンって気づいてないって教えました。ああって頷くディアン。

『すまない。紹介が足りなかったようだな。我はファイヤードドレイクのディアンだ。どうだハルト、これで完璧だろう』

……完璧って？　見て。お父さん達完璧に固まっているよ。さっきまでニコニコしていたお母さんまで、真顔になっちゃっている。それを見てディアンまだダメだと思っちゃったみたい。フェニックスのことまで話しちゃいました。

『む？　まだ足りなかったか？　そうかもう一匹の方の紹介が足りなかったか。もう一匹。まだ復活はしていないが、ハルトの家族になるために、フェニックスが復活の証をハルトに渡してある。奴が復活したならば、奴もここで暮らすことになる』

あちゃ〜ってお顔のオニキスとロイ。固まったまま全然動かないお父さん達。おろおろする僕に、家族家族って喜ぶフウ達。

　そんななか、最初に復活したのはお父さんでした。ガタッて立ち上がってテーブルをバンッ！　体をテーブルから乗り出すようにしてオニキスに、

「いったいどういうことだ！」

　そう叫んだよ。その声でお母さん達も復活しました。

「ドラゴンなのよね。私には普通の人に見えるのだけど」

　お母さんがそう言った時でした。僕の横でガキィィィィッ!!　って音がしました。振り向くと僕の隣には、ディアンといつの間にかグレンが。グレンがいつもの自分の剣で、ディアンに斬りかかっていて、それをディアンが片手でかる〜く止めていました。

　そしてグレンは、目をカッと開いてもう一度攻撃。多分ね、僕が次に見たのは、ディアンがもう片方の手で、剣をまた軽く止めているところ。それでグレンがこれもダメかって言ったの。

　だからきっとグレンが攻撃したんだろうって。動きが速すぎて、僕はぜんぜん見えないけど。

『ほう、人間にしてはいい攻撃をする』

　そうディアンが言うと、グレンが飛ばされて壁にぶつかりました。ディアンが吹き飛ばしたみたい。慌てて僕とオニキス、ロイが止めに入ります。

「でぃあん、め!!　だめだめ!!」

『ディアン、ハルトが隣に居るんだぞ。怪我したらどうする。それにグレンも止めろ。お前じゃ勝てないぞ。家が壊れても良いのか？』

慌ててグレンが飛ばされた方を見たら、グレンが肩を払いながら立っていました。怪我はしていないみたい。

ロイが二人の間に入って、二人がこれ以上戦わないようにします。ディアンが僕のことを抱っこして、頭を撫でてきました。

そんな僕達を見て、お父さんがオニキスに確認します。本当にドラゴンなのかって。オニキスが何回も頷いたら、お父さんはふらふらと、ソファーに座りました。

「本当に本当なのか？　ただの強い人間じゃないのか？」

『お前達、間違っているぞ。我はただのドラゴンではない。ファイヤードレイクのディアンだ。その辺のドラゴンと一緒にするな』

「……そういえばさっきそう言っていたな。はあぁぁぁぁぁ」

お父さんは大きな溜め息を吐きました。お父さん、ディアンのことでいっぱいで、ディアンがフェニックスのことを、ポロッと話しちゃったこと忘れているよね。こんな大変な話し合いが、これからまだまだか。僕もちょっとだけ溜め息だよ。はぁ。

「それで、どうしてファイヤードレイクとけいやくする事に?」

ようやく少し落ち着いたお父さん、嫌々そうな顔しながら、ディアンと契約するまでの話を聞いてきました。うんうん、フェニックスのことは忘れていて。これでフェニックスのことで止まったら、話が進まないよ。と、思っていたんだけど……。

「さっきお母さん、フェニックスってディアンが言っていたのを聞いたんだけど」

そうお母さんが。お母さんはニコニコのまま、普通にフェニックスのこと聞いてきたよ。しかももう、ディアンって名前を呼んで話を進めているし。そしてそれを聞いたお父さんはハッとした顔して、天井を向いて手で顔を覆いました。

「そういえばそんなこと言ってたような……。オニキス、まさかフェニックスまで、ハルトと契約したとか言わないよな」

お部屋の中がし～んと、静まりかえります。バッと僕の方を見たお父さん。それからオニキスを見てディアン見て、最後にはガックリと肩を落としました。

そんなお父さん達にオニキスが、ディアン達に会うまでから契約までの話したよ。そして最初疲れた表情していたお父さんは、だんだんと険しい表情に変わっていって。この短時間で色々な表情をするお父さん。明日お顔が筋肉痛になってないと良いけど。

最後まで話を聞いたお父さんが、大きく溜め息をつきました。

「逃してしまった団長のことも問題だが、その黒服達のことも大問題だな。まぁそれは、俺達が後で色々考えることか……」

お父さんの言葉にお母さんとグレン、他のみんなが頷きます。

「しかし今はハルトのことと、森で隠れているっていう魔獣達の話だな」

ディアンはさっきからずっとニコニコして、堂々と僕の隣に座っています。

『言っておくが、我は絶対に契約破棄はしないぞ。もし無理やり破棄しろと言ってきたり、そういう行動を取ろうとしたりすれば、すぐにでもこの街を消しお前達を消し、ハルトと森で暮らそう。ハルトに害を及ぼそうとする輩がハルトに近づかないように』

また部屋の中がし~んとなります。ちょっと何言っているの!? そんな不穏なこと言うから、またみんな黙っちゃったじゃん。僕はディアンのことキッて睨みます。そしたら睨む顔も可愛いってディアンが……。オニキスも平和に暮らしたいなら邪魔するなって言いました。

「はぁ。分かってる。契約というものがどれほど大切なものか。俺にもルティーが居るんだ。今更離れることができないのも、もしルティーを奪う者がいれば俺だって容赦しないだろう。だから言われなくとも邪魔はしない」

お父さんがルティーのことを撫でながらそう言いました。

「が、聞かなくてはならない事が、色々あるんだ。これからハルトとここで暮らす上でな。とても大切なことだと」

お父さんがディアンに話を聞きます。もし変身を解いたら、どのくらいの大きさになるとか、ずっと変身してられるのかとか。そうだね。これは聞かなくちゃ。もし突然、街の中で変身が解けちゃったら、大騒ぎだけじゃすまないよ。街がボロボロに……。

でも、これについては、何にも問題ないってディアンが。ずっと人間の姿でいられるし、変身は自分の意思で簡単に変えられるから、僕がドラゴンに戻っちゃダメって言った所では、ドラゴンにならないって約束してくれました。

お父さんが次の話をしようとした時、今度はグレンが質問してきました。

「攻撃範囲はどのくらいですか？　街を一つくらいなら簡単に消せるのでしょうが」

『そうだな。この街の広さならば、あと五つ分は一気に消せるぞ』

しかもね、それが最大じゃなくて最低なんだって。最大だったらどれくらいの攻撃ができるか、自分でも分からないって言いました。

し～ん。この沈黙何回目？　僕は改めてすごい生き物と契約しちゃったって思ったよ。すぐに復活のグレンが質問続けます。

「すみませんが、そのドア開けてもらっても？」

変な質問するね。ディアンがドアに近づいてドアをバキッて開けました。……何バキッて？　普通そんな音する？　お父さんがハァ～って大きな溜め息。

ソファーに深く座っちゃうと、なかなか起き上がれない僕。もぞもぞ、ふぬぬって力入れていたらオニキスが僕のこと咥えて、ソファーから下ろしてくれました。

すぐにドアを持っている。持っている？　ドアを持っているディアンの方へ行ったら、ドアは根本のところがバキバキに割れていて、引き剝がされていました。釘とかもその辺に飛んでいます。

ディアンドア壊しちゃったの？　ドアに慣れていなくてドアを力一杯開けた？　それともちょっとの力でやってこれ？

グレンが溜め息ついてから、次は窓を開けてみてくださいって。窓を開けるディアン。またバキッて音がしてガシャンッ!!　ガラスが粉々に……。

「やはり思った通りですね。力が強すぎでしょう。これでは屋敷の物を全部壊されかねません。今までドラゴンの姿で、魔獣しかいない広い場所に住んでいたのですから、その調子で動かれては大変です」

おお、グレンよく気づいたね。でも今まで何かディアン壊したっけ？　なんで気づいたの？　ていうか、それならよく普通にソファーとかに座っていたね。と、思ったときでした。ガタンッて音がしてスノー達が、

『『『わあぁぁぁっ!!』』』

『『キュキュイ!!』』

叫んでソファーの上を転がりました。さっきまでディアンが座っていた方の、ソファーの足が折れたの。

「そういえば先程ディアンが座る時、変な音がしていましたね」

さっきグレンとディアンが少しもめたでしょ。そのとき手加減されていることに、気づいていたグレン。それも相当な手加減されているのが分かったみたいです。

ただその手加減されている力でも、ドアの開け閉めしたら、絶対に壊されると思ったんだって。今まではロイや使用人さんがドアの開け閉めしていたから、何も壊されなくて誰も気づきませんでした。

よくソファーは座った途端に壊れなかったなってオニキスが言ったら、僕はさっきちょっとだけ寝ちゃっていたでしょう。だから起こさないように静かに座ったみたいです。でも壊れちゃったけどね。

「これは少し、私が訓練する必要がありますね。私があなたに常識を教えなければ」

『なぜ我が人間に！　そのような事をされなければいけない？』

「ここはハルト様が暮らす屋敷ですよ。ハルト様のものを壊すつもりですか。それにこの様子では、街の中での行動についても教える必要があるはず。良いですか？　ハルト様のお側にずっと居たいのならば、明日から私と訓練です。口答えは許しません。これは決定事項です。良いですか。もう一度言いますよ。これはハルト様のためです」

『むう。仕方ないこれもハルト様のためか』

「お前凄いな。ドラゴン相手に」

お父さんの言う通りです。ディアンが渋々だけどグレンの言うこと聞きました。さすがグレンだね。

そんなお話の最中お母さんがソファーに近づきます。それで軽々とソファー持ち上げて脚を拾うと、ソファーの下に入れました。転がっていたスノー達がちょこんってまた普通に座ります。

「明日までに新しいソファーを用意しないとね。スノーちゃん達、危ないからそっと座っててね。あなた達だけなら今の状態でも大丈夫なはずだから」

あのソファーって、あんなに軽く持てる程軽いの？　え？　明日捨てられちゃう前にちょっとだけ触ってみようかな？

「さてと、今度はフェニックスの話だが。オニキス達の話だと今フェニックスは眠っているって話だが、どこで眠ってるんだ？　それで契約は？」

『契約はまだしていない、これからするんだ。眠りから覚めれば確実に契約するぞ。ハルト見せてやれ』

ディアンに言われて、僕はオニキスカバンからそっと包みを取り出して、テーブルの上に置きました。それからやっぱりそっと包みを広げます。とっても綺麗なフェニックスの羽が出てきたよ。良かった、羽がちぎれたり、ボロボロに折れていたりしなくて。

みんながフェニックスの羽を見つめました。

「これがフェニックスなのか？」

お父さんが最初に話しはじめました。

『そうだ。復活するのはいつになるか分からん。もしかしたら今にでも復活するかもしれんが、こればかりは我でも分からないのだ。だがそれでも奴が目覚めたら契約は絶対だ』

「はぁ、そうか。ちょっと話をまとめさせてくれ」

僕やオニキス達以外みんなが話し合い始めました。僕はソファーがまた斜めにならないようにソファーには座らないで、オニキスに寄り掛かって、話し合いが終わるの待ちます。

待っていたんだけどね……。うん。寝ちゃったよ。だって家に帰ってきて、もう心配すること何もないんだよ。こんなにゆっくりしたのは何日振り？　しかも僕はちびっ子。起きてられるはずないよ。

気付いたら僕の部屋にいて、窓から朝の光が差し込んでいました。僕のベッドにフウ達が重なり合うようにして寝ています。ディアンがオニキスに寄り掛かって寝ていたよ。

僕が起きた事に気づいて。オニキスも起きてベッドに近寄ってきました。オニキスが起き上がったとき、ディアンがそのまま倒れて、床に頭ぶつけてたよ。ゴンッ！　って、大きな音を立てて。うう……痛そう。

起きた僕に、オニキスが僕が寝ちゃった後のことお話してくれました。あの後お父さんは、ディアンとフェニックスが僕と一緒にいることを認めてくれたって。でもディアンはこれからグレンが一般常識覚えるまで毎日勉強で、それが終わらないと僕とお外で遊ぶのは禁止。

その事が決まった時、ディアンはブツブツ文句言っていたみたいだけど、僕もそれは賛成だよ。起きてきたディアンに、もし勉強しなかったら、ずっと遊べないし、一緒にいられないよって言ったら、渋々頷いて、なんかしょんぼりしちゃったから、今日はおやつ、僕の分を少しあげようかな？

それからフェニックスの方は、僕の部屋の机の上に、可愛い入れ物が置いてあって、その中にフェニックスの羽が入れてありました。この入れ物、ビアンカが用意してくれたんだって。

お父さんがね、フェニックスが戻ってきたら、どうやって誤魔化すかって、悩んでいたって聞きました。う～ん、そうだよね。あんなに綺麗なフェニックス。お店通りとか連れて行ったら、すぐにバレて大騒ぎになるよ。

『確か奴はあれができたはずだが……、次のフェニックスができるとは限らんからな』

ディアンがなんかボソッて言ったけど、何？　何ができるの？　ちゃんとそういうのは言わなくちゃダメだよ。

『いや前の奴ならば、我と同じで体の大きさを変えられたはずだ。小さい鳥になって街に遊びに行って、酒を飲んできたという話を聞いたことがある。どうも酒が旨かったらしく、何度も街に遊びに行ったと言っておったぞ』

鳥ってお酒飲んで良いの？ というか、そんなにお酒に強いの？ でもディアンのお話が本当なら、ルティーみたいに小さい綺麗な鳥ってことで、なんとかなるかもね。でも戻ってきてくれるフェニックスが、それができるとは限らないし。もしダメだったら他の方法考えなくちゃ。

後はマロンたちのこと。これはオニキスが任せろって、お父さん達に話してくれたみたい。お父さんはあの森でのこと知っているからね、オニキスに任せてくれる事に。マロン達は今日の夜、森に連れて行きます。

それで僕達もあの最初の家に行くって言ったら、お父さん達もついてくるって言ったみたいです。心配だからって。だから今日はお父さん、グレン、それからロイとリスター、みんなで森に行きます。なんか大人数になっちゃったよ。

でも……、ふう。僕が寝ている間に、なんとか話がまとまったみたいで良かった。起きてから少しして、ビアンカが僕のこと起こしに来てくれました。

「あら、もうお目覚めになられていたのですか。ハルト様をお迎えに来るのは久しぶりでとても嬉しいです。さぁ、お着替えを済ませて朝食に参りましょう」

ビアンカに洋服着せてもらって、みんなでぞろぞろ移動です。ドアを開けてもらって中に入ったら、お母さんが抱きしめてきました。

「良かった。ハルトちゃん、ちゃんと居るわ。もうお母さん心配で。だって今までずっとハルトちゃん居なかったんですもの。おはようハルトちゃん！」

最初心配そうな顔をしていたお母さん。最後はいつものニコニコ顔でおはようです。お母さん見てお父さんを見て、お兄ちゃん見てみんな見て。全員がニコニコ。ああ、本当に僕、帰って来たんだね。僕は大きな声で朝の挨拶。

「おはよ、ごじゃいましゅ!!」

久しぶりの家のご飯、とっても美味しかったです。

それから僕ね、グレンが森に付いてくるって聞いてから、あること考えています。それが楽しみでニヤニヤしていたら、お父さんに変な顔してどうしたって言われちゃったよ。でもね、これはきっとグレンじゃないとできないことなんだよ。グレン僕のお願い聞いてくれるかなぁ。

みんなが準備終わって、マロン達が待っている場所まで出発です。まさかみんなでオニキスに乗って行くわけにも行かないからね、取り敢えずは馬車に乗ったり、馬に乗ったり。

ただ、オニキスやディアンでの移動じゃないからね、森の入り口までいくのにちょっと時間がかかって、それでも夕方までには、なんとかつく事ができました。

「まりょん!!」

『ハルト!!』

僕はマロンにギュッと抱きついて、マロンは僕にじゃれついて、僕はコロコロ転がります。

「おい、あれ本当に大丈夫なんだろうな」

『ああ大丈夫だ、戯れてるだけだ。ハルト!!』

オニキスに呼ばれて、父さんの所に戻ります。もちろん僕の隣にはマロンが。マロン達のことお父さんに紹介したら、マロン達みんなが、お父さん達の所にきてごめんなさいしました。

『ごめんなさい。ハルト連れて行っちゃって』

『すまない』

『ごめんなさいね』

「いや、こちらこそ人が迷惑をかけた。同じ人として謝罪する」

おお、なんかお父さんカッコいい！　お父さんのせいじゃないのにしっかり謝るお父さん。黒服達に見せてやりたいよ。

ごめんなさいが終わったら、早速グレンにお願いです。お父さんがマロンやオニキスとお話ししている間にお願いしなくちゃ。時間ないし。

「ぐりぇん」

「なんでしょうかハルト様」

「あにょ、おねがいありゅにょ」

「お願いですか？」

僕のお願い。グレンにしかできないこと。それはマロン達のぬいぐるみ作ってもらうこと。なんでもできちゃうグレンだからお願いできるんじゃないかって。だってオニキス人形作ってくれたし。

僕のお願い聞いたグレンが、すぐにどの魔獣のぬいぐるみを作って欲しいのか聞いて来ました。

「えちょ、まりょんとまりょんにょ、おとうしゃんおかあしゃん。しょれからあにょ、もんきーしゃんと、しょれから……」

僕は作って欲しい魔獣を指差します。グレンがメモをとって分かりましたって。ちょっとお願いしすぎちゃったかな？

「ちゅくってくれりゅ？」

「もちろんですとも。ですが少々お時間をください。数が多いですからね」

やったぁ!!　ありがとうグレン!!　僕はグレンに抱きついてありがとうします。と、ちょうど話し合いが終わったのか、お父さん達が戻ってきました。

それで話し合いの結果、夜になったらディアンに乗って、みんなで移動することに。おそらく泊まりになる、って分かっていたお父さん達。野営の準備もバッチリしてきていました。

夜になって目立たなくなったら、僕達が暮らしていた森に出発です。それまでは……。

「まりょん!!」

『ハルト!!』

『キッキィ～!』

みんなで遊びます。あの森だったら、きっといつでも遊びに行けるけど、遊べるうちにたくさん遊んでおかなくちゃ。

「なぁ、オニキス。分かってはいるんだが、あれは本当に戯れているだけなんだよな。俺にはどうしても、ハルトが襲われているようにしか見えないんだが」

『安心しろ。あれはまだ良い方だ。戯れすぎて興奮するともっと凄いぞ』

「そうか……、はぁ」

少ししたら、みんなでご飯食べました。みんなとご飯食べると楽しいよね。もちろん魔獣達の生の魔獣肉は、魔獣達とディアンが、その辺の魔獣捕まえてきたんだけど。それを見てお父さんとリスターが驚いていました。

ロイはもう何回も見ているから慣れているよね。グレンは……、いつも通りでした。捕まえてきた魔獣見ても、『ああ』って感じ。大物で、かなり珍しい魔獣を捕まえてきていたみたいだよ。

ご飯を食べて、僕はちょっとだけ仮眠。夜移動だからね。みんなも一緒に仮眠をしました。見張りはオニキス達がしてくれたよ。

そしていよいよ、周りが真っ暗になると、森に向かって出発です。

「しゅっぱちゅ！」

みんなでディアンに乗って森に出発。全員ちゃんと乗れたよ。僕達が乗ってきた馬もね。よく静かに乗れたよね。なんかディアンが馬達を言い聞かせたとか言っていたけど。

そしてやっぱりディアンだよね。森にはすぐに着いて、取り敢えずあの湖の所に降りる事に。そこが一番、ディアンがゆっくり降りられる場所だったから。

『まず俺が奴と話をつけてくる。それまでハルト達はここで待っていてくれ。ディアン、ハルトのこと頼むぞ』

そう言ってオニキスがどこかに走って行きます。う〜ん、久しぶりの森。マロン達のことが終わったら前のお家に行って、久しぶりにゴロゴロしたいなぁ。

でも中がどうなっているか分かんないし、ホコリとか凄いことになっていたらいやだな。だって集めた花の食器とか置いてあるんだもん。

『ねぇハルト。ハルトは前ここに住んでたの？』

マロンが湖のふちで、お水バシャバシャしながら聞いてきました。他の子魔獣も遊んでいます。大人魔獣の方は、色々と見て回っているよ。

「うん！　ここ、ぼくのしゃいしょの、おうちありゅ」

『僕、ここに住めたら嬉しいなぁ。湖があるし、気持ち良いし。あんまりトゲトゲした気がしないんだ。前に住んでた森は、強い魔獣がいつもトゲトゲしたもの放ってたの』

トゲトゲ？　威嚇かなんかかな？　それなら確かにここは関係ないかもね。みんな仲良しだし、縄張りもちゃんと分かれているから揉め事も少ないし。

子ファング元気かなぁ。きっとマロン達お友達になれるよ。そうだ！　ブレイブも家族やお友達に会いたいよね。う～ん。なんかやりたいことといっぱい。

そんなこと考えていたときでした。僕の近くの草むらがガサガサッて揺れて、次の瞬間、黒い塊が僕の方に飛んできたの。僕はその黒い塊と一緒にその場に倒れちゃいました。

「わあぁぁぁぁ！」

「ハルト!?」

「ハルト様!?」

お父さん達が慌てて僕の方に走ってきます。僕の胸の上、そして僕のお顔の目の前に大きなお顔が。見覚えのあるお顔です。そう僕達のお友達、子ファングが僕の上に乗っかっていました。

『ハルト！　やっぱりハルトだ！』

「こんちは！」

『わぁ、どうしてここに居るの？』

『お父さん達は？』

『キュキュイ！』

みんなで戯れていたら、また草むらがガサゴソッて、子ファングのお父さん達が現れました。僕達の気配がしたから、急いでここに来たんだって。もう久しぶりで嬉しくて凄い勢いでみんなで戯れます。

横目でお父さん達を見たら、お父さんがグレンに何かを話していました。お父さんのお顔はやれやれって感じです。お父さんは子ファング達のこと知っているもんね。多分グレンに子ファング達のこと説明しているんだ。

やっと落ち着いた僕達。スノーとアーサーとディアンは、子ファング達のことを知らないから、教えてあげないとね。

それで説明したら、スノーもアーサーも子ファングと遊び始めました。それにしても子ファング。ちょっと会わない間に少し大きくなった？　前はちょっと大きいぬいぐるみって感じだったけど、今はもう少し大きいぬいぐるみ？　それに言葉もしっかりしているような。

　僕達が遊んでいる最中、大人組は何か話し合いしていました。多分オニキスが話に行っている魔獣と話がついたときは、ここに住むって事を話しているんだと思うよ。

『ねぇねぇ、マロンがここに住んだら僕、毎日一緒に遊べる？』

『うん！　他の子ともいつでも遊べるよ。僕、遊ぶの大好きなんだ』

　子ファングとマロンもう仲良しです。こんなに仲良しになっちゃって、オニキスちゃんとお願いしてきてくれるかな。やっぱりここには住めないなんて事になったら、マロン達絶対泣いちゃうよ。

　たくさん遊んだ後は、子ファングが魔法見せてくれました。いっぱい練習したんだって。風の魔法です。小さいけど竜巻みたいなのができて湖の上で消えていきます。

　おお～！　ちょっと会わなかった間に、魔法まで上手になっているなんて。僕なんて魔法の練習どころか、攫われていたよ。僕も魔法の練習したいなぁ。でもお父さん達はダメって言うし。

　チラッとお父さんの方見たら目が合いました。それから思いっきりお顔振られちゃったよ。ちぇ。

　それにしてもオニキスどこまで行ったのかな。なかなか帰ってこないけど、大丈夫だよね？　マロン達ここに住めるよね？

・・●・・

　ハルト達と別れ、俺オニキスは、だいぶ森の深くまで来たが、更に奥へと入って行く。ここまで来るとかなり強い魔獣しかいなくなる。まぁ、俺よりは弱いが。それでも一応気をつけないといけないレベルの者も居るからな。

今から会いに行く相手は、その魔獣達よりも強い。俺とそんなに違わない力を持っている。……いや、俺の方が強い！　間違いない!!

そいつは先ほどから、かなりの威嚇を放っている。俺に向けられたものだ。おそらく分かっているんだろう。俺が厄介ごとを持ち込んだことが。

そしてようやく奴の縄張りにつくと、縄張りに入った途端、攻撃されてしまった。

『何をしに来た！　お前は馬鹿な人間と一緒に、馬鹿な人間の所へ行ったんじゃなかったのか。挙句、あんな馬鹿でかい力を、持ってるやつを連れて来やがって！』

『悪い。だが、ハルトから離れるわけにはいかないからな』

『……おい、まさかあれも契約したのか』

『ああ。それといつになるかはまだ分からないが、フェニックスとも契約する予定だ』

『……おかしいだろう』

攻撃を止めた、この魔獣はダイアー・ウルフ。俺がいない今現在、この森で今一番力を持っているのが、このダイアー・ウルフなのだ。今日はちゃんと森にいて良かった。俺が穢れに取り込まれそうになった時や他にも、こいつはいつもフラフラと、どこかへ遊びに行って、なかなか帰ってこないからな。

さっき人間達の住む所へ、行ったんじゃないのかと言っていたが、こいつだってよく人間の所へ行っているんだぞ。しかも人間の姿に変身して。

何をしに行っているのか。酒を飲みに行っているのだ。奴の後ろ、大きな木の下に、たくさんの酒瓶が落ちている。しかもこの匂い。つい最近も街に行っていたな。

『森も魔獣達も最近どうだ。穢れは出ていないか』

『ふん、今のところはな。お前の所のガキがここを出ていく前に、あのガキが親ファングに使った、穢れを祓ったときの力が、まだ森に充満しているからな』

『そうか』

そう、ハルトが子ファングの父親を助けたとき、最後にハルトから溢れ出した穢れを祓う力は、この森全体を覆う程の力だった。それが未だに残り、森の穢れを抑えているらしい。さすがハルトだ。

大きな木の根本に戻り、奴はダイアー・ウルフの姿のまま酒瓶を咥えると、ガバガバと酒を飲む。それから俺にも酒を勧めてきた。酒を受け取りひと口だけ飲みひと息つくと、マロン達の話を始めた。そして全てを話し終えると、奴はとても嫌そうな顔をしていた。

『ふん。その人間共を逃すとは、少したるんでいるんじゃないのか。最後まで確実に始末しなければ、あのガキの安全は完全には守られないんだぞ』

『それは分かっている』

奴にそう言われて、今度は俺が嫌な顔をする事になった。確かに黒服達を逃してしまったことは不味いことだ。いつまたハルトが襲われるか分からない。

だが、あの時は仕方がなかった。フェニックスが全てをかけても防げなかったのだから。気を取り直し再びマロン達の話をする。

『それで、魔獣達のことを頼んでもいいか？』

『はぁ。断ったらあっちにいるあの化け物みたいな奴が、乗り込んで来るんじゃないのか』

『そんな事はないと思うが。それは俺も断言できん』

ダメだとなったとき、それを聞いたハルト達とマロン達チビ供が泣き、それを見たディアンが、ハルトを泣かせた奴は誰だ！　と乗り込んで来かねない。

『分かった、引き受ける。お前達が帰った後に話をしに行くと、奴らを仕切ってる奴に伝えろ。それまでは勝手な事はするなと。いいな。まったく本当に面倒ごと持ち込みやがって』

『すまない、今度酒を持ってくる。いつになるか分からんが、ハルトがこの森に遊びに来るときにでもな』

そう言えば喜ぶと思ったが奴は黙ったまま、ハルト達がいる方角を見つめた。なんだ？　どうしたんだ？

『……お前は今、あのガキと一緒にいて幸せか？』

『？　ああ勿論幸せだ。それがどうしたんだ？』

奴がもう一度酒を飲む。そして立ち上がり伸びをした。

『何でもないさ。話は終わりだ、ガキのとこに戻れ。いい加減帰らないと心配するんじゃないか』

『ああ？　じゃあ、マロン達のことよろしく頼む』

俺はそう言うと来た道を戻り始めた。早くハルト達の所に戻ろう。

『幸せか……。良かったな。アレだけの気持ちの良い魔力を持ち、そこら辺の人間のように威張り散らすこともなく、自分のことよりも相手のことを考える、とても優しい人間と出会えて。オニキス、お前が羨ましい』

・・●・・

みんなで遊んでいたら、やっとオニキスが帰ってきました。マロン達がここで暮らせるか、もう僕はドキドキです。だってダメって言われたら、マロン達どこで暮らせばいいの。

帰って来たオニキスに抱きついてお帰りなさいをした後、早速話し合いの結果を聞きました。そして結果は……。住んでも良し！　でした。

僕達みんなで万歳です。それからまた、マロン達とじゃれあいます。今度はヤッタァ！　に嬉しいじゃれあいね。僕達がじゃれている間に、大人組はこれからのこと話し合います。

『もう少ししたら、この森を仕切ってる奴がここに来る。これからの事を話すのと、どこに住めば良いか話しに来るから、何か聞きたいことがあれば、今のうちに考えておくと良い。奴はぶっきらぼうだが、ちゃんと話は聞いてくれる。……良かったな』

『ああ、何から何まで本当にすまない』

『いや。ここに住むなら、ハルトも遊びに来やすいからな。俺達にもちょうど良い。俺達はもう少ししたら行くが、これからはここでゆっくり暮らせ。もうマロン達は友達もできたようだからな』

お話し合いが終わったみたいで、僕達の所にオニキス達が来ました。それでそろそろ僕達は、前の僕達の家の所に移動するぞって。マロン達とバイバイするのは、ちょっと寂しいけど、でもいつでも会いに来られるもんね。

マロン達に抱きつきます。ガーディーお父さん達にもだよ。みんなここに住めて良かったね!!

僕はお父さんと馬に乗って、ディアン達はオニキスに乗って、準備は万端。

「まりょん、みにゃ、ばばい!　まちゃ、あしょぼね!」

『ハルト、バイバイ!　すぐに遊びにきてね!』

すぐに……。お父さんの方を見たら、お父さん苦笑いしていたよ。すぐには無理かなぁ。でもなるべく早く遊びに来るからね。

歩き始めて僕の隣を歩くオニキスに、誰に会いに行ったのか聞いてみました。だって気になるよ。たまに遊びに行っちゃうオニキスの知り合い。肝心な時にこの前居なかったのに、ここ仕切っているって言うんだもん。マロン達もここに住むことになったし、僕ちょっと心配です。

僕がその話したら、オニキスが忘れていたって。それでお父さんにお願いしました。美味しいお酒たくさん用意してくれって。は?　お酒?

「何で酒なんだ?」

『いや、奴はお酒が好きなんだ。今度お酒を持ってくると約束してな。街で一番美味しいお酒を用意してもらいたいんだが』

「それぐらい良いが。何だ、魔獣のくせに酒飲みなのか」

『ああ、一番の好物だ。さっき話をしに行ったときも、たくさん酒瓶が置いてあったからな。話の最中もお酒を飲んでいたし。魔獣は結構酒好きが多いんだぞ』

ちょっと、その仕切っている奴って本当に大丈夫なの？　いつも酔っ払っているんじゃないの？　そう聞けばオニキス黙っちゃいました。僕は更に心配になっちゃったよ。

ん？　さっきもお酒飲んでいた？　まさかオニキスも一緒に、お酒飲んできたんじゃないよね？　大事な話をしている最中に。

僕はじぃ～っとオニキスを見ます。僕の視線に気づいたオニキスが、お耳ピクピク、それから揺れていたしっぽが、ピタッて止まりました。オニキスに乗っていたディアンが、ふんふん匂い嗅ぎます。

『何だ、お前も飲んできたのか』

そっとオニキスが僕の方見ました。それからすぐに前に向き直って。ふう～ん？　やっぱり飲んだんだ。まぁ、たぶん話しながら付き合いで飲んだんだろうけど、何気にオニキスも喜んで飲んだんじゃないの。

『ひと口だけだ。話し合いは真剣にやったぞ』

はぁ。でも付き合いは大事だもんね。……今度お酒持っていくって言ったよね。僕も連れて行ってくれないかな。マロン達のことありがとう言いたいし、たぶん話の流れから、その知り合いって、人間の姿に変身できる魔獣じゃないの。

だって森の奥に居るような魔獣が、魔獣の姿のままお酒を貰いに街に行ったら、街は大騒ぎになるでしょう。てことは、バレないように人間に変身したり、それか目立たないような魔獣に変身したりして、街にお酒取りに行っているんじゃない？

変身……。カッコいいよね。ディアンも変身できるけど、他の魔獣の変身も見てみたいな。

「おにきしゅ、ぼくあえりゅ？」

『奴にか？　奴が会うと言えば良いが……。だが森の奥には連れて行けないぞ。奴にこちらに来てもらわないと、森の奥は本当に危ないんだ。ここに住んでいた時も行かなかったろう。今はディアンがいるから大丈夫だろうが、それでも俺は心配だ』

「め？」

『行くのはダメだ』

オニキスママがダメだって。ちぇっ。よし、今度お酒持って行く時に、会いに来てって頼んでもらおう。嫌だって言われても何回もお願いだよ。それか今度持っていくお酒よりも、もっとたくさんお酒持っていってお願いとか。

そんなこと考えていたら、僕達の最初のお家に着きました。最初にオニキスが中に入って、中の状態確認をします。ホコリとか酷かったら中に入るなって言われちゃったの。

あのふわふわの葉っぱのベッドとか、もうダメかなぁ。あのベッドとオニキスに寄りかかって寝るの好きだったんだけど。少ししてオニキスが出てきました。

『大丈夫だ、ほとんど綺麗だったぞ。が、少しホコリが溜まっている。俺が風魔法で綺麗にするから待ってろ』

「はっぱもダメ？」

『葉っぱはさすがにな。ところで今日はここに泊まるのか？　それともディアンの姿がバレないうちに飛んで帰るのか？』

「ハルト達はここに泊まりたいみたいだしな。もともと泊まる気で来たんだ。もう魔獣達はいないから、ディアンがドラゴンのまま移動しなくても良いからな。明日朝から普通に移動しようと思う」

やったぁ！　ここに泊まれるって！　オニキスがお父さんの話聞いて、フウ達に葉っぱ集めろって言いました。みんながフウ達に続いて葉っぱ拾いに行きます。僕とお父さん達は、オニキスが風魔法で洞窟の外に出したホコリや葉っぱを、さらに洞窟から遠ざけます。

掃除が終わった頃、フウ達がたくさん葉っぱやわたぼこ拾って帰ってきました。みんなで洞窟の中に入って、それを敷いて座ります。

次は残してきた食器のチェック、と思ったんだけど、もう眠くて眠くて。食器のチェックは明日にしてもう寝ることにしました。前みたいにオニキスに寄りかかって、みんなで丸まって寝ます。ふふ、フウ達もなんか嬉しそう。来て良かったね。

遅い時間に寝たからね、すぐに朝になっちゃいました。もちろん僕がちゃんと起きられるわけないよね。半分寝たままお父さんに抱っこしてもらって馬に乗りました。次に気づいた時は家まで半分の距離の所でした。

オニキスに洞窟のこと聞いたら、ちゃんとこの前みたいに片付けてきたから大丈夫だって。食器確認できなかったよ。僕がしょんぼりしていたらお父さんがね、お酒持ってまたすぐ遊びに行こうって言ってくれました。

街の壁が見えてきて、門の所にお母さんが立って、僕達に気づいたお母さんがニコニコ笑って出迎えてくれます。お家に帰って僕はすぐにお兄ちゃんと一緒にお風呂に。それから休憩のお部屋でゆっくりして、その後は、たくさんお兄ちゃんのお部屋で遊んで。

みんなのお家に帰れて良かったね。それからマロン達は新しいお家が見つかって、それも安心だし。他のこと、お父さん達は団長達や黒服達の事があるから、その事が落ち着いたら、みんなでお店通りに行きたいなぁ。ディアン案内してあげたいし。

# 第五章
# 戻って来た日常

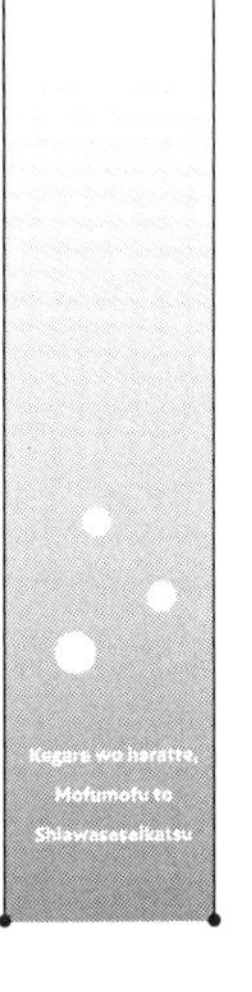


大変な事件が一応解決して、家に帰って来て数日。数日というか二日後、僕は今ぼけっと自分の部屋に立っています。そして深呼吸してグレンに抱きつきました。それから元の位置に。

今僕の目の前には、マロンの等身大のぬいぐるみが。マロンだけじゃありません。他の魔獣のぬいぐるみもほとんど揃っています。僕がグレンにお願いしていたぬいぐるみが、今目の前に。

というか、これだけの数のぬいぐるみ、グレンはどうやって二日で作ったの？　だってずっと仕事をしていたでしょう。お父さんの仕事の見張りをして、自分の仕事もして。

もちろん黒服達のことも調べたり報告を受けたり。僕、グレンが休憩しているところ一回も見なかったんだけど。まぁ、今までも、休憩しているところは、一回も見た事ないけどさ。

でも、でもだよ、夜寝る前に作ったってこんな量のぬいぐるみ。それに等身大のぬいぐるみをいっぱい、二日で作るなんて。僕が前の世界でぬいぐるみ作っていた時は、手のひらサイズだったら一日で作れたけど……。凄すぎない？

しかもね、僕がお願いしたぬいぐるみだけじゃなかったの。なんと等身大のオニキスのぬいぐるみまで。そのオニキスの背中にはスノー、ブレイブにアーサーの等身大ぬいぐるみが。頭部分には、フウとライのそっくりなぬいぐるみが乗っていたんだ。

何で妖精の姿が分からないグレンが、そっくりな二人のぬいぐるみを作れたか……。そっか。帰って来てからのあの怒濤のような質問は、このぬいぐるみのためだったんだね。

家に帰ってきた次の日の夜、休憩室で休んでいた時。僕、グレンから質問攻めにあったんだ。フウとライの特徴をいっぱい質問されて、ぐったりしちゃったくらいに。顔の形、洋服の形、大きさ、髪の毛の色、それはそれは細かくね。

何でこんなに質問してくるの？　って思っていたんだけど、このためだったんだ。でも聞いただけで、こんなにバッチリ作れるなんて。グレン、やっぱり凄いよ。

僕はぬいぐるみに近づいて、まずマロンのぬいぐるみに抱きつきます。え？　ちょっとこれ気持ち良すぎない？　確かにマロンのあの、もふもふの毛もとっても気持ち良かったけど、それ以上にぬいぐるみの毛質が……。

次はオニキスに抱きつきます。オニキスは……。オニキスは本物のオニキスの方が気持ち良かったです。

僕の真似をして、みんなが自分のぬいぐるみに抱きつきます。それを見て後ろに居たお母さんとビアンカが悲鳴あげていました。それからもっと、可愛い洋服を用意しないととか、小物もそろえないととか……。うん。気のせいだよね？　気のせいに決まっているよ。

全部のぬいぐるみ抱きしめた後は、これをどうやって飾るか、みんなで考えることに。でも途中でグレンが止めてきました。

「ハルト様。料理長のケイドリックがハルト様にご帰還のお祝いを用意したと」

お屋敷で働いている、料理長のケイドリック。街で一番美味しいご飯を作ってくれる人です。これはすぐに行かないと、って事で、ぬいぐるみの事は一時中断、すぐに食堂へ。椅子に座って待っていると、ノックしてケイドリックが入ってきました。

「ハルト様、お祝いが遅くなって申し訳ない。ですがとびっきりを用意しました」

そう言うと別の料理人さん二人が、大きな台を押して部屋の中に入ってきました。台の上には大きなお皿と、その上にこれまた大きな蓋がかぶさっています。何々、一体何なの？

ドキドキしながら待っていると、大きなお皿だからね、ケイドリックとほか二人、三人でお皿を持ち上げて、テーブルの上にお皿を乗せました。フウとライが周り飛んでスンスン匂い嗅いで戻ってきます。

『とっても甘い匂い！』

『フウの好きな果物の匂いも！』

小さな椅子の上にケイドリックが立って蓋に手をかけます。

「良いですか、いきますよ」

ガバッと蓋を持ち上げるケイドリック。中から出てきたのは……。

オニキス達みんなの形をしたケーキやお菓子。それから色々な形をしたお菓子が出てきました。

「ケーキやクッキーやゼリー、様々なお菓子や果物で、オニキス達を作ってみました。フウとライはグレン様に聞きながら作ったんですよ」

「しゅごい!!」

お菓子で作ったって思えないくらい、オニキス達完璧に作ってあります。前の世界で、テレビとか雑誌でこういうのを見たことあるけど、本物は初めて見たよ。

お父さんに抱っこしてもらって、反対側からも眺めます。オニキス達だけじゃなくて、切り株に乗っているうさぎ魔獣とか、たくさんの可愛い花とか、全部がお菓子でできているの。

「ハルト様、いかがですか？　ハルト様？」

「これはダメね。完璧に意識がお菓子にいっちゃっているわ。あんなに目をキラキラさせて。かなり気に入ったみたいよ。ケイドリック、良かったわね」

「確かにキラキラの目をしていますね。喜んで頂けたようで」

僕に何か聞いた？　ごめんね。僕、今それどころじゃないんだ。嬉しくて前から見たり後ろから見たり横からも見たり。お父さんに何回もあっちこっちってお願いして動いてもらいます。フウ達もお菓子の周りグルグル回って。

あんまり喜びすぎて、お母さんにそろそろ座りなさいって言われちゃったよ。椅子に戻ったけど、嬉しくて足のブラブラが止まりません。

ケイドリックが包丁でケーキを切り分けようとします。ああ!?　ダメダメ、オニキス切るなんて。僕は慌てて止めます。じゃあって今度はスノーのしっぽのところ切ろうとします。わあぁぁぁ！

ダメダメそんな可哀想なこと!!

「ハルトちゃん、確かに気持ちは分かるけど、切らなくちゃ食べられないのよ。せっかくケイドリック達が作ってくれたんだから、ちゃんと食べないとダメよ」

うう、だって……。でもお母さんの言う通り、せっかく僕のために作ってくれたんだもんね。ちゃんと食べなきゃ。

僕がちょっとしょんぼりしている間に、お母さんがここの部分はオニキスにとか、ケイドリックにお願いして切ってもらっています。結局僕はオニキスの耳の部分とディアンの羽の部分をもらって、フウ達は自分を食べることになりました。

最初は目を瞑っていた僕。でも食べ始めたら落ち着いてきて、どんどん食べちゃいました。味はもちろん美味しいに決まっています。みんなもぺろっと食べちゃいました。

残ったケーキやお菓子は、夜のご飯の後のデザートに。さっき喜んでいて、ありがとうをちゃんと言ってなかった僕達は、みんなで並んでケイドリックにありがとうしました。

その後部屋に戻った僕は、ぬいぐるみの置き場所考えます。まさか等身大オニキス達まで作ってくれると思ってなかったから、予定していた場所じゃ置ききれません。さて、どうしよう。

考えているうちに時間が経ちすぎて、もう夜のご飯の時間です。色々やってみたんだけど、どうしても良い感じに置けなくて、今僕のお部屋ぬいぐるみで散らかっています。

そのことお母さんとお話ししていたら、お父さんがとんでもないこと言ってきました。

「そうか置く場所に困っているのか。そうだな……。じゃあ隣の部屋まで、ハルトの部屋として改築するか。フレッドの部屋よりは小さいが、まだハルトは小さいからな、それくらいで良いだろう。今の部屋は小さいと思ってたんだ」

え？　小さい？　あの部屋で？　いやいや小さくないでしょう。かなり広い部屋だよ。上手く片付ければ大丈夫だから、別に改築なんて。と思っていたらお母さん達まで、

「そうね。それが良いかもしれないわ。グレン明日建築士を呼んでちょうだい」

「かしこまりました」

「ハルトちゃん、少し待っててちょうだいね。それまでは窓の所に並べておきましょう」

僕の部屋の改築が決まっちゃいました。話がどんどん進んじゃって、僕、止める暇なかったよ……。良いのかなぁ、そんなに広い部屋を僕達が使っちゃって。

ちょっと申し訳ない気持ちになりながら、さっきの残りのケーキやお菓子を食べる僕。もちろんお菓子は美味しかったけど……。

なんてことを考えていた僕。二日後にはお部屋の改築が終了しちゃいました。何この早さ。この世界の人達って、何してても早いの？　グレンにしたって建築してくれた人にしたって、できる早さがおかしいよ。

でもお父さんがお部屋改築してくれたおかげで、綺麗にぬいぐるみ並べることができました。ありがとうお父さん。

そして広くなったお部屋の真ん中の棚の上に、フェニックスの羽を置きました。早く戻ってきてね。何十年も戻ってこないなんてなったら、僕はおじさんになっちゃうからね。それはダメだよ。

ぬいぐるみから数日。今日はザインさんのお家に遊びに行きます。この前遊びに行ったのはいつ

だったのか。一回しか遊びに行けてないよ。ルーニー君やリリースのルイは元気かな？

　僕の準備はビアンカが完璧にしてくれたからバッチリ。玄関でお父さんを待ちます。今日はルーニー君とルイにプレゼントもあるんだよ。特別にグレンに作ってもらったんだ。

　お父さんが階段を下りてくると、僕が持っている物を見て、聞いてきました。

「何だ、その荷物は」

「ぷれじぇんと」

「また大きなプレゼントだな。どれお父さんが持ってやる」

　お父さんが袋を持ってくれて、僕のこともひょいって抱っこします。オニキス達の上にフウ達が乗って、さぁ出発!!

　今日は、ロイはお休みです。でもロイね、僕に付いてこようとしたんだよ。まったくもう。毎日護衛じゃ大変だもん。ちゃんとお休みの日はお休みしなくちゃ。

　だからね、ちゃんとお休みしないと嫌いになるよって言ったんだ。そしたらすぐに慌てて自分の家に帰っていきました。

　それからディアンも留守番です。留守番っていうか、この前言っていたグレン先生によるお勉強会です。グレンが許可出さない限り、お店通りとか、街の中で遊べないみたい。今は家の中かお庭だけが自由に過ごせる場所なの。

　だから最近のディアンは、グレンのお勉強のせいでぐったり。だから今日、帰りにお土産買って帰ってあげようと思って。

ザインさんは僕が攫われたとき、ずいぶん捜してくれたみたい。ちょっと遠い森や林の方まで捜しに行ってくれたって。とっても心配してくれていたのに、僕まだ挨拶しに行けてないんだ。ありがとうと元気なところ見せなくちゃ。

そういえばサーカス団がめちゃくちゃにしちゃった広場は、団長達と関わりのなかった、サーカス団の残りの人達が、綺麗に直してね。それからもう一度残ったメンバーで、一からサーカス団を立て直すって言って、また旅に出て行ったって。

いつか立て直したら、今度こそちゃんとしたサーカスを見せるって、新しく団長さんになった人がお父さんに言って行ったみたい。

また楽しいサーカス見られるかな？　戻ってくるまでに、オニキスサーカス団も、新しい技ができているかもね。僕、楽しみ。

ザインさんの家に着いて、お父さんがドアをノックします。ダダダダダッ!!　って階段を下りる音がして、ザインさんがバンッ!!　とドアを開けました。そしてこの前みたいにドアが外れます。外れたドアを持ちながらザインさんがニコニコしながら出てきました。それからドアを立てかけて、僕の頭を撫でて。撫でてっていうか力が強すぎて、グイングインッと、首がなっちゃったけどね。

「ハルト久しぶりだな！　元気そうで良かった！　怪我とかしてないか？　さぁ、取り敢えず家に入れ」

中に入るとザインさんの奥さんのミリーさんが、奥のお部屋から足早に、こっちに向かって歩いてきました。

「はぁ、本当にハルト君なのね。おばさんとっても心配してたのよ。今日はおばさん頑張って色々作ったから、お昼も楽しみにしててね」

ギュッと僕を抱きしめてくれた後、またミリーさん奥のお部屋に戻っちゃいました。ミリーさんのお昼ご飯楽しみ。だってお菓子もとっても美味しかったんだもん。僕が遊びに行くってお父さんが伝えたら、お昼もみんなでって言って、鼻歌を歌っていたってお父さんが言ってたよ。

「さぁハルト、ルーニーは自分の部屋だ……って、何だその大きな袋は」

「ああ。ハルトがプレゼントと言っていたぞ。中身は俺も知らない」

みんなで二階に行ってルーニー君のお部屋に入ったら、最初に来たときみたいにルーニー君が、床の上でゴロゴロして遊んでいました。

ルーニー君のお腹の上にはルイが乗っかっていて、ブレイブとアーサーを見たルイが、こっちに走って来ました。ルーニー君も起きて僕と一緒にこんにちはします。

「えちょ、ぷれじぇんと、どじょ」

僕は袋の中から包みを取り出しました。包みは二つ。僕が包んだんだよ。ルイはブレイブ達と一緒に、端っこからガリガリ包みを破いていきます。ルーニー君はザインさんと一緒に、思いっきり包みを開きました。

「きゃっきゃっきゃっ!!」

『キュキュキュ～イッ!!』

二人へのプレゼントはグレン作、リリースのぬいぐるみです。二人とも喜んでくれたみたい。ルーニー君はギュゥッと抱きしめているし、ルイは……、しっぽでバシバシ叩いているけど。オニキスが喜んでいるって言っていました。

その後は、ぬいぐるみを絶対に離さないルーニー君に、この前みたいに車で遊んであげて、また僕の腕は筋肉痛手前。ふぅ疲れた。

お父さん達は僕達のこと見ながら、今晩の話をしていました。どうも今晩お酒飲みに行くみたい。あんまり飲み過ぎるとお母さんに怒られるよ。

そんなことしていたらもうお昼ご飯です。ミリーさんが僕達のこと呼んだから、みんなで下に下りて行って、そして食事の部屋で見たものは……。

綺麗に飾られて並べられた料理の数々。サラダからお肉料理に魚料理、デザートまで、もの凄い量の料理が並べられていました。ハンバーグみたいな料理もあって、上にはチーズまでかかっています。

最初はハンバーグから。肉汁がじわぁって溢れ出てきて、僕はそれをフォークでひと口。

「!?　!?　!?　おいちい!!」

「そう？　気に入ってもらえて良かったわ。おばさんの一番得意な料理なの」

これ、お店出せるんじゃ。食堂とかどう？　ハンバーグ専門店とか、ハンバーガーなんか良いんじゃないかな？　お持ち帰りで手早く食べられて、冒険者にぴったりじゃない？　お父さんみたいな騎士さんでも、外の森の調査行くときとか持っていけたら便利なんじゃ。

この世界の人達ってサンドイッチ持っていくとか、お弁当持って行くとかないのかな？　まぁ、その辺で魔獣を調達して、食べているから良いのかもしれないけど、ちょっと出かけるだけなら、軽食持って行くのも良いと思うんだ。

美味しいご飯をたくさん食べて、もうお腹いっぱい。眠くなってきちゃったよ。お父さん達がお話しているなか、僕はこっくりこっくり。よろっ！

『危ない！』

椅子から落ちそうになった僕を、落ちる前にオニキスが咥えて助けてくれました。

『はりゅと、あぶにゃいじょ』

僕を咥えているせいで、オニキスが赤ちゃん言葉に。

「あら、お昼寝の時間かしら。ルーニーの部屋にクッション用意するから、そこで寝る？」

「ああ。部屋だけ貸してもらえれば大丈夫だ。ハルトはオニキスに寄りかかって寝るのが大好きなんだ」

お父さんに抱っこしてもらってルーニー君の部屋に。入ればもうルーニー君がお昼寝中。僕はルーニー君のベッドの隣にオニキスに寄りかかってお昼寝です。フウ達もみんなでね。

僕が起きたのはちょうどおやつの時間。なんか今日は食べてばっかりな気がする。でも美味しいから良いよね。

おやつのケーキを食べた後は、少しだけルーニー君と遊んで、そろそろ帰る時間になりました。ディアンにお土産買って帰らないと。

「それじゃあ、今日は美味しいご飯ありがとう」

「ハルトちゃん、これからもどんどん遊びにきてね。ルーニーもハルトちゃんと遊べるの、とっても楽しいみたいなの。それにまたご飯作って待ってるわ」

「うん!!」

「じゃあな。ハルト送ったらすぐ来るんだろ」

「一応一緒に夕飯食べてから来るよ、じゃないとパトリシアがうるさいからな。ご飯も食べないでって」

「当たり前よ。ご飯はちゃんと食べないといけないわ。お酒だけはダメ」

お父さん達が話をしているとき、僕はハッと思い出しました。お礼まだ言ってない。僕はザインさんの前に立ってお辞儀します。

「じゃいんしゃん、しゃがちてくりぇて、ありがちょ!」

僕がそう言ったらザインさん驚いた顔して、それからにぃって笑いました。

「なんだなんだ。捜すなんて当たり前だろう。だが、ちゃんとお礼を言ってもらえたのは嬉しいな。おう、気にするな!」

ルーニー君とルイにバイバイして、ディアンのお土産買いに行きます。何が良いかな？　やっぱり今ディアンがハマっている、棒付きの飴かな。ぺろぺろキャンディーね。それもカラフルなやつ。なんか今ディアンは、ぺろぺろキャンディーにハマっているんだ。毎日食べているの。

お菓子売っている露店の前まで行って、そのお店で一番大きなぺろぺろキャンディーと、僕達用の小さいぺろぺろキャンディー買ってもらいます。

お家に帰ったら勉強は終わっていて、すぐにディアンにペロペロキャンディーをあげたら、小さいドラゴンの姿に変身して、棒が付いたまま食べちゃいました。バリボリバリボリ、飴を噛む音がして、最後に棒だった部分だけ、ペッ！　と出すの。いつもそう。飴は舐める物なんだけど……。

夜のご飯食べてすぐに出かけるお父さん。あんまり飲んで帰らないようにね。明日お母さんに物凄く怒られるよ。

あ〜、なんか良いね。この何もない幸せな感じ。ずっとこのまま静かに楽しく、毎日が過ぎていけば良いなぁ。なんて思っていたら。

次の日、僕が思っていた通り、お父さんはお母さんに物凄く怒られました。二日酔いで頭が痛いお父さんに、容赦のないお母さんのお説教。グレンがお父さんの仕事の時間で呼びに来るまで、お父さんはずっと怒られていたよ。


「にいしゃ、がんばりぇ!!」

「やぁ!!」

う〜ん。本当に毎日平和だね。街に帰って来てからそこそこ経ったけど、何事もなく平和な毎日が続いていています。あ〜、平和って素晴らしい。大好きな人達に囲まれた生活。本当に楽しいよ。

このまま平和に暮らせて、色々訓練ができるようになったら、僕の夢も広がるよね。お父さんの仕事手伝うために騎士になるのも良いし、冒険者になって旅するにも良いし。あっ、でも冒険者の方は、遠い所に冒険に出ても、ちゃんとここには帰ってくるつもりだよ。

それから他には、グレンに弟子入りして、ぬいぐるみ作る腕上げるのも良いし。やりたいことたくさん。でも今はこの小さい体を目一杯楽しもう。

今日はいつもの、お父さんとお兄ちゃんの剣の訓練を見学しています。僕が帰って来てからお兄ちゃんは、今まで以上に剣の練習も魔法の練習も頑張っているんだ。そんなお兄ちゃんを僕が応援しないはずないでしょう。

フウとライも粉かけて声が聞こえるようにして、一緒にみんなでお兄ちゃんを応援しているよ。

『頑張れぇ～!!』

『がんばれぇ!!』

『キュキュイ!!』

フェニックスの羽は、相変わらず僕の部屋に置いてあります。いつ起きてくれるかな？　ディアンにこの前確認で聞いてみたんだけど、黒服達の戦いで、力を使い果たしたからいつになるか分からないって。

でも僕の魔力が強いから側に居るだけでも、どんどん魔力が回復していっているのが分かるから、案外すぐに戻ってくるかもって。早く会いたいなぁ。

「にいしゃ！　うちろ！」

「うわぁ!!」

お兄ちゃんの剣が弾き飛ばされました。お父さんの勝ち。でもいつもより長くお父さんと戦えていたよ。僕達みんなで拍手です。

「あ〜あ。負けちゃった……」

「にいしゃ、かっこい！　こう、しゅしゅっちぇ」

ちょっとしょんぼりのお兄ちゃんを、みんなで盛り上げます。そうしたらお兄ちゃん照れちゃって苦笑いしていました。

よし僕も！　僕もおもちゃの剣を持って、お兄ちゃん達のマネをします。前よりは上手くできているし思うんだけど、どう？

今僕ができるのは、おもちゃの剣での練習だけ。魔法の練習は勿論、お父さん達が大反対。絶対ダメだって言われちゃったから、それならおもちゃの剣でも良いから、マネっこして剣の練習しようと思ったんだ。

この前はね、ロイ達の剣の練習見ていて、僕達は横でマネしていました。そしたら練習していた騎士さん達が、何とも言えない顔で僕のこと見てきてね。何？　と思っていたら、お母さんとビアンカが、物凄い勢いで僕の所まで走ってきて。僕のこと抱きしめました。

「な、なんて可愛いの！　ビアンカ、今度絵師を連れてきて、この可愛い姿を描いてもらいましょう！」

「はい奥様！　すぐにでも手配を！」

僕が止める間も無く、今度僕の練習する姿を絵にする事が決まっちゃいました。はぁ、何でこんな事に。まだあんまりカッコ良く剣が使えないのに……。

だから絵師が来るまでに、今の僕の剣の練習には、カッコよく剣を振る、っていう練習も含まれています。でもいつもみんな可愛い可愛いって……。

グレンとビアンカがお茶の用意してくれて、今日の練習はおしまい。今日のおやつはマフィンにアイス付きでした。

おやつを食べ終わったら、僕は土遊びの道具を持って、僕達が遊んでも良いって言われた、土遊びができる所に行きます。フウ達はおままごとに続いて、土遊びが大好き。フウ達が泥団子作ると、僕の人差し指先くらいの泥団子ができて、とっても可愛いんだ。

土遊びしていたら、使用人さんがグレンに何か持ってきました。手紙みたい。グレンがそれを確認してお父さんに渡します。今度はお父さんがそれを見て、大きな溜め息をつきました。何々？僕達気になって、泥だらけのままお父さん達の所に戻ります。

「おとうしゃん、にゃに？」

「わっ！　ハルトその泥だらけのまま触るな！　こら、フウ達は頭に乗るんじゃない！　ああ、頭に泥が」

あっ、ごめんなさい。僕の泥の付いた手でお父さんを触ったのと、ブレイブ達もお父さんの肩とか頭に泥が付いたまま乗っかったから、お父さんまで泥だらけに。

でもそれよりも、何の手紙？　何か面倒事？　せっかく何事もなく、平和に過ごしているのに。でも……、お母さん達見たらニコニコしているんだよね。

「ハルト、これはお父さん達への招待状だ」

招待状？　お父さんが家に入ってゆっくり話そうって言って、みんなで休憩のお部屋に移動です。お家に入る前にオニキスに浄化してもらって、綺麗にしてもらいました。お父さんも一緒に浄化してもらったよ。

休憩の部屋に行って、みんながソファーに座ると、お父さんが封筒から手紙を取り出しました。手紙は二枚。それから封筒の中を更にごそごそして、中から取り出した物は、何かのカードでした。それが四枚入っていて、お父さんがお兄ちゃんとお母さん、それからグレンにカードをわたします。僕はお父さんの隣によじ登って、お父さんが持っているカードを覗き見ました。

「はは、そんなに覗き込まなくても見せてやる。ほら」

お父さんが僕にカード渡してくれて、触った感じ、厚手のボール紙みたいで、それにとっても細かい模様と文字が書いてあります。

「いいか、これに魔力を流すと」

お父さんがカードに魔力を流すと、文字が立体的に浮かび上がりました。何これ！　面白い。僕は紙を横にしたり斜めにしたり、いろんな角度からカードを見ます。

浮かび上がった文字は、お父さんの名前と試合のクラスが書かれているんだって。お兄ちゃん達も魔力をカードに流します。みんなのカードにも文字が浮かび上がりました。

「わぁ、僕の名前、ちゃんと浮かんだよ。嬉しいなぁ」

「フレッドは今回初めてだからな。俺はあまり乗り気じゃないんだが」

え？　何々？　何が初めてなの？

「ハルト、これは大会への招待状だ。ルリトリアという、シーライトと同じくらいの大きな街があるんだが、そこで二年に一度大会があってだな」

そう、それは大会に参加してください、っていう招待状でした。大会にはそれぞれ種目があって、剣で勝敗を決めるもの、魔法で勝敗を決めるもの、契約魔獣と一緒に戦うもの、他にも色々あるみたい。

それから個人戦だけじゃなくて、グループ戦もあって、大会はかなり長い期間開催されて、その間街はお祭り騒ぎになるみたいだよ。

ちなみにお父さんは剣の部門。お母さんは魔法部門。グレンはなんと執事部門っていうのがあって、それの剣部門に。そしてお兄ちゃんは。

「僕はお父さん達みたい、本格的な試合じゃないんだけど。でも、僕達ぐらいの子達が集まって、優勝した子には記念のメダルが貰えるんだ。優勝する子はほとんどみんな、大人になって凄腕の冒険者になったり、騎士になって王都で働いたりするんだ」

へぇ。面白そう。でも何でお父さんは乗り気じゃないんだろう？

「おとうしゃん、たいかい、きりゃい？」

「ん？　ああ、嫌そうな顔してたか？」

「ハルト様。旦那様は大会が嫌なわけではないのですよ。街に居るある方に会いたくないのです」

「ふふ、あなたも相変わらずね」

「仕方ないだろう。ああ、気が重い」

え？　誰？　誰が居るの？

「あのね、ハルトちゃん。ルリトリアには、お母さんのお兄ちゃんが居るのよ」

おお、お母さんの家族！　そっかぁ。お父さんやお母さんの家族のこと聞いたことなかったよね。普通に今の家族で全部って、勝手に思い込んじゃっていたよ。

そりゃあ、お父さんにもお母さんにも家族は居るよね。おじいちゃんおばあちゃん、他の兄弟は？　今度ゆっくり聞いてみよう。お父さんがお母さんのお兄ちゃんを嫌がる理由は、きっと街に行けば分かるよね。

「ハルト、お父さん達の話より、ハルトの話をしなくちゃ」

お兄ちゃんが僕の隣に座ってきて、僕のこと膝に乗っけました。

「ハルトだって大会に出られるんだよ」

なんですと!?　僕も大会に出られる？　その言葉を聞いた途端に、フウ達がシュババババッ!!　と僕達の周りに集まります。そのせいで僕達が座っているお父さんのソファーは窮屈に。お父さんが向こうに行けってフウ達に言ったけど、みんな無視です。

僕が参加できるのは、僕みたいに小さい子達が集まって、大会が開催されるスタジアムで駆けっこしたり、お父さんやお母さんが契約している契約魔獣と一緒に、スタジアムの中に隠されたある物を探したり。そういうのに参加できるんだって。

『面白そう！　フウ達も一緒に出られる？』

「もちろんだ。ハルトみたいに契約はしてないだろうけど、面白がって街の妖精も集まってくるからな。目立たないでハルトと一緒に居られるし、参加もできるぞ」

『『やったぁ!!』』

『やっちゃ！』

『『キュキュキュイッ!!』』

みんなで万歳します。こんな面白そうな大会があるなんて。

街に行くのは一ヶ月くらい先。でもそれまでに色々用意があるんだって。早く行きたいなぁ。あっ、そうだ。僕も用意しなくちゃ。グレンにお願いしてみよう。

フェニックスもちゃんと一緒に連れて行くから、入れ物がいるでしょう。僕のオニキスカバンに入れるけど、この前みたいにただ包むのは。何か小さな入れ物みたいな物があれば、それに入れてオニキスカバンに入れようと思って。う～ん、大会楽しみ!!


お父さんに大会があるって聞いてから、僕は剣の練習頑張りました。……まぁ、僕達みたいなちびっ子には剣の試合なんてないけど。でもでも、気持ちは大事。

お兄ちゃんが一人で剣の練習しているときに、隣に立って一緒に練習したり、騎士さんやロイの隣で練習したり。相変わらずみんなあの笑顔だったけど。

「ふん！　ふにゅ！」

「やっぱりハルトは可愛いな」

自分の仕事が一段落ついたのか、お父さんが僕達の所に来て、お母さんと一緒に僕達の練習見ています。

「剣は別として、あの姿が可愛い」

「しっ、一生懸命練習しているんだから。それよりも仕事抜け出してきたんじゃないでしょうね。グレンに怒られるわよ」

「窓からこんな可愛い姿見たら、来たくなるだろう」

仕事が一段落ついたわけじゃなかったんだね。あ～あ、また後でグレンに物凄く怒られるよ。僕、し～らない。

案の定、仕事のサボりはグレンに見つかって、強制的に連れて行かれたお父さん。それ見ていて、なんか悲しくなってきちゃいました。

しょうがないなぁ。きっと夜のご飯前には、ぐったりしたお父さんが戻ってくるはずだから、お膝抱っこされて癒してあげよう。

そんな毎日を過ごしていたら、あと五日もしたら出発の時期に。お母さんとビアンカは、このところ毎日お店通りに通っています。もちろんそうなれば、僕も一緒なのは当たり前なんだけど……。

毎日毎日、着ていく洋服や、向こうで着替える洋服、僕が参加する競技に着る洋服を、ずっと選んでいます。

お母さん達が選ぶ洋服は可愛い洋服ばっかり。僕は盛り上がるお母さん達と店員さんの間を割って入って、カッコいい洋服をなんとか買ってもらおうと奮闘中。

でもね、僕がお母さん達に勝てるはずないでしょう。しょんぼりしていたら、ついて来てくれているロイが僕の味方してくれて、お母さん達にカッコいい洋服を何枚か、買ってもらうことに成功しました。

「あの可愛い洋服は、確かにハルト様に似合いますが、競技にはあまりふさわしくありませんからね。ですがカッコいい洋服もハルト様が着れば、全て可愛くなってしまうんですが」

ロイありがとうね。でも後半の言葉は聞かなかったことにしておくよ。

もちろんフウ達の洋服も買ってもらって、洋服の準備がバッチリ？　です。凄いよね。フウとライみたいな妖精は、他の人には姿が分からないはずなのに、ピッタリサイズの洋服を売っているの。どこかの街のデザイナーさんが考えたんだって。

ただ、僕には可愛く、そしてカッコよく見えるフウ達。みんなが見たら光の丸が、洋服を着ているように見えるよね？　それで良いのかな？

あ、そうそう。フウとライは街を歩くとき、堂々と僕の隣や、肩に乗って行動できるようになりました。

せっかくの売り物の妖精の洋服。契約してない妖精は、契約している人が居ないから、洋服を買ってもらえないでしょう？

それじゃあ意味がないって言って、街に居た妖精に配ったんだよ。デザイナーさんがね、ディスプレイに使う花や木の実とか持ってきてくれたら、洋服と交換してあげるって約束したの。

だから今、街の中は洋服着ている妖精達でいっぱい。それに洋服のおかげで妖精達と人間の関係がもっとフレンドリーになって、僕の側にフウとライが居ても、全然目立たなくなりました。

『フウ、みんなとお揃いの洋服嬉しいよ』

『オレも。オレはハチの洋服が好きだぞ！』

そう新作でね、ハチの着ぐるみが発売されました。もちろんみんなお揃いで買ったよ。お尻がぷっくりミツバチ風着ぐるみ。今街ではハチの子がそこら中に。僕もその中の一人です。

うん。可愛い。洋服に小さいハチのぬいぐるみもついているんだ。ぬいぐるみは僕も好き。特別にぬいぐるみだけ、別に一個貰ったんだ。

僕の持っていく洋服が揃ったら、後はお母さんの準備。準備っていっても、僕の準備と全然違います。僕の準備には何日も何日も時間かけたのに、自分達の洋服の準備には、二日しかかかりませんでした。

ただ、武器の準備には時間をかけていたよ。小さいナイフとか、細い剣とか、他にも色々と。お母さんは魔法の試合に出るのに、なんで魔法の石以外も用意したのかな？

街へ行く二日前になると、荷物の積み込みがピークに。玄関前に毎日置いてある馬車に、メイドさんや使用人さんが、どんどん荷物を詰め込んでいきます。

馬車は僕達が乗るので一台。荷物用の荷馬車が二台。グレンとロイ、護衛の人達は馬で移動です。

僕達が家に居ない間は、お父さんが信用している人達が、家のことを守ってくれます。その中にはお父さんの友達もいて、学校の同級生で、とっても仲が良く、よく留守番を頼むんだって。

「ハチの格好で剣の練習か？　それは確かに可愛くてあいつも見に来るな」

「おじちゃ、きょうにょおかち、にゃに？」

「おじちゃんじゃないって言ってるだろう。カイドお兄さんだ」

じぃ～。お父さんと同じ歳でしょう？　だったらおじさんだよ。

「なんだその目は。はぁ、まぁ良いか。ほら今日のお菓子は焼き菓子だ」

たまに遊びに来るカイドさん。そうカイドさんが、お父さんの同級生です。今日もこれからの留守番の時の話をしに、家に来ていました。

カイドさん家に来る時はいつも、美味しいお菓子持ってきてくれるの。だからフウ達に、カイドさんは大人気です。今もカイドさんの周りグルグル回って、それから肩や頭に上って、リラックスモード。僕もカイドさん好きだよ。

カイドさんはお父さんと一緒で剣が得意。でもお父さんの方が強いって。学生の頃、お父さんに一度も勝てなかったって言っていました。

それからもうすぐ赤ちゃんが生まれるんだって。赤ちゃんが生まれたら、仲良くしてくれなって、会うといつも言ってくるの。僕、ルーニー君に続いて、二人目のお兄ちゃんに。なんか嬉しいね。


そんな毎日を過ごしていたら、あっと言う間に日は過ぎて。いよいよ今日、出発の日です。

出発の日だけどね……。僕はいつも通り、朝起きられませんでした。ビアンカが起こしに来てくれたんだけど、目が半分も開いていません。ディアンが僕の洋服持って、ぶらぶらしながら食堂に運んでくれたよ。

「出発の日なのに、ハルトは相変わらずだな。グレンすまないが、多分今そんなに食べられないだろうから、馬車の中で食べられるような軽食を、用意してもらってくれ。時間通りに休憩する街まで着かないと、お腹が空いてぐずるといけないからな」

「かしこまりました。サンドウィッチを用意してもらいます」

大丈夫だよ。ぐずったりしないよ。うう……眠い。

お父さんが言った通り、ほとんどご飯が食べられなかった僕。再びディアンにブラブラ運ばれながら、自分の部屋に戻って最後の準備。

オニキスカバンを首にかけてもらって、オニキスにカゴを持ってもらいます。カゴには取っ手がついていて、それをオニキスが咥えて持ってくれるの。中には僕達のおもちゃが入っています。それからディアンも僕の洋服をブラブラしている反対の手で、大きなカゴ持ってくれています。絵本が入っているの。お父さんが馬車の中で遊べるようにって。

ルリトリアに着くまで、結構かかるんだって。シーライトから十日くらい。絶対僕は飽きるし、フウ達だって絶対飽きるよ。

だってずっと馬車の中だよ。いくら休憩があるって言ってもね。だからそうならないように、僕達の乗る馬車に持って乗るんだ。

後ね、フェニックスの羽は、可愛い特別な入れ物に入れて、グレンが運んでくれます。グレンが持ってくれるなら安心です。僕がカバンに入れて持ち歩いて落としたり、羽をぼろぼろにしちゃったりする可能性があるから、その方が良いでしょう？

みんなで馬車に乗り込んで、見送りに出てきてくれたカイドさんに手を振ります。

「それじゃあ頼むな、カイド」

「ああ任せろ。お前の方もちゃんと優勝してくるんだぞ。それで帰ってきたら優勝祝いで、酒でも飲もう」

「はは、まぁ、できる限りはやるさ」

「いってきましゅ！」

「ハルトも頑張れよ。ちびっ子の中で一番になるんだぞ。それからフレッド、お前もしっかりな」

「はい！　頑張ります！」

馬車が走り始めて、どんどんカイドさんや、見送りに外に出ていた使用人さんメイドさんの姿が小さくなります。

そして僕はすぐに、お母さんに抱っこしてもらいました。行ってきますの挨拶しなくちゃいけないから、頑張って起きていたけど、もう限界。抱っこしてもらって、そんなしないうちに、僕はすぐに寝ちゃったよ。

そして起きたのは、お昼ちょっと前。今度こそ眠気もすっきり。窓から外を見たら草むらと木ばっかり。反対側は草原が広がっています。僕のお腹がぎゅるるるるって鳴りました。

「ハルト、お腹空いただろ。まだ休憩の街にはつかないから、用意してもらったサンドイッチを食べておけ」

お父さんからサンドイッチを受け取って、モグモグ頬張ります。予定よりも遅れているみたい。サンドイッチを作っておいてもらえて良かったよ。

それからだいぶ経って、ようやく休憩する街に着きました。小さい街です。ここで少しだけ休憩したらすぐに出発です。


「……」

「頑張った方か？」

「そうね。五日間よく我慢したわ」

僕は今、馬車の中でブスッとしてイライラしています。そして僕の周りでは、フウ達も一緒になってブスッとしています。うん。お母さんの言う通り僕達、頑張ったと思うよ。

ルリトリアに向かって出発して、今日で五日目。馬車の外の景色はシーライト出発してから何も変わっていません。片側が森か林だったり、辺り一面草原だったり。それが順番に繰り返し見える感じです。

僕が初めてシーライトに来たときも、ディアンに家まで運んでもらったときも、何となく気づいていたけどさ。街から街に行く間に何もないの。

そりゃあ小さな街や村なんかは所々で見たけど、それ以外は木と草原ばっかり。あっ、岩ばっかりの所もあったかな？　どっちにしても何にもないんだよ。

最初は馬車の中でおままごとをしたり、お母さん達に絵本を読んでもらったりしたけど、さすがにずっとはね。

そう、完璧に飽きました。馬車ってこんなにつまんないの？　もっとこう楽しい旅と思っていたのに、ただただ同じ景色を見ながら永遠に座っているの。テレビとかで見た事あるけど、よく休みの日に車で家族旅行に出かけて、小さな子供がお父さん達に、まだ着かないの？　あと何分？　って聞くでしょう？

それに対してお父さんが困ったり、お母さんが、まだだって言っているでしょって怒ったり。今の僕がその状態です。ごめんね。聞いちゃいけないと思うんだけど……。

「おとうしゃん、あちょ、どにょくりゃい？」

聞かずにはいられなかったんだよ。そしたらお父さんもお母さんも苦笑い。やっぱりそうだよね。お父さんが僕を、自分のお膝に乗せました。

「頑張って我慢してくれたな。だけどまだまだ着かないんだ。ただ、今日泊まる街には早めに着く予定だから、少しだったらその街で遊べるぞ。だからそれまでもう少し我慢だ」

街で遊べる？　本当？　なら我慢しよう。まあ、我慢するしかないんだけどね。取り敢えず街に着いたら、思いっきり動こう。というか走りたい。

フウ達もお父さんの話を聞いて、ぶつぶつ言いながらおままごとで遊び始めました。僕は僕で、持ってきた魔法の石を出して、コロコロ転がしながら時間を潰します。

魔法の石は、石に力がなくなると、後は捨てるだけなんだって。それでこの前ビアンカが、いらなくなった魔法の石を捨てようとしていて、それを貰ったの。だって魔法が使えなくても、キラキラ綺麗な石には変わりがないんだよ。

地球でお祭りとかで宝石掬いってあるけど、それみたいなの。だから遊ぶように貰ったんだ。

そんな使えない魔法の石を転がしながら、なんとなく景色の変わらない外を見ました。そうしたら、オニキスに乗って移動しているはずのディアンが居ません。僕は背伸びして窓から顔を出して、ディアンの姿を捜します。

「何してるんだ？　危ないだろう」

「おとうしゃん、でぃあんいにゃい」

「居ない？」

今度はお父さんが外を見ました。

「本当だな。オニキス、ディアンはどこに行った？」

『ディアンなら、そこ森の中を走ってるぞ。ついでに暇つぶしに、魔獣でも倒しながら行くかとも言っていた。馬車を見失うことはないから安心しろ。ディアンはちゃんと俺達の気配を感じ取れるからな』

「いやいやいや、待て待て！　なに勝手な行動してるんだ。走って来るってなんだ？　魔獣を倒すってなんだ！　まさか走ると言うのはドラゴンに変身しているんじゃ……」

『え？　ディアンどこか行ったの！　フウも行きたい！』

『オレも!!』

一気に馬車の中は賑やかになりました。ディアンのことを、オニキスから詳しく聞きたいお父さん。ディアンが自分だけ暇つぶしに、森に行ったたって聞いて、自分達も行きたい、何で置いて行くのって、ワァワァ、ギャーギャー騒ぎ始めたフウ達。僕も一人だけ運動しに行ったディアンにイライラして、フウ達と一緒に怒ります。

そうやって僕達が怒るから、話が進まないって、うるさいって、お父さんも怒って、もうね本当に大騒ぎだよ。

でもね、これだけの騒ぎの中、静かにニコニコ笑って座っているお母さん。僕、気づかなかったよ。お母さんがぱちんっ!!　と大きな音をさせて、手を叩きました。みんな一斉にお母さんの方向きます。

「みんな、馬車の中では静かにね。それからフウちゃん達、あなた達は行っちゃダメよ。ディアンは帰ってきたら、お母さんがしっかりお仕置きしますからね」

し～んとする馬車の中。お父さんとオニキスが静かにお話再開。フウ達も静かにおままごとに戻ります。僕も静かにフウ達のおままごとに交ざりました。お母さん怖い……。

街にはお昼ちょっと過ぎに着きました。その頃になってディアンも戻ってきたんだけど……。戻ってきた途端、まだ街の外なのにお母さんのお説教が始まっちゃって。お父さんが取り敢えず街に入るぞって促して、何とか街の中へ。

街の中心まで行くと、大きな噴水がドンッ！　と設置してあって、大きな広場になっていました。お店通りから広場まで色々なお店が並んでいて、遅いお昼は屋台でご飯買って食べます。

馬車が広場の前で止まると、最初にフウ達がわあぁぁぁぁぁ!!　と勢いよく外に飛び出しました。その後をお父さん、またまたその後をお母さんとお兄ちゃんが降りて、最後に僕は抱っこして降ろしてもらいます。

凄い勢いで外に出て、凄い勢いで広場をぐるっと周って来たフウ達。何か面白い物見つけたみたい。僕に突撃して来ながら、あるお店を指差します。

『ハルト！　あれ見て！　フウあれが欲しい！』

『オレも！』

『しゅにょーも!!』

『『キュキュキュイ!!』』

そのお店では、飴を売っていたんだけど、妖精の飴とか魔獣の飴とか、色々な形の可愛い飴を売っていたんだ。あ、あれオニキスにそっくり。

走りたかったのと、見たいのが一緒になって、思わずお店に向かって走り出す僕。後ろでお父さんが待てって言うのが聞こえました。その後に……。

じゅしゃあぁぁぁぁぁ!!　うん。思い切り転びました。それはもう完璧って言っていい程の転び方で、顔面からこうダイブするみたいに。すぐに起きられません。ビックリとかなりの痛みが襲って来て。

「ハルト！」

「ハルトちゃん!!」

お父さん達が慌てて走って来て、急いで僕を立たせます。

「いちゃ……いちゃい……くっ、ひっく」

涙がぽろぽろ、ぽろぽろ。

「まったく、待てって言っただろう。いきなり走り出すから転んだりするんだぞ。ああもう、かなり擦りむいてるな。パトリシア頼む」

「ええ」

お母さんが魔法で擦り傷治してくれます。それですぐに擦り傷は治ったんだけど、もうね、涙が止まらないの。でも、先ずは謝らないとダメだよね……。

「ごめ……しゃい」

お父さんに抱っこしてもらう僕。お父さんは気をつけるんだぞって言ったあと、ニコッて笑って大丈夫かって。それで僕達が行こうとしていた飴を売っているお店に、抱っこのまま移動して、一人に一個ずつ飴を買ってくれました。

僕、泣きながら飴を買っていたら、お店の人に笑われちゃったよ。どうもお店の人、僕が転んだのを見ていたみたい。気を付けろよって、おまけに小さい飴がたくさん入っている袋を僕にくれました。ありがとうおじさん。これはみんなでちゃんと分けて食べるからね。

やっと涙が止まって、オニキスの飴を買ってもらってルンルンの僕。広場にはテラス席みたいに、椅子とテーブルがいくつか置いてあって、僕達はお兄ちゃんと一緒にそこに座って、ご飯買ってきてもらうのを待ちます。

そして僕の後ろで、かなりしょげている人物が一人。ディアンです。ディアンだけさっき飴買ってもらえなかったの。それに今日と明日のおやつはなしだって。勝手に居なくなった事に対する、お母さんからのお仕置きです。

僕達と暮らすようになって、お菓子とおやつの時間が、毎日楽しみなディアン。そんなディアンにこのお仕置きは辛いよね。しかも勝手に食べたら、二度とおやつなしだって。ディアンだったら、力尽くで何とでもなりそうだけど、今は大人しくしょげながら僕の後ろで反省しています。

大丈夫だよ、ディアン。あとでこっそりお父さんに飴を買ってもらって、お仕置き終わったらあげるからね。僕がもらった袋の飴もちゃんと取っておくからね。

遅いお昼ご飯を食べて、広場のお店通り見て周って、楽しかったしたくさん動けて大満足の僕達は、今日泊まるお宿について、ベッドの上でだらぁってなりました。オニキスまでお腹出してゴロゴロしています。

明日からも馬車に乗らなくちゃいけないけど、少しは我慢できそう。少しだけね。あとはなんとかフウ達と遊んで、みんなで我慢しないと。早くルリトリアに着かないかなぁ。


少し気分転換できた僕達。どんどん旅は続いて、あと残り約二日。またまた飽きる時間とイライラの時間が。でも我慢我慢。そんな我慢をしている僕達の顔を見て、お父さんが笑います。

「何だその、なんとも言えない顔は。クククククッ」

「あなた、ハルトちゃん達頑張って我慢してるのよ」

「分かってるが、面白くてな。わっ、ちょっと待て!! イテテ!」

フウ達がお父さんのお顔にアタックします。あの煩いやつね。それとブレイブ達のしっぽ攻撃。お母さんの言う通り、僕達は頑張って我慢しているんだから笑わないで!

外からその様子を見ていたオニキスが、オニキスサーカス団の練習をしたらどうだって言ってきました。あっ、それ良いね。フウ達がやる事だったら、そんなに場所取らない技もあるから、馬車の中でも練習できるよ。

僕達、家に帰って来てから、時々サーカス団の練習をしていました。オニキスとフウ達が一緒にやる綱渡りとか、オニキスがその運動神経を使ってやる空中三回転とか、ディアンも交ざって、マロン達みたいな戦いながら相手の的を壊すのとか。色々な練習しているの。

僕は……。フウ達ちびっ子だけでやる綱渡りの綱持ったり、お父さんが僕の遊び道具として買ってくれた、押し車みたいなのに乗って、みんなでポーズ取ったりとか。

僕のことは別に良いんだよ。それよりもオニキス達、とってもとっても上手にできるようになったんだよ。もっと練習して、今度おうちで発表会するんだ。

「ちゅなわたり、しゅる？」

『うん！　今日はフウからね』

『フウずるいぞ！　オレからだ！』

『しゅにょーはねぇ、おりたときの、ぽうじゅのれんしゅう！』

『『キュキュイ!!』』

ブレイブとアーサーは二匹で、組体操みたいな技の練習だって。二人でしっぽ絡めて斜めに立ったり、一匹が支えて、もう一匹が逆立ちして足を広げたり、色々なポーズをするんだよ。とっても可愛いんだ。グレンがね、そのポーズをしている二人のぬいぐるみも作ってくれるって。

こうしてサーカス団の練習しながら二日。なんとか頑張って、いよいよ目的地のルリトリアへ。御者さんが街の壁が見えてきたって、前から大きな声で教えてくれました。馬車の馬を操る人、御者さんって言うんだって。知らなかったよ。

「待て待て、今抱っこしてやるから」

お父さんが僕を抱っこしてくれて、窓から顔を出して進んでいる方角を見れば、壁が見えました。そしてその壁は近づくに連れて、どんどん大きく大きくなって。シーライトと同じくらいの大きい壁です。お父さんが言っていた通り、大きな街なんだね。

と、何この行列。まさかこの列って……。

「この街も相変わらずだな。しかも混んでるのは当たり前だが、大会が近いから、余計に列が大変なことになってるな」

やっぱりこの列って、街に入るためのチェック待ちの人達の列なんだ。だって壁はまだまだ先だよ。こんな所から並んでいたら、夜までに街に入れないんじゃ。僕が心配していたら、お母さんが教えてくれました。

チェックする門は他にもあって、街の騎士さん達が列の状況見て、どの列に並べとか指示するから、夜までにはなんとかみんな街に入れるみたい。

それでも中に入れなかったら、この街は夜でも門閉めないから、騎士さん達が護衛してくれながらチェックして中に入れてくれるんだって。

　そして夜に入ってくる人達のために、夜中でも開いているお店がたくさん。だから夜中でも結構賑やからしいです。もちろん僕達は貴族や騎士さん達が通る、特別な門から中に入るから、すぐに中に入れちゃいます。

　壁の近くまでくると、そろそろ中に入れって言われて、お父さんのお膝の上に。もうね、お父さんの膝の上もお母さんの膝の上も、完璧に乗れるよ。自然と座れるように。

　僕達が入る門まで行ったら、馬車が急に止まって、そのあとはのろのろとしか進まなくなりました。もう一度だけお外見せてもらったら、なんとこっちの入り口にも長い列が。早く入れると思っていたら、こっちに列ができていたんだよ。

　早く街の中を見たかったけど、これはもう少し我慢かな。お父さんももう少しだから、あんまり馬車の中に、おもちゃを出すなって言うし、大人しくしてろって。大人しく何して待ってよう？

　取り敢えず出していたおままごとの道具を籠にしまって、サーカスの道具もしまって、片付けは終了。後は僕が持ってきたぬいぐるみだけど……。

　僕はちらちら窓の方見ます。外を見ていれば、少しは時間潰せるんじゃないかな。変わりのない草原とか林とか森じゃなくて、ここには色々な人達が並んでいるんだから、その人達を見て待っていても良いんじゃ？

　僕はお父さんに顔は出さないから、外を見ていて良いか聞いてみました。それで良いって言われたから、フウ達は僕の頭とか肩に乗っかって。ちゃんと顔は出さないで外を見て。あっちの人はあ～だとか、こっちの人はどうだとか、話を始めました。

僕達の並んでいる列には、カッコいい馬車がいっぱいだし、騎士さん達もいっぱい。二列に並んでいます。こんなにたくさん、一度に見るのは初めてだね。見たことのない騎士の服を着ている騎士さん達がいっぱいで。聞いてみたら、小さい街の騎士さんは、近くの大きな街の騎士さんと同じ洋服だけど、大きな街だとそれぞれの街で、騎士さんの洋服が違うみたいです。

そういう服装の違いも見て、盛り上がる僕達。そうしているうちに、僕達の列の方が、隣の列よりも少し早く、前に進んだんだけど。

突然前の方で、怒鳴り合う声が聞こえたんだ。どうしたのかなと思って、少し窓から乗り出して、前の方を見ようとする僕。でもスッと馬車の中に戻されて、カーテンまで閉められて。お父さんに絶対に外に出るなって言われて、お父さんだけが馬車の外に。と、外からディアンの声が。

「面白そうだ。我も見てくる。今度はちゃんと言ったからな」

止めようとしたお母さん、でもオニキスがもう行っちゃったって。

ずっと続く怒鳴り合う声、でもその怒鳴り合いは、お父さんが出て行って少しして、もっと酷くなりました。「私を誰だと思っている！」とか、「私はどこそこの騎士団団長で……！」とか、ずっと同じ人？　が怒鳴っている感じ。

それでその人が怒鳴り終われば、「これは決められた事ですので」って声が聞こえて。その声はとってもしっかりとしていました。

僕の予想だけど、自分は偉いんだから、先に入れろって感じで揉めているのかな？　それか検査する人が何かしちゃったとか。でもあの言い方からして、絶対早く入れろって怒っているんだと思うんだよね。

と、急に怒鳴っていた人の声が聞こえなくなりました。そして静かになった後すぐに、何か焦っている声が聞こえてきて。それからすぐに馬車の横を、多分馬に乗った人達が、街と反対方向に走って行ったよ。馬の走る音が聞こえたからね。

「なんだつまらない。もう終わってしまった」

外からディアンの声が聞こえてすぐ、馬車のドアを叩く音が。お父さん戻って来たのかな？　でも何でドア叩くのかな？　いつもサッ！　とドア開けて乗ってくるのに。誰か来たの？

お母さんが返事しようとしたとき、ドアがガタンッて開いて、ドアの前にはカッコいいお洋服着た、これまたカッコいい男の人が立っていました。お父さんと歳同じくらいかな。う〜ん、でも。お父さんの方が若い気もするし。

「パトリシア、遅かったじゃないか。もう少し早く着くと思っていたんだが」

「お兄様、いつもお話しししているはずです。返事をする前にドアを開けないでくださいと」

「ははは、すまんすまん。揉め事だと聞いて来てみれば、キアルの馬車が見えたもんで。嬉しくて思わず開けてしまった」

お兄様？　今お兄様って言ったよね。もしかして街に住んでいるっていう、お母さんのお兄さん？　僕はスノー抱っこして、肩にフウとライが座って、肩にぶら下がる形でブレイブとアーサーが掴まっている格好で、じぃ〜と男の人見つめます。

男の人がお兄ちゃんによく来たなって言いながら、最後に僕のこと見ました。

「パトリシア、この子か？　お前が言っていた新しい家族は」

「ええ、そうよ」

「おっと馬車が動くな。乗るぞ」

男の人が馬車に乗って来ます。その後ろからお父さんも乗ってきました。

「ハルトちゃん、私の兄のレイモンドよ。ハルトちゃんもご挨拶しましょうね」

# 第六章

# お母さんのお兄さん、レイモンドおじさん一家

Kegare wo haratte, Mofumofu to Shiawaseseikatsu

じぃ〜と見入っちゃっていた僕。慌てて挨拶します。最初の挨拶はとっても大事。

「はりゅちょでしゅ。はじめまちて」

「へぇ、お前の手紙に書いてあった通り、ちゃんと挨拶できるんだな。ペインなんてこのくらいの歳の時は、父さんの後ろに隠れて何も言えなかったのに。よく来たなハルト。パトリシアの兄でレイモンドだ。よろしくな！　兄さんと呼んでくれ!!」

がしがし頭を撫でられて、首が前に後ろに、それから左右にがくんがくん揺れます。そのせいで体も動いちゃって、僕に乗っていたフウ達もがくんがくん。お母さんが力入れすぎだってすぐに怒ってくれたんだけど、レイモンドさんはガハハハハッて笑って終わり。

て言うか兄さんって、どうなのそれ？　お父さんよりも年上でしょう、兄さんじゃないよ、おじさんだよ。それに新しい名前も出てきたよね。ペインさん？　ペインさんって誰だろう？

「と、挨拶は屋敷に行ってからゆっくりするとして、パトリシア、ペインの話をしたが、あいつも遊びに来ると言っていたぞ。ハルトに会いたいって言ってたな」

「あらそうなの？　ハルトちゃん、ペインお兄様は私のもう一人のお兄様よ。ルリトリアの近くの

街に住んでいるの」

おお！　もう一人のお兄さん。ふと横を見ると、お父さんが一瞬嫌そうなお顔して、その後僕が見ているのに気づいて、いつものニコニコお顔に戻りました。もしかしてお父さんペインさんも苦手なのかな？

と、その時外から、レイモンドおじさんを呼ぶ声が。お父さんが窓を開けると若い男の騎士さんが立っていて、軽く頭を下げた後、お父さんとお母さんに挨拶してから、レイモンドさんに早く戻って下さいって言ってきました。

それからまだ仕事は残っているんですよとか、どうして途中で居なくなるんですかとか。話すことは全部文句ばっかりです。

「あ～、分かった分かった。今戻る。まったくお前は相変わらずだな」

「レイモンド様がいつも勝手に、現場から居なくなるからです。早くして頂かないと、後の処理が遅れます」

「しょうがない、パトリシア、屋敷でな。キアルこれからしばらくよろしくな」

そう言ってお父さんの肩ぽんっと叩いて、レイモンドおじさん馬車から下りて行きました。お父さんが大きな溜め息つきます。

「相変わらずだな、君のお義兄さん」

もの凄い勢いのある人だったね。フウ達を見たら、ボケッとレイモンドおじさんが出て行ったドアを見ていました。

レイモンドおじさんの特徴は、体がガッチリしていて、背が高くてとっても大きい人。僕なんか片手でひょいって感じだよ。それから髪の毛の色は金髪で、髭がちょっとだけ生えています。

それから体に見合った大きな剣を持っていて。おじさんが馬車に乗ってきて、椅子に座った後に自分の目の前に剣を立てたんだけど、ガシャンッて大きな音がして、ちょっと馬車が揺れました。それにね。

「もう、お兄様ったら、また馬車を傷つけて、後でしっかり直してもらわないと」

そう、おじさんが剣を立てたところの床、傷とちょっとした凹みが。お母さんがあれだけ重い剣なんだから、傷つくのが分かっているはずなのにって。その言っている顔がね、あの、笑っているけど本当は怖い笑顔に。

僕もフウ達も、もちろんお父さんもお兄ちゃんも、みんなそれぞれ、お母さんをこれ以上怒らせないようにしたよ。僕達は出してあった魔法の石で遊んで、お兄ちゃんは窓から外を眺めて。お父さんはお母さんに、街に着いたら、まずはあの店に行こうとか、あのケーキを食べようとか、色々機嫌をとっていました。

そしてそんな僕達家族の検査の番がやっと。僕達の馬車と荷馬車のチェックはすぐに終わりました。もちろんなにも異常なし！　騎士さんが手を振ってくれたから手を振り返したら、ブレイブとアーサーとスノーがマネして、しっぽで振り返したの。

騎士達の顔が情けなくなっちゃった……。しっかりお仕事に戻ってね。でもその気持ち分かるよ。可愛いもんね。フウとライも手を振ったんだけど、妖精の姿は普通の人は分からないからね。

ちょっと見ただけで、すぐにブレイブ達の方見てニンマリしたもんだから、その後少しの間プンプン怒っていたよ。大丈夫、僕は可愛いフウ達を、しっかり見ているからね。

いよいよ街に入ります。門を潜って少し進むと……。

「ふおぉぉぉぉ!!」

『『わあぁぁぁ!!』』

『しゅごい！　キラキラ!!』

『『キュキュイ!!』』

「ははっ、目がキラキラだな」

「これ見ればそうなるでしょうね。それにハルトちゃん達だけじゃないわよ。ほら……」

「まぁ、そうだよな」

「ほらハルト！　あそこのお菓子売っているお店、オニキスの形のクッキーを売ってるよ!!」

窓の所、僕達とお兄ちゃんでぎゅうぎゅうです。

お兄ちゃんがあっち見てって指差した方みんなで見たり、僕がアレ!!　って指差した方をみんなで見たり、あっちもこっちも、色々見なくちゃいけないからとっても大変。

しかもかなり賑やかで、これは大会が行われるから、普段よりも賑やかだって教えてもらったんだけど。どこもかしこも、街の中全体が賑やかで、これが大会終了まで続くんだって。

住宅街は、スタジアムとお店通りを包むように建っていて、そのまた周りには、騎士達や冒険者達の家が囲んでいます。

レイモンドおじさんの家は、スタジアムの後ろの方。他の良い家柄の人達が住んでいるのもそっちの方みたい。

「おとうしゃん！　はやくおりりゅ!!」

「ハルト残念だが、今日はこのままレイモンド殿の屋敷へ行くぞ。遊ぶのは明日からだ。荷物の整理もしなくちゃいけないからな」

えぇ～、そんなぁ～。僕もフウ達もみんながっくりです。せっかく遊べると思ったのに。こんなに凄いのを見せておいてお預けなんて……。あ～あ。フウ達が怒ってお父さんのお顔に攻撃しに行っちゃったよ。

「ま、待て待て、止めろ!!　レイモンド殿の屋敷にはお前達が喜ぶものが用意してあるらしいぞ、今日はそれで我慢しろ」

それ聞いてフウ達の目が光ります。たぶん僕の目もね。何？　喜ぶものって？

楽しみができたけど、やっぱりこれだけキラキラの街を見ちゃったから、ちょっとだけ残念な気持ちになりながら、お屋敷に着くまではずっと窓から街を眺めていました。

お屋敷に行くには、スタジアムの横を通って行きます。と、ここでもまたまた感動が待っていました。

「ふわわわわわ!!」

大きな大きなレンガでできたスタジアムがドンッと建っていて、装飾もかなり凝っているの。その装飾を見にくる人達もいっぱいいるんだって。

大会とかイベントがないときは見学自由で、他にもスタジアムを回るツアーがあるみたい。

「ぼくも！　ぼくもみちゃい!!」

「大会の用意が始まるまで、あと少し見学できたはずだな。よし、報告やらなんやら終わったら連れてきてやろう」

やったぁ～!!　みんなで万歳です。お兄ちゃんまで……。お兄ちゃん前にお父さんが出ていた大会で、スタジアムに入ったことあるんじゃないの？

「おにいちゃ、きちゃことにゃい？」

「何回も来てるけど、いつも応援する席から動いたことないんだ。スタジアムに来て席について、応援してそのまま帰る。スタジアムの中がどうなってるか、僕もよく知らないんだ」

そうなんだ？　応援する席はみんな決まっていて、僕の家みたいな貴族の人達が座る席。騎士団の団長やちょっと地位の高い人達が座る席。と、色々細かく決まっているみたい。

「僕も一度、スタジアムの中、ゆっくり色々見てみたかったんだぁ」

ならお兄ちゃんも、お父さんにお願いすれば良かったのに……。

「フレッドはいつもお店回ってるうちに、帰る日になっちゃって、ツアーどころじゃなかったものね」

ああ、そういうこと。でも、そうだよね。僕だって見たい物いっぱいだもん。これはちゃんと予定を立てないとダメな感じ？　ちゃんとお父さん達が話しているのを聞いておかなくちゃ！

お父さん達だって大会の準備に訓練、練習の時間がいるし、その合間に遊ばなくちゃいけないんだから。

　馬車はスタジアムの横を通り過ぎて行きます。ふとスタジアムの反対の方を見たとき、魔獣達が集まっているのが見えました。

「おとうしゃん、まじゅういっぱい」

「ん？　ああ、あそこに集まってる魔獣は試合に出る魔獣達で、名前と魔獣の種類を申請しているところだ。あと契約者の名前な。直前に違う魔獣で参加しないようにするためだ。この街には大会のために魔獣がたくさん集まるから、大型魔獣が泊まれる宿がいっぱいあるんだぞ」

　前の世界には動物が大好きな人、苦手な人が居て、それから人だけが泊まれるホテル、ペットと泊まれるホテルがあったけど。こっちの世界でもそういうのがあるみたい。

　魔獣が苦手で魔獣が泊まれない宿に泊まる人、魔獣といつも一緒にパートナーとして行動している人達は、魔獣が泊まれる宿に。

　普通は街に半分位ずつ宿があるんだけど、この街は大会が行われるから、街に来る魔獣も多くて、魔獣可の宿の方が多いんだって。

　それから契約者によっては、魔獣に触らせてくれる人もいるみたい。お父さんが街で遊ぶとき触らせてもらうと良いって。僕、楽しみ！　オニキス達やマロン達みたいな可愛くてカッコよくて、ふわふわもふもふな魔獣いるかな？

　でも大会前なのに、自分の大切な魔獣他人に触らせて良いのかな？　何かいたずらとかされたら大変じゃない？

「しゃわっちぇ、だいじょぶ？　たいかいだいじょぶ？」

「ああ、それは……」

そういう人は大会が目的じゃなくて、自分の契約している魔獣の自慢をしに来ている人。それで問題になったんだって。大会に出ないのに、魔獣の自慢ばっかりする人達が増えちゃって。そのおかげで今年からそういう人達のために、新しい競技ができました。その名も『自慢の魔獣決定戦』。

うん、そのまんまの意味。魔獣の可愛さカッコ良さ、特技なんかを競って、優勝魔獣を決めます。

そしてその『自慢の魔獣決定戦』である事実が発覚。それは……。

「子供から大人まで誰でも参加できたはずだな？　ハルト、ハルトみたいに小さな子供が参加する種目も良いが、オニキス達と一緒に決定戦に参加してみるか？　確か一人三匹まで参加して良かったはずだぞ」

な、なんですと!!　うちのオニキスと一緒に参加できる!!　一人三匹まででしょう。フウとライは、みんなには姿が見えないからダメで。

スノーは洋服着ているとはいえ、いっぱい人が見にくる所に出したら、誰かがスノーの正体に気づいちゃうかもしれないからダメ。フウ達にそう言ったら、こんなに僕達可愛いのにって、怒っていました。ごめんね。

それからディアンは絶対ダメでしょう、そうなると……。

「おにきしゅ、ぶれいぶ、あーしゃー、いっちょでりゅ」

『あぁ、良いぞ！　ハルトのためだ。カッコいいところを見せて優勝させてやる』

『『キュキュキュイッ!!』』

『ブレイブ達は可愛い姿を見せて優勝だ！　と言っている』

よし決まり!!　明日か明後日、お父さん達が荷物の整理とか色々落ち着いたら、あの場所に行って参加の登録してくれるって。やったぁ!!　せっかく出るんだから優勝目指さなくちゃ。僕はルンルンです。

あっ、アピールタイムに何やるか考えなくちゃね。オニキスはカッコいいアピール。ブレイブとアーサーは可愛いアピールだよね。う～ん。まだ時間はあるからみんなで相談して決めよう。

そんな事を思いながら、馬車はどんどん進んでいきます。そして見えるものは、大きな家ばっかり。その中でも特に大きいお屋敷がレイモンドおじさんのお屋敷でした。三階建で庭も凄く広いの。ウチと同じくらい。もちろん門から玄関までも遠かったです。

やっと玄関について、おじいさんが馬車のドアを開けてくれました。

「グーガー久しぶりね」

「お久しぶりでございます。キアル様、パトリシア様。フレッド坊っちゃまもお久しぶりですね。大きくなられて」

「おいおい、去年も会ってるだろう?」

「小さなお子様が成長するのは、とても早いのですよ」

そう言ったグーガーおじいさんが僕のこと見ます。フウ達はいつもの僕の位置にちゃんと陣取っているよ。

「そちらの坊っちゃまは初めましてですな。私はレイモンド様の屋敷に使える筆頭執事のグーガーでございます。よろしくお願いいたします」

「はりゅちょでしゅ。よろちくおねがいでしゅ」

「ハルト坊っちゃまですね。しっかり挨拶ができて、さすがパトリシア様のお子様ですね」

お母さんが、教えてなくてもちゃんと挨拶できるのよ、ってグーガーおじいさんに言ったらおじいさんとっても驚いた顔してから、ニッコリ笑顔に。それから僕の事を褒めてくれました。

馬車を降りると、使用人さんとメイドさん、それからお母さんみたいなドレスを着た綺麗な女の人、二十代前半くらいの若い男の人が立っていました。

お母さんが軽く挨拶して、女の人も挨拶します。それから男の人も。

「お久しぶりです」

「よく来てくれたわね」

女の人はレイモンドさんの奥さんで、名前はアイラさん。それから若い男の人はレイモンドさんの息子でイーサンさん。

お母さん達の挨拶が終わって、お兄ちゃんが挨拶し終わったら今度は僕の番。さっきみたいに挨拶します。そしたら挨拶した僕をじぃ～と見てくるイーサンさん。僕は思わずお父さんの後ろに隠れます。さっきのグーガーおじいさんのときは平気だったんだけどな？　僕の人見知りはいつも通りでした。

「すまない。ハルトは人見知りなんだ。初めての人に慣れるのに少し時間がかかるが、よろしく頼む」

「手紙にそう書いてあったわね。大丈夫、時間はたっぷりあるわ。だんだんと慣れていけば良いのよ。ね、ハルトちゃん。さぁ、ここで長話していてもね。美味しい飲み物とお菓子を用意したのよ」

みんなで休憩のお部屋に移動です。移動している最中もイーサンさんがずっと僕の事見てくるんだもん。僕はお父さんの足にしがみつきます。そのせいでお父さんが歩き辛くなっちゃって、途中から抱っこしてもらって移動になっちゃったよ。

休憩室についてすぐ、お菓子と紅茶みたいな飲み物が運ばれてきました。

「さっきレイモンドの部下から連絡が来たの。レイモンドはもう少し遅れるみたいだから、ゆっくりお茶して待ってましょう。フレッドにはこのお菓子を、ハルトちゃんにも、特別なお菓子を用意したのよ。両方ともとっても冷えてて美味しいわよ」

お兄ちゃんに運ばれてきたのはなんと、クリームソーダみたいな食べ物。隣にいてもひんやりした感じが伝わってきて、とっても美味しそうです。ジュースの色は独特の濃い紫だったけど……。

そして僕に運ばれてきたのは、アイスクリームにオニキスの形をしたクッキーが載っていて。他にもアイスの周りには、色々な魔獣の形をした小さいクッキーがいっぱいと、果物が載っていて、パフェみたいな感じです。というか、この世界にアイスってあったんだね。

僕は嬉しくて、お父さんにくっついていたんだけど、さっさと離れてスプーン持ちます。フウ達が僕も僕もって。待って待って順番だよ。

いただきますして、オニキスクッキーを少し避けて、このクッキーは最後に食べるからね、まずは僕がひと口。はむっ！　……ふおぉぉぉぉ!!　お、美味しい!!　何これ、本当に美味しい！　もうひと口パクッ！　なんて美味しいアイスなの。

僕の様子見ていたフウ達が、わぁって僕に群がります。最初はフウとライ。次はブレイブ、スノーにアーサー。それだけでパフェが半分以下に……。

「うふふふふ。そんなに気に入ってくれて、料理人も喜ぶわね。ハルトちゃん、そのアスクはそっちのおちびちゃん達にあげて、もう一つ別にアスクを持ってきてもらいましょう」

アイスの事、アスクって言うみたい。なんかちょっとおしい。フウ達にアスクをわたしたら、一気に群がってすぐに無くなっちゃいました。新しいアスクが運ばれてきて、それを見るフウ達。

ダメ、これは僕のだよ。ちなみにオニキスにもアスクは出たよ。それをディアンが半分寄越せって、ちょっとケンカになりそうになってお母さんに怒られていました。

食べ進めていくと、なんと中から白玉みたいのが。アスクと一緒に食べるとまたまた最高！　こんな美味しいものが食べられるなんて。

すぐに食べ終わっちゃって、最後のオニキスクッキーを食べます。クッキーもとっても美味しかったです。

ふぅ、満足満足。せっかく良い気分だったのに、ふと思い出してイーサンさんをチラッと見ます。相変わらずじぃ〜と僕を見ているイーサンさん。もしかして食べている間ずっと見ていたの？　すぐにお父さんの横に戻って洋服掴んで、洋服の後ろに顔入れて隠れます。

「イーサン、そんなにじっと見ていると、ハルトはいつまで経っても、こうやって隠れるぞ。言いたいことがあるんだろう」

そうお父さんが。何々？　僕になんの用なの？　お父さんの洋服から少しだけ顔を出してイーサンさんの顔見たら、イーサンさんが少し困った顔しました。その後スッと立ち上がって、僕達とお父さんの横まで来てピタッて止まって。

ビクッてなる僕。さっきよりもお父さんの洋服の奥に隠れます。フウ達も隠れようとして、お父さんにギュウギュウ。と、

「頼む！　撫でさせてくれ!!」

ん？　今言ったの誰？　この状況で触らせてくれって、誰に何を触らせてくれって？　ん？

「頼む！」

ソロッと顔を出します。僕達が隠れている最中なのに、撫でさせてって誰が……って。横に立っているイーサンさんが、僕達の方にお辞儀していました。今のもしかしてイーサンさんが言ったの？　お父さんの顔を見たら、お父さんやれやれって顔しています。

「ハルト、イーサンはお前と同じで、可愛い物、可愛い人間が大好きなんだ。パトリシアが手紙でハルト達の事を色々話していて、お前達がくると聞いて一番喜んでいたのは、イーサンなんだぞ」

え？　じゃあずっと僕達のことをジロジロ見ていたのって……。その時、パッ！　とイーサンさんが元の姿勢に戻ったと思ったら、もう一度凄い勢いで頼むって言って、頭を下げてきました。その勢いに驚いて、またもやお父さんの洋服に隠れる僕。

そんな僕達の様子を見ていたアイラさんが、イーサンさんを怒る声が聞こえました。

「だから言ったでしょう。ハルト君は人見知りする子だから優しく、怖がらせないように接しなさいって。それを貴方はじぃーっと見続けるわ、凄い勢いで頼むだなんて迫って。ハルトちゃんが怖がるのは当たり前です!!」

そうそう。まったくその通り。人見知りにそれはダメ！　アイラさん、怒ってくれてありがとう。

「む、そ、そうか」

「ハルトちゃん、いらっしゃい」

お母さんに呼ばれて、お母さんの方に急いで移動します。僕にぞろぞろ付いてくるフウ達。お母さんに抱っこしてもらって、顔はイーサンさんとは反対側に。そんな僕に後ろからイーサンさんが謝ってきました。

「すまない。あまりの可愛さに興奮してしまったんだ。怖がらせるつもりはなかった」

あれ？　声の張りがなくなっている？　何て言うんだろう、ひょろひょろって感じ。さっきまでの勢いが完全に無くなっています。

気になってそっと振り返ってみたら、そこには悲しそうな寂しそうな顔したイーサンさんが、項垂れて立っていました。

なんかひと回り体小さくなってない？　僕が怖がったのがそんなにショックだったの？　そんなガックリする程？　どれだけ可愛い物好きなのさ。

しょぼくれているイーサンさん見ていたら、なんか可哀想になってきちゃった。だからってすぐには仲良くはなれないけどね。でも少しだったら、話を聞くくらいなら良いよ。まだみんなを撫でるのはダメ。

お母さんのお膝に座り直して、イーサンさんの方を見ます。僕がちゃんとイーサンさんを見たからか、パァッ！　と笑顔になるイーサンさん。

「ハルト君、改めてこんにちは。俺の名前はイーサン、よろしく頼む」

だいぶ落ち着いたみたい。そんなイーサンさんを見てアイラさんが、部屋に案内してあげたらって言いました。

よく分かんないまま僕達は休憩室から出て、イーサンさんの後ろを歩き始めました。歩いている最中、アイラさんがお父さん達にお話しします。

その話によると、僕達が寝泊りする部屋以外に、僕達やお兄ちゃんが遊べるようにって、遊び専用の部屋を用意してくれたみたい。それでその部屋の用意をしたのがイーサンさん。

お母さんが送った手紙に、僕達も来るって書いてあって、それが分かってから、つい最近までずっと、僕達のために一生懸命、部屋の用意してくれたんだって。ちょっとテンション上がってきたよ。

さっきまではお母さんの洋服に隠れて歩いていた僕。話を聞いているうちに、だんだんとお母さんの前を歩くようになって。フウ達なんかイーサンさん抜かす勢いだよ。

着いた部屋は、僕達が泊まるお部屋のすぐ隣でした。泊まる部屋は今グレン達が荷物運び入れて準備してくれているの。

「遠い部屋に移動するより、すぐ隣に部屋を用意した方が、ハルト君達には楽だと思ってね。よし、じゃあ開けるぞ」

ガチャ。イーサンさんがドアを開けます。パッと走ってドアのところから中を見る僕達。

「ふわわわわ!!」

何これ何これ!!　凄すぎる!!　壁は子供部屋って感じの、妖精や魔獣の絵が描いてある可愛い壁紙が貼ってあって、窓の所にも同じ感じの絵が描いてある、可愛いカーテンがついていました。灯りのための光の魔法の石には、お花のケースがかぶせてあったよ。

うん!　良し!!　まずはお部屋の右側から。大きなおもちゃ箱が三箱置いてあって、はみ出ているところだけしか見えないけど、おもちゃ箱いっぱいにおもちゃが入っているのが分かりました。

次は真ん中。真ん中にはトランポリンみたいな遊具と、押しぐるま。押しぐるまにも可愛い魔獣の絵が描いてあります。

そしてそして、お部屋の左側。フウとライがビュッ!!　と飛んでいって、スノー達も後に続いて走って行きます。えへへ……、僕もね。

お部屋の左側にはぬいぐるみがいっぱい。そう、お家にあるオニキス達勢揃いのぬいぐるみ達と同じようなぬいぐるみ達に、他にも色々なぬいぐるみが置いてあったんだ。

『見てみて!　フウそっくり!』

『オレにもそっくりだぞ!!』

『しゅにょー、おおきしゃもいっちょ』

『『キュキュキュイ〜』』

『自分たちも、そっくりだと言ってるぞ』

オニキスが通訳してくれます。あのね、全部が本人達サイズでできていて、オニキスのぬいぐるみもオニキスサイズだから、僕が乗れちゃいます。

「グレン師匠から手紙と絵を送ってもらって、それを見ながら作ったんだ。グレンはこういう可愛い物作るときの師匠なんだよ」

グレン師匠ですと!! まさか師匠の弟子がいるなんて。僕のイーサンさんを見る姿勢が変わります。僕も大きくなったらグレン師匠に弟子入りしようと思っていたから、先に弟子入りして、これだけの物を作るイーサンさんを尊敬しちゃう!

「まぁ、まだまだ師匠には及ばないが。どうだ? 気に入ってくれたか?」

まだまだ何てそんな。こんなに凄いお部屋準備してくれるなんて。僕達はみんなでイーサンさんの方に走って行って、抱きついたり肩に摑まったり、それからありがとうの大合唱です。フウ達に粉をかけてもらったよ。

「いーしゃんしゃん、ありがちょ!!」

『『ありがとう!!』』

『ありがちょ、ごじゃましゅ!!』

『『キュ〜イ!!』』

「はぁ、喜んでくれて良かった。よし、真ん中に置いてある、遊具の使い方教えてあげよう」

みんなで真ん中に移動して、まずはお兄ちゃんにやってみろって。お兄ちゃんはこれがなんだか知っているみたい。すぐにトランポリンみたいな遊具に乗っかります。そしてジャンプ！　うん、やっぱりトランポリンだったよ。

お兄ちゃんとっても上手なんだ。ただ高く飛ぶだけじゃなくて、クルッと一回転、宙返りまでしちゃうんだよ。みんなで拍手です。

お父さんが僕もやってみろって、それでトランポリンに上ろうとしたんだけど、

「ふぬぬぬ……」

上るだけで精一杯。やっと上ったと思ったら、これがぼよんぼよん揺れて真っ直ぐに立てないんだよ。ちょっとお兄ちゃん揺らすのをやめて。

お兄ちゃんがピョンッ！　と弾みつけて地面に下りると、その反動で僕はハイハイの格好のまま上に飛びました。そして背中で着地。ちょっと跳ねすぎじゃないのこれ。でも面白いから、まぁ良いか。

今度はそっとまっすぐ立って、えいっ!!　ジャンプは上手くいったけど着地はやっぱり背中でした。

「ハルト、これは学校にも置いてあるんだぞ。これで訓練するんだ」

なんの訓練？　変わった訓練をするね、体操選手になるわけでもないのに。僕をトランポリンから下ろしたお父さんが、もう一度お兄ちゃんに乗るように言いました。

そして乗っかったお兄ちゃん目掛けて、お父さんが近くにあった魔獣のぬいぐるみ投げます。そ

れを跳びながらひょいっと避けるお兄ちゃん。

このトランポリンの練習は、森とか林とか色々な所に、冒険者として騎士として出かけたとき、足場の良い所ばっかりじゃないからね。

突然魔獣や盗賊に襲われても、避けたりバランスを崩しながらでも攻撃できるように、子供はこのトランポリンで、訓練するんだって。

そう、遊びながら訓練だよ。小さい子は普通に遊んで、お兄ちゃんみたいに大きくなると、遊びと訓練に。

「訓練と言えば、ハルト君、もう一つ特別な部屋を準備してあるんだよ。隣の部屋なんだけどね。移動しよう」

特別な部屋？　今度は何の部屋かな？

トランポリンからなんとか一人で下りて、隣の部屋に移動します。そしてイーサンさんに続いて中に入ってビックリ。部屋の中に芝生が敷いてあって、他には水の魔法の石の上に台が取り付けてあって、その下にはレンガでできている、シンクみたいなものが置いてあります。

え？　何？　庭をお部屋に作っちゃったの？　またまたフウ達が部屋の中に飛び込みます。でもすぐにみんな止まりました。

どうしたのかな？　と思っていたらスノーが戻ってきて、草なのに草じゃないって言いました。フウ達も、おかしいおかしいって騒いでいます。何を言っているのかよく分かりません。

スノーと一緒にフウ達の所に歩いていきます。ん？　この感触もしかして。しゃがんで芝生を触って、それからちょっとだけ芝生を摘んでみたら、やっぱりこの芝生、人工の芝生でした。まさか人工芝があるなんて。

「そう、その芝生は偽物だ。最近街で売られるようになってね。何に使うのか私もよく分からなかったんだが」

最近街で、子供がいる家に人気の商品って聞いて、イーサンさんが、僕達が遊びに来るから、もし良いものだったら用意しておこうって、この人工芝を売っているお店にわざわざ行って、店主と話したんだって。

最近ルリトリアは雨の日が多くて、もう雨の多い季節は終わっているのに、こんなに雨が降るなんて珍しいみたい。この世界の人達は傘なんか差さないで、雨具みたいな洋服を着て雨をやり過ごします。

僕ももちろん雨具買ってもらいました。大人達はそれを着てなるべく雨に濡れないように気をつけるけど子供は……。晴れだろうが雨が降ってようが関係なく遊ぶでしょう。

そりゃあ数日なら洗濯も大丈夫だろうけど、この世界に洗濯機なんてないからね。オニキスみたいに浄化で綺麗にできれば良いけど、浄化を使える人はあんまり居ません。お母さん達が一生懸命手で洗濯しているんだよ。

洗うんだけど、雨であんまり子供が洋服汚すから、お母さん達は子供にお外で遊ぶなって。そうなれば子供は家の中で遊ぶけど。ほら、ねぇ。飽きちゃうじゃない。

そこで店主が仲間と作ったのが、家の中に敷ける人工芝。家の中で少しでも外の雰囲気を味わいながら遊べるようにって考えたんだって。イーサンさんは僕も長くこの街にいて、外に出られない日が続いても良いように、この部屋全部に人工芝敷いてくれたの。

「雨が降らなければ降らないで、今はかなり暑いからな。外で遊んで暑くて具合が悪くなる前に部屋に戻って、後はここで遊べば良いだろう」

それに、僕が剣の練習をしているって、その事もお母さんの手紙に書いてあって知っていたから、剣の練習もできるぞって。あの水の魔法の石とレンガのシンクみたいなのは、汗かいて手や顔を洗うために付けといてくれたの。台は、剣とか荷物を置く台です。

「凄い部屋を作っていただいて、良いのでしょうか」

「良いのよ。イーサンが作りたくて作ったのだから。ハルトちゃんはまだ小さいし、これから何回だって大会でこちらに来て遊べるしね」

「そうですよ。それに大会の時だけではなく、いつでも遊びに来てください」

「ありがとうイーサン」

そんなお父さん達の話を聞いていたディアンが、

『ふむ。いつでも来て良いのか。ならば何日も馬車に乗るのはハルトは大変そうだからな。我がひとっ……もがっ!?』

慌ててオニキスがしっぽでディアンの顔にアタックします。しっぽはバッチリディアンの顔に当たって、ディアンの話が途切れました。

ちょっと今何言おうとしたの。ひとっ飛びって言おうとしなかった？　パッとお父さんの方を見たら、お父さんお顔がピクピク、顔が引きつっちゃっています。

「すまないが、今そこの男性は何て？」

「い、いや何でもないんだ、そ、そう言えば紹介していなかったな。この男はハルトの護衛の一人で名前はディアンだ」

『おお、そうだったな。我の名前はディアン、ハルトの護衛だぞ。よろしく頼む』

お父さんがそれ以上突っ込まれないように、ディアンの紹介始めました。ここに来るまでにディアンのことを何て紹介しようか、お父さん達話し合っていたんだよ。

それで護衛だったらいつも側にいてもおかしくないだろうって、僕達家族以外の人達が家にいるときや、こうやって他の街に来るときは、護衛ってことで決まったの。

お父さんが紹介しているうちに、僕とオニキスはディアンに注意します。もうドキドキさせないでよ。ファイヤードレイクなんてバレたら大変なんだから。ディアンは笑ったまま僕達にすまんすまんって。はあぁぁぁ。

紹介が終わったら、お父さんが僕に剣の練習してみたらどうだって。そうだね。せっかくイーサンさんが作ってくれたお部屋だもんね。僕は部屋の真ん中に走って行って、腰から剣を取りました。そして、

「ふんっ!!　ちゃあ!!」

剣を振ります。どう？　カッコいい？　何回か剣を振ってイーサンさんの方を見ます。そしたらイーサンさん、両手でお顔を押さえてプルプル肩を震わせています。何？　どうしたの？　僕の剣

何か変だった？

そう思っていたらイーサンさんが、突然僕の方に近づいてきて、僕の頭を思いっきりなでなでしました。しかも何か凄い笑顔なの。

「うんうん。作った甲斐があった。こんな可愛い姿を見られるなんて。師匠はいつもこんな姿を見ているんですね」

何か今にも泣きそうなんだけど……。

「可愛いハチの姿に、可愛い剣の練習の姿……」

……ああ、そういう事。僕ね、街に着く前にハチの着ぐるみに着替えたんだよね。カッコいい洋服のままでいたかったのに、お母さんがこっちの方が喜ぶからって。アイラさんの方を見れば、アイラさんもニコニコです。

ずっと撫でてくるイーサンさん。そこにレイモンドおじさんが部屋に入ってきました。

「お、何だ？　もうハルトの可愛さにやられてるのかイーサン」

「父上、こんなに可愛い子だなんて、可愛いハルト君に可愛いフレッド君。本当に大会だけではなく、いつでも遊びに来て欲しいですよ」

ああ、お兄ちゃんも可愛い分類に入るのね。だよね、お兄ちゃんだって可愛いよね。地球だったら子役とかで、人気がでそうだもんお兄ちゃん。

お兄ちゃんの方見れば、お兄ちゃん困った顔をして笑っていました。あのね、お兄ちゃんは他の同じくらいの子と比べて、可愛い方だと思うんだ。

剣を腰に戻して、休憩の部屋に戻ります。ドカッとソファーに座るレイモンドおじさん、座って大きな溜め息です。

「まったく肩書きばかりの連中が、よくあれだけ大きな顔できたもんだ」

「それでお兄様、先程のアレは結局どうしたの?」

さっき街に入る時に、怒鳴っていた人達の話みたい。怒鳴っていた人は確かにどっかの街の騎士団長だったみたいだけど、素行が悪い事で有名な騎士団長だったみたいです。

お父さん達は家柄もあるけど、ちゃんと自分の実力でここまで登り詰めてきた貴族。今回問題を起こしたのは、家柄とお金の力で、他の人達を従わせトップに立った人間。そう実力もないのに親の力だけで騎士団団長になった人だったんだ。

僕達の住んでいるシーライトとは逆の方向、ルリトリアからかなり離れた街から来た騎士団長。名前はドルサッチ。かなりの嫌われ者団長らしいよ。何をするにも威張り散らして、気に食わない物は破壊して、気に食わない人は街から追い出し、無実の人を陥れようとする。

それで捕まえようとしても、上手く証拠を消すから、今まで何回か捕まえられそうだったのに、最後には無罪になって、処分できないんだって。

お父さんもお母さんも、ドルサッチの事知っていたみたい。シーライトにはドルサッチは来た事ないけど、お父さんのお友達の街には来たみたい。カイドさんじゃないよ。別のお友達。それでやっぱりその街で問題起こして、かなり大変だったって、お父さんが話していました。

何でそんな厄介な団長が街に来たか、そう、やっぱりお父さんの力で、今回の大会に出場するんだって。まったく面倒な奴だなぁ。お父さんとは別の試合に出るけど、みんな楽しみにしている大会なんだから、大人しくしていてほしいよね。

お父さん達の話はなかなか終わらなくて、僕とお兄ちゃんはさっきのお遊びの部屋に移動。夜のご飯になったら呼びに来てくれるって。

さて、何して遊ぼう。それとも剣の練習？　あっ、嬉しくてイーサンさんにお礼ちゃんと言ってない。後でご飯の時にありがとうしなくちゃ。

今日の夜のご飯は、レイモンドおじさん家族と僕の家族、みんな一緒に食べました。全員一緒だからね、大きなテーブルなのに席は満席に。

これだけの大人数でご飯を食べることが初めてで、嬉しくてちょっとテンションあがっちゃったよ。もちろんオニキス達は僕の隣にみんな座って、一緒にご飯食べました。

それに料理もとっても美味しくて、僕の家の料理人さん達と同じくらい美味しかったです。僕が一番気に入った料理は、ワンタンみたいな具が入ったスープ。こうもっちりしていて、お肉ときのこのみじん切りがたくさん詰まっているの。ひと口食べるとじゅわぁぁぁって。

一つが大きいからお父さん達大人組は四つ。僕とお兄ちゃんは二つずつ。もっと食べたかったけど、他にも美味しい料理がいっぱいだからしょうがないね。

「それでお兄様、ペインお兄様はいつ頃着く予定なの？」

「もうすぐ着くだろう。俺と一緒で楽しみにしていたからな。お前に二人目の子供ができたって。

それにこのところ大会から招待状がいっても断って、ずっと来てなかったからな。久しぶりに参加するとも言っていた」

「あらそうなの。なら少し落ち着いたのかしら」

「ずっと冒険だとか言って、家を空けていたからな。ルイチェルがかなり怒っているらしい。こちらにも一緒に来るらしいぞ」

「ならアイラお姉様、久しぶりにゆっくりお茶会ができそうですね」

ペインおじさんの家族は、奥さんのルイチェルさんと子供が二人。イーサンさんより五歳年下のクイールさん、さらに二歳年下のバーバラさん。お兄さんのクイールさんは騎士で、妹さんのバーバラさんは冒険者です。

ペインおじさんは領主であり、騎士でもあるし冒険者でもあります。本当は騎士が正しいんだけど、冒険者の活動ばっかりしていて、あまり屋敷に帰って来なかったから、ついに奥さんのルイチェルさんが怒ったらしいよ。

だから今は屋敷に戻って領主として、ルイチェルさんに監視されながら生活しています。一度助けてくれって手紙がきたみたい。

ペインおじさん家族も、レイモンドおじさんの家にお泊りするんだって。みんな揃ったらご飯食べるのがもっと楽しくなるね。あとはフウ達を可愛がってくれると良いなぁ。だって僕の大切な家族だもん。魔獣とか嫌いな人達だったら嫌だなぁ。

イーサンさんはフウ達のことを可愛がってくれるから、大好きな人に認定されて。今もご飯を食べ終わったフウ達は、イーサンさんの周りに集まって、まだご飯を食べているイーサンさんの肩に乗って、お腹出して寝たり、だらっとうつ伏せで乗ったり、リラックスモードです。

「みにゃ、まだごはん、たべてりゅにょ。もどってきちぇ」

『フウね、お腹いっぱいだから眠いの』

『オレも』

『『キュキュイ……』』

『はりゅちょ、ボクも』

「おにきしゅにょ、うえでねちぇ」

ご飯の時は邪魔しちゃダメ。チェッて言いながら戻ってくるフウ達。オニキスに群がって、オニキスの上でリラックスモードです。

そうそう、お父さんの契約魔獣のルティーも、今オニキスの頭に乗ってリラックスしています。

あのね、ルティーも大会に出るんだよ。ルティーは魔獣伝達部門で大会に参加です。

どれだけ早く正確に契約主に情報を届けるか、それを競うんだって。ルティーなら一番なの間違いなしだよ！

「本当に言葉が分かるんだな」

そうレイモンドさんが。あっ、もしかして不味かった？　お母さんの家族だし、大丈夫って勝手に思っていたけど、粉かけるマネしてからの方が良かったかな？　チラッてお父さんの方を見ます。

お父さん笑って大丈夫だって。

もしルリトリアで何か僕に問題が起きた時、この街のことを全て知っているレイモンドおじさんが、すぐに対処できるようにって、お母さんが手紙で、ある程度知らせてくれていたみたい。たくさん人や魔獣が集まる大会だからね。この前みたいに何か問題が起きたら大変。僕も気をつけなくちゃ。

「そういえば、ペインもイーサンみたく、かなりの勢いでハルトを気にいるはずだ。なんて言ってってあいつも魔獣大好き人間だからな。それにハルト、ハルトもきっとペインのことを気にいるぞ。あいつも契約魔獣が二匹いるんだ。楽しみにしてるといい」

どんな魔獣と契約しているのかな。フウ達みたいに可愛い魔獣かな、それともカッコいいオニキス達みたいな魔獣？　大きさは？　ちょっとワクワクしてきました。でも僕の人見知りが……。

ご飯を食べ終わって休憩室でゆっくりして、グレンが部屋の準備が終わったって呼びに来たから、今日はお休みなさい。お母さんと泊まる部屋に移動します。

部屋はお父さんとお母さんが泊まる部屋、僕とお兄ちゃんが泊まる部屋、グレン達が泊まる部屋と分かれています。一緒に来た騎士さん達は街の宿に泊まっているよ。

僕達の部屋は、グレンが僕用に飾り付けてくれたぬいぐるみと、お兄ちゃんが持ってきた本と僕達の絵本をしまった本棚、クローゼットには洋服がきれいにしまってあって、いつもの僕達の部屋と全然変わりません。

あとはクローゼットの洋服に上手く隠して、フェニックスの羽が入っているカゴが置いてありました。ありがとうグレン。

みんなでベッドに入って、明日は何しようかなって考えながら目を瞑ります。明日はまだきっとスタジアムや屋台や、お店通りでは遊べないよね。イーサンさんが遊びの部屋と訓練の部屋を用意してくれて良かった。

あっ、そうそう、ご飯の後忘れずに、しっかりとみんなで、イーサンさんにお礼を言いました。明日はどっちの部屋も行ったり来たりしようかな。

明日の事を考えた後は、魔獣自慢大会について考えたよ。自慢大会の受付をしないとね。オニキスやブレイブにアーサーなら絶対優勝できるよね。後は僕が緊張しないかだけど……。

僕頑張って練習しなくちゃ。大会の最中に人見知りを発揮して、何も言えなくなって。そのせいで、優勝間違いなしのオニキス達が優勝できなかったら大変。頑張らないと！

色々考えていたら、いつの間にか寝ちゃっていた僕。僕のベッドの横に、オニキス用ベッドとディアンのベッドも用意してもらっていたのに、ディアンがオニキスにベッドになれって、ディアンとオニキスが夜中中ケンカしていたなんて知りませんでした。

・・●・・

お父さんが様子見に来て、ケンカしている二人を発見。僕達が起きないように、お父さん達の部屋に移動してお説教されていたんだって。まったく何やっているのさ。

お父さんが、起きて朝のご飯食べに食堂にきた僕とお兄ちゃんに、あれだけ騒がしくケンカしていたのに、よく起きなかったなって言われました。そんなに激しいケンカしていたの？

「まったく、この街の警備兵ときたら！　私を誰だと思っているんだ！」

「まったくですな。ドルサッチ様を待たせるなど。ドルサッチ様は、他のそこいらの騎士団長とは違うというのに」

「これも全て、この街に居るあの男のせいだ。しかもあの男についている貴族共も、同じ考えときている」

　まったく忌々しいレイモンド家め。階級は確かに大事だが、皆が集まるああいう門の並びでは、階級関係なく、ちゃんと列に並べなどと。なんのための階級だと思っているのだ。しかもレイモンド自ら対処しに来るなど。とんだ恥をかいたではないか。

　私がイライラしていたからか、家から付いてきた側近のグイダエスが、一度部屋から出てすぐに、布がかぶせられたカゴを持って戻ってきた。

「ドルサッチ様、ようやく新しい物が届きました。こちらです」

　布を取れば、カゴの中にはきれいな青い小さな鳥が。この鳥はクフスという種類の鳥で、普通は全身灰色をしていて、普通なら私の目にはとまらないのだが。突然変異で、この綺麗で透き通るような青い色になったらしい。久しぶりに良い物が手に入った。今日のイライラも、これで少しは治りそうだ。

　何しろ、今までこういう魔獣を手に入れるため、手を組んでいた取引相手が。この前、私とは違う別の相手との取引で、そこにたまたま居合わせたシーライトの領主に、全員捕まってしまってしまい。それ以来、珍しい物が手に入らなくなってしまった。まったく迷惑な話だ。

机の上にカゴを置く。さてこの大会中に、どれだけこういう物を集められるか。集めた物は帰ってから全て剝製にしよう。

少し気分の良くなった私は、グイダエスに酒を持ってくるように言い椅子に座ると、クフスを眺めながら思い出す。

そう言えばあいつは、妖精の死骸を手に入れたとか言っていたな。本当かどうか分からんが。だがあいつには負けていられないな。なんとか妖精も手に入らないものか。まぁ、妖精と言わずに、珍しければなんでも良いのだが。

・・●・・

朝のご飯を、こっくりこっくりしながら、どうにか食べていたら。僕の隣で食べていたフウとライが、急に窓の方見たかと思うと、すぐに窓の方に飛んでいきます。グルグル飛ぶ二人。その後ニコニコしながら僕の所に戻って来ました。

『ねぇねぇハルト、フウ達遊んできても良い？』

『この街の妖精が、オレ達と遊びたいって、連絡してきたんだぞ』

え？　何？　誰が連絡してきたって？　僕、眠たくてフウ達の言っていることが理解できません。

そんな僕の代わりに、オニキスが二人と話します。

『分かった行ってこい。ハルトもきっと、何だかんだ言って、どこかに遊びに行くぞ』

『うん分かってる。でも他の街の子とも仲良しになれば、きっといろんなこと、教えてくれるもん。だからフウ達、今日は妖精と遊ぶね』

『じゃぁ、行ってくるな』

窓のちょっと開いている所から二人が出て行きました。遊びに行くって言った？　行ってらっしゃい。気をつけてね。

それから結局、途中で朝のご飯をギブアップした僕。オニキスに寄りかかってもう少し寝て、やっと目が覚めました。お昼ちょっと前ぐらいに。お母さんがいつもより寝坊助さんねって。

いつもはもう少し早く目が覚めるもんね。久しぶりにしっかりしたベッドで寝たし、なんだかんだ言って馬車の旅で疲れていたのかも。

さて今日は昨日考えていた通り、お部屋でずっと遊ぶ？　でもフウ達は遊びに行ったんだよね？僕もどっかに行きたいなぁ。それに外には知らない魔獣がいっぱい。僕、魔獣も見たいんだよね。

なんて事をみんなで話していたんだけど、お父さん達はやっぱり、まだ色々やることがあるからだめだって。それを聞いてみんなでしょぼんとしていたら、イーサンさんが一緒に魔獣見に行くかって言ってくれました。ほんと!?　本当に一緒に行ってくれるの？

「イーサン良いのか？　ハルトはあちこち、けっこう動き回るぞ」

「これだけしょげてたらかわいそうだからね。ハルト君魔獣見に行くか？」

「うん!!」

「よし！　じゃぁ準備してくるからちょっと待っていてくれるか。ハルト君も準備して、玄関ホールで待っていろ」

僕はすぐに泊っている部屋に戻って、遊びに行く準備です。オニキスカバンにお母さんがハンカチ入れてくれて、飴をみんなの分を入れて、それからそれから。

隣を見たらフレッドお兄ちゃんも、遊びに行く準備しています。お兄ちゃんも一緒に魔獣見に行くって。

カバンを首から下げて、外は暑いからお母さんが帽子被りなさいって帽子を被って……。よし！　僕の準備は完了です。でも僕は準備できたのに、お兄ちゃんはまだ準備しているんだよ。早く早く、もうきっとたくさん魔獣が集まっているよ。

「フレッド、きっと周りのお店を見たら、ハルトちゃん達欲しがるだろうから、これで買ってあげて。あなたもきっと買いたくなるでしょうからね」

「ありがとう、お母さん！」

お兄ちゃんがお母さんから、小さな袋受け取ります。中にはお金が。僕達の今日のお小遣いです。街に来た時、可愛いクッキー売っていたもんね。僕もあれが欲しいなぁ。

でもあそこまで行かなくても、スタジアムの周りにも屋台がいっぱいあったから目移りしちゃいそうだよ。

お兄ちゃんがカバンに、お金の入った袋をしまって、これで二人とも準備はバッチリ。僕はお兄ちゃんの手を引っ張って玄関ホールに向かいます。それを見て笑うお母さんとお父さん。だってでもうイーサンさん待っているかもしれないし。

と、思ったんだけど、まだ玄関ホールにイーサンさん居ませんでした。あっちへふらふら、こっちへふらふら。止まってソワソワ。お父さんがまた笑います。

「ハハハッ、そんなにソワソワ慌てなくても、魔獣達は居なくならないし、お店だってなくならないぞ」

分かっているけど、じっとしてられないの。しばらくふらふらとソワソワ繰り返していたら、やっとイーサンさんが階段を下りてきました。洋服がピシッとした洋服から、街の人達が着ている動きやすそうな洋服に変わっています。

「お待たせ。ごめんな、遅くなって」

「ようふくちがう?」

「ん? ああ、街に仕事以外で遊びに行く時は、動きやすくて汚れても良い洋服を着て行くんだ。さぁ、それじゃあ出発するか」

「二人共、イーサンの言うことよく聞くんだぞ。ハルト、勝手にふらふらするんじゃないぞ。それから……」

分かっているよ、早く行こう!! イーサンさんとお兄ちゃんと手を繋いで歩き始めます。まずはやっぱり、魔獣が集まっているあの場所に行かなくちゃね。昨日は馬車で移動だったけど、今日は歩いて移動します。まぁ、僕は途中途中オニキスで移動だけどね。

昨日は馬車で移動だったから速かったけど、今日はその倍くらい時間がかかって、スタジアム前に到着。そして。

「ふおぉぉぉぉ！」

『いっぱい！』

『『キュキュキュイ』』

『大きな魔獣がいっぱいだと言っているぞ』

そう、集まっている魔獣は大きい魔獣がいっぱいでした。頭の角から炎が出ている馬みたいな魔獣、白くて大きな牙が生えている、大きな猿みたいな魔獣。

後はオニキスよりちょっと大きいライオンみたいな魔獣でしょう、サイに似ている魔獣も居るし、シカやヒョウそれから鷹の大きいバージョンみたいな魔獣達、他にもたくさんの魔獣が集まっていました。

もちろん大きい魔獣ばっかりじゃなくて、中ぐらいの魔獣や、肩に乗るくらいの魔獣も集まっているよ。

「ハルト、あそこに小さい魔獣が居るだろう？」

イーサンさんが指差した方を見たら、モモンガみたいな可愛い魔獣が肩に乗っていました。モモンガみたいな魔獣の種類はイファーモって言って、小さい魔獣なのに炎と氷の魔法を使える珍しい魔獣なんだって。しかもなんと、去年の準優勝の魔獣でした。

大会の申請が終わったのか、イファーモを連れた男の人がこっちに歩いてきます。そうしたらブレイブとアーサーがオニキスから下りて、男の人に向かって走って行っちゃって、慌てて僕は二匹を追いかけたよ。

二匹が男の人に近づくと、男の人はにっこり笑って二人匹に手を差し伸べて。二人匹はサササッて手から男の人の肩の上と、上手い具合に二匹で肩に座りました。

「ずいぶん懐いてるリリースだな。君の友達かい？」

男の人がニコニコしたまま僕に話しかけてきました。ぺこんってお辞儀だけして、すぐにオニキスの後ろに隠れます。そんな僕の隣に立つ、イーサンさんとおにいちゃん。

「久しぶりだな」

「ああ、前回の大会ぶりか。そもそもお前、いつの間に結婚してたんだ？　子供までいるなんて、前回あった時は何も教えてくれなかったのか？」

「俺はまだ結婚してないぞ。この子はハルト君、キアル殿の息子だ」

「キアル様の」

「ハルト君はちょっと人見知りでな」

イーサンさんが僕のこと紹介してくれて、男の人の紹介もしてくれます。男の人はイーサンさんと同じ歳で、この街で一緒に育った幼なじみです。名前はクロウリーさん。モモンガみたいな可愛い魔獣のイファーモの名前はパティーです。

「ハルト君は魔獣が大好きなんだ。パティーのこと触らせてくれないか？」

「良いぞ。だがパティーは人を選ぶからな」

そうクロウリーさんが言ったときでした。ブレイブ達と何か話していたパティーが、スルスルスルッてクロウリーさんから下りてきて、僕の方に走ってきました。それからまたスルスルスルッて僕を上って肩に乗って、顔をスリスリしてくれたの。か、可愛いぃぃ!!

「ほう、珍しいな。こんなに懐いてるパティーは初めて見たぞ。てか、いつの間にお前も魔獣と契約したんだ？　しかもこんなにたくさんの魔獣と」

「いや俺が契約したんじゃない」

「じゃあキアル様か」

イーサンさんが上手く誤魔化してくれました。レイモンドおじさん家族は僕のこと分かっているけど、他の人達には僕のこと内緒だからね。

パティーを撫でる僕を見て、クロウリーさんが誰かを呼びました。受付の方から男の人と、それから最初に目のいった、角から炎が出ている馬っぽい魔獣が歩いてきました。

「よう久しぶりだな。元気にしてたか？」

近づいてきた男の人が、イーサンさん達に挨拶しながら、僕の方を見てきました。僕はパティーを肩に乗っけたままオニキスの後ろに。こんにちはって小さな声で挨拶しました。

「なんだ、いつの間に結婚して子供ができたんだ？」

同じこと言われているし。

「俺はまだ結婚していない。キアル殿の息子だ」

イーサンさんがクロウリーさん同様、僕を紹介してくれて、それから男の人の紹介もしてくれました。この男の人もイーサンさん達の幼馴染みで、名前はアトールさん。そして契約魔獣はファイヤーホースのレッド。アトールさんは前々回の契約魔獣の部門で、準優勝でした。

と、ここでちょっとした疑問が。この前火山帯で見たファイヤーホースと、アトールさんと一緒にいるファイヤーホース、ちょっと違うんだ。

火山帯にいたファイヤーホース。は、体全体から炎が出ていたんだけど、レッドは頭の角としっぽから炎が出ていて、体全体からじゃないの。

オニキスにそっと聞いてみたら、ファイヤーホースには色々と種類があって、顔からだけ炎が出てる種類もいれば、しっぽだけの種類もいるし。足から炎が出ているのもいるんだって。

人間の間では、その種類によって、また名前が違うみたいだけど、魔獣達の間だと、みんなまとめてファイヤーホースだって。

僕がチラチラとレッドのこと見ていたら、アトールさんがレッドに乗ってみるかって。良いの？　やったぁ!!　アトールさんにちょっと小さい声だけど、オニキスの後ろから顔を出してちゃんとありがとうって言います。

アトールさんはニッて笑って、ズンズン近づいてくると、僕の頭を勢いよく撫でて、頭がガクンガクンして、なでなで終わったときには頭がくらくらに。この世界の人達は、みんなどうして力強く頭を撫でるの？

ふらふらしながらレッドに近づきます。アトールさんが最初にレッドにちゃんと挨拶すると、大人しく背中に乗せてくれるって。だからレッドの前に立って、

「こんちゃ！　よろちくおねがちましゅ！」

そう挨拶しました。そしたらレッドが、僕の顔に自分の顔近づけてスリスリしてくれて。くっ、可愛い……。

顔が近いから炎が出ている角がよく見えます。この角って触っても熱くないのか？　近くに居る分には熱く感じないいんだけど。この前ファイヤーホースには、ここまで近くに寄らなかったから分かんないや。

そんなこと考えていたらアトールさんが、僕の考えていたこと、そのまま聞いてきました。

「レッドが顔を近づけるなんて珍しいな。危ないと思って離そうと思ったんだが、ハルト君熱くないのか？」

「あちゅくない？」

てことは、やっぱり本当は熱いの？　ファイヤーホースから出ている炎は、ファイヤーホースが認めた人間しか、熱くて近寄れないいんだって。だからアトールさんはレッドの炎が全然熱くありません。

でも他の人は違います。だからもし、こういうたくさん人が居る場所や、僕みたいに小さな子が急に近づいてくるかもしれない時は、契約主が炎の威力を下げろって命令して、他の人が熱くないようにするの。

でもいくら炎の威力を下げても、完全に下げることはできません。だからレッドが僕に顔を近づけたから、ちょっと慌てたんだけど、僕が熱いともなんとも言わないからビックリしたみたい。

全然熱くないよ。これってもしかして触っても大丈夫なんじゃ。オニキスがレッドに触っても良いか聞いてくれます。そしたらレッドがもう少し頭を下げて、僕が触りやすいようにしてくれたの。

『『触っても良いが、そっと触ってくれ』だと。角は大事だからな。ハルトそっとだぞ』

「うん！　しょっと」

そっと角に触ります。僕の手が角と一緒に炎で包まれるけど、全然熱くありません。それよりも角がひんやり冷たく感じて変な感じだよ。

「おいおい、俺以外が角に触れるなんて」

「凄いなハルト君。俺達付き合いが長いのに、今まで触らせてもらえたことないんだぞ」

「パティーはよく頭に乗っかっるけどな。俺が触ろうとしたら、熱いと感じる前に、近づいた途端蹴られそうになったんだぞ」

レッドがオニキスに何か話します。話が終わると、こっそりオニキスが教えてくれました。

イーサンさんはレッドに、可愛い花冠とか載せてこようとしたり、契約魔獣の証の首輪をアトールさんがイーサンさんに頼んで、これまた可愛い首輪にしようとしたりしたから嫌い。

クロウリーさんは、礼儀もなくガサツだから嫌いなんだって。初めて会った時、挨拶もなく体に触ってきて、しかも乗ろうとしてきたから。パティーのことは大好きって。

僕はそれ聞いてからレッドのこと見たら、レッドがすんって顔して堂々と立っていました。それからイーサンさん達を見て鼻を鳴らします。フンって。

イーサンさん、こんなにカッコいいレッドに可愛いは似合わないよ。花冠もちょっと……。それからクロウリーさんは、初対面でそれはダメだよ。仲良くしたいならちゃんと挨拶しないと。う～

ん、アトールさんとの出会いは、どうだったのかな？

オニキスがそれも聞いてくれました。初めて会ったのは森の中。そして出会った瞬間、何か感じるものがあって、自分から戦いを挑んだんだって。なかなか良い戦いでかなりの長期戦に。だけど最終的には負けちゃって、その戦いでアトールさんのことを認めたレッド。アトールさんもレッドの事を認めて契約したんだって。

感じるもの……、僕やオニキス達と一緒かな。波長が合うとか。でもお互いに認め合っているのは良い事だよね。

撫で終わると、アトールさんにレッドの背中に乗せてもらいます。体もひんやりしていて、外は暑いからとっても気持ちが良いです。それから首のところに掴まって、近くを少し歩いてもらいました。

その後はクロウリーさんとパティー、アトールさんとレッドとまた会う約束して、またまた他に魔獣を見ることに。それでいっぱい魔獣を見て満足した僕達は、今度はスタジアムの周りにあるお店を回ることに。

お母さんにお小遣い貰ったからね、クッキーとか美味しいもの食べたいな。それか何か記念になるような物があったら、みんなでお揃いで買いたいな。

スタジアムの周りには、大会だけでしか売ってない物もあるって、お兄ちゃんが教えてくれたの。前回は大会のシンボルの剣とドラゴンの絵が描いてあるバッチを売っていたみたい。良いなぁ、バッチ。

後はシンボルの描いてあるコップとかお皿とか。おもちゃも売っているんだよ。うん、おままごとに使えるかもね。

そう、この大会にはシンボルマークがあって、剣とドラゴンがバッテンで重なっている絵がシンボルマークになっています。何百年前、ドラゴンと契約していた冒険者がいて、その人が優勝したときの様子をシンボルにした、と言われているみたい。

『ドラゴンか。我は最近他のドラゴンに会っていない。久しぶりに会って戦いたいものだ。ドラゴンの肉は美味しいのだぞ』

ちょっと、変なのを倒して持ってこないでよ。ドラゴンなんか持って帰ってきたら大騒ぎになっちゃうよ。

確かにこの前森に居た時とかは色々狩ってきてくれて、僕もそれ食べたけど。僕やロイだけだったから、大丈夫だったんだからね。ちょっと変わった魔獣でも騒がなかったんだからね。

ニヤニヤするディアンを見て、ちょっと不安になる僕。ハッ！　とイーサンさんを見ます。イーサンさんはお兄ちゃんと何かお話ししていて、今のディアンの言ったことを聞いていませんでした。良かった、聞かれてなくて。すぐに注意する僕とオニキス。本当気をつけてよ。

お兄ちゃんとイーサンさんは、美味しいクッキーの話をしていました。美味しいクッキーを売っているお店は、大会期間中しかお店を出さなくて、イーサンさんも食べるのを楽しみにしていたんだって。

今日はそのクッキーを買って、おやつにすることにしました。お店はスタジアムの裏側にあります。それで裏側に行ったらすぐに、長い長い列が。

「やっぱりか」

この長い列、クッキーを買う人の列だって。こんなに!?　だってスタジアムの裏に回って来てすぐだよ。ちなみにクッキー売っているお店は、僕達の反対側のスタジアムの裏に。

「まぁ、こんなに並んでるが、そんなに長い時間はかからないよ。さぁ並べ並べ」

「ハルト頑張って並ぼう。クッキー本当に美味しいんだよ」

お兄ちゃんがそう言うなら……。僕、待てるかな？


クッキーを買う列に並び出して少したって、いやちょっと？　いやいやだいぶ？

『はりゅと、ぼくあきちゃの』

『『キュキュイィ～……』』

『僕達もだと言っている』

だろうね。僕も飽きたよ。え、こっちの世界の人達って、こんなに長い間並んでいても平気なの？　まぁ、正確な時間なんて分かんないけど、それでもけっこう並んでいると思うんだよね。

あれかな、街に入るにも並ぶし、街から街、村に行くのに、車や電車、飛行機なんてないから移動に時間がかかるし、そういうので慣れているのかな？

今僕の足下では、スノーとブレイブ達が僕の足に顔をすりすり、飽きたアピールをしています。

そしてそれはスノー達だけじゃなくて……。

『ハルト、我はあっちを見たいのだが。これはいつまで待たされるのだ？』

ディアンがね、さっきから一番煩いんだよ。スノー達よりも先に飽きたって言い始めて、それからずっとなの。いい歳した大人なんだから、スノー達より待てないってどうなの。

「ふふふ、ハルト凄い顔してるよ」

「う？」

お兄ちゃんが僕の顔を見て笑いました。それに気づいたイーサンさんも僕の顔を見て笑います。え？　何？

僕、自分でも気づかないうちにほっぺを膨らまして、列を睨んでいたみたい。オニキスが教えてくれたよ。ほっぺをもみもみマッサージ。

「ハルト君、飽きちゃったか。それにしてもハルトくん達じゃないけど、いつもより列の流れが遅いな？　よし、俺が並んでるから、ハルト君達はお店見てくると良い。俺の並んでいる場所が分からなくなったら、そうだな、あの鳥の銅像の前で待っててくれ。オニキス、ディアン、ハルト達のこと頼むぞ」

イーサンさんに許可もらっていたら、僕達を呼ぶ声が。ロイが自分の荷物の片付けが終わって、僕の護衛に来てくれたの。

「ハルト様、遅くなりました」

「ロイちょうど良いところに。ハルト君達、並ぶの飽きちゃってな。俺はこのまま列に並ぶから、ハルト君達のこと頼むな」

「はい。俺はそのために居ますから」

ロイも来てくれたし、どこのお店から行こうかな。お兄ちゃんが、僕達が見たいお店で良いよって言ってくれたから、最初はスノーが見たいっていうお店に行くことにしました。

ディアンがブツブツ言っていたけど小さな子順ね。後でちゃんとディアンの行きたいお店にも行くから。

スノーが見たいって言ったお店は、小さなキラキラの石をたくさん売っているお店でした。こういう綺麗な石がたくさん取れる洞窟が、街の近くにあるみたい。でもけっこう強い魔獣がいるから、ベテランの冒険者が取りに行かないとダメ。

この大会に集まる子供達が買えるように、ベテラン冒険者さんが、たくさん取って来てくれるの。

僕達もちょっとずつ買おうって、でも今フウとライいないからね、買うのは今度にして、どの石を買いたいか選ぶ事にしました。

僕は青と黄色とピンクが良いかな。それとも赤とか緑？　どうしようかな。スノーは白と透明と青、ブレイブは赤と茶色と緑、アーサーは黒と茶色と緑だって。お兄ちゃんはね黒と紫となんか黒っぽい緑。全部色が暗いんだけど……。

「僕、こういう色好きなんだ。カッコいいと思うよ。だってお父さんのマントを止める金具とか、キラキラ光る黒色の鳥の金具でカッコいいでしょう？」

確かにお父さんの騎士の洋服に使っている飾りとか、渋くてカッコいいのが多いね。いつか僕もお父さんみたいに、カッコいい洋服を着こなしたいな。

次はブレイブ達が見たいって言うお店に。花屋さんでした。可愛い、そして綺麗な花飾りや、花束持っているクマの置物でしょう。

他にも色々あるけど、僕が一番気に入ったのは、花冠をしているうさぎさんのぬいぐるみが、花束持っているやつ。とっても可愛いの。ブレイブ達は盆栽みたいなやつが気に入ったって。

それから花びらを、花の蜜に漬けて乾燥させたお菓子も売っていました。お店のおばさんが僕達にお菓子を味見させてくれたんだけど、花の香りがフワッと口いっぱいに広がって、甘さもちょうど良くて、とっても美味しかったです。お父さん達のお土産はこれで決定！

次は僕が見たいお店ね。僕はガラスの小物を売っているお店に行きました、ガラス細工を売っているお店で、そこでオニキスのガラス細工を見つけたんだ。

お小遣いで買える値段だったから、お兄ちゃんが買って良いって。ふわふわのワタで包んで袋に入れてもらいます。それを僕はオニキスカバンにそっとしまいました。

他にも可愛いガラス細工を売っていて、フウ達が喜びそうな物もあったから、今度またみんなで来ることにしました。

さぁ、いよいよオニキスとディアンの番。二人は同じ場所に行きたいって。スタジアムの表の方に戻って、人だかりができている所に。二人はここに来てすぐ、それに目を付けていたみたい。

「「わぁ～!!」」

「やれやれぇっ!!」

何これ……、これが見たかったの？　冒険者が集まって丸が書いてある中で勝負していたんだ。

『こっちには興味はない、我が興味あるのはあっちだ』

ディアンが指差した方を見ます。そこには大きなイノシシの魔獣が、ドンッ!!　とテーブルに置いてありました。僕の何倍もあるイノシシ魔獣です。

『あれはどうすればもらえるのだ？』

「あれは……、冒険者と戦って、一人で連続十人倒せば貰えるはずだ」

『誰でも参加できるのか？　冒険者ではなくとも？』

「ああ、だが大体は腕っ節に自信のある……って、おい！」

ディアンがロイの話を最後まで聞かずに、丸の方に近づいていきます。まさかディアン、参加するんじゃ。ディアンが出たら勝つのは決まっているけど、やりすぎて相手の人が無事じゃすまないかも！

僕はオニキスに、ディアンを止めるように言おうとしました。でもオニキスが、

『あのイノシシは美味いからな。俺もアレがどうすれば、手に入るのか聞こうと思っていたんだ。俺が出ても勝てるだろうが、相手は人間同士だからな。ディアンにやってもらお』

ちょっと、そこはちゃんと止めてくれなくちゃ！　ロイも慌ててディアンを止めようとしています。そんなロイを軽くかわして、ディアンが丸の中に入りました。

今勝ったばっかりの冒険者が、ディアンを見て笑いました。しかもディアンのこと馬鹿にしたの。ヒョロっこいとか、武器も持たないなんて、武器も買えないほど、金に困っているのか、だから魔獣をもらいにきたのか？　などなど、まぁ、色々と。しまいには一瞬でディアンのこと倒して、

笑い者にしてやるって。何こいつ、最悪なんだけど。

「あの男は、素行の悪い冒険者として有名な、ドグとか言う男です。一度冒険者ギルドで見たことがあります。新人冒険者を潰すことでも有名です」

完璧に嫌な奴じゃん。僕はディアンを馬鹿にされてイライラです。スノー達も同じみたい。それに新人冒険者を潰すなんて、どれだけみんなが憧れて冒険者になると思っているの。ディアンそんな最悪な奴、さっさと倒しちゃって！

みんなでディアンの応援をします。隣でロイはディアンを止めてくださいって言っているけど、ダメだよ馬鹿にされたままなんて。

『ふむ、では我がお前を一瞬で倒してやろう。ハルト達も応援してくれているからな』

イノシシ魔獣を提供している商人の護衛の冒険者が審判していて、その審判の男が初めの合図をかけました。それと同時にドグがディアンに飛びかかって……。うん、一瞬でした。

ドグは近くにあった、ワラが積んである荷台の方に飛ばされて、荷台に叩きつけられると、荷台が大きな音を立てて壊れて、ドグの上にはワラが。そのままドグはピクリとも動きませんでした。

あれだけ騒がしかった、見学していた人達がし～んとなります。審判の男が慌ててドグの所にワラをかき分けてドグの様子を見ます。

「完全に気絶してる……、そっちの黒い洋服着た男の勝ちだ！」

し～んと静まり返っていたのから一転、大きな歓声が上がりました。でもすぐに、次の対戦相手が名乗りをあげます。その間にドグは誰かがどこかへ運んで行きました。

試合は休憩なしですぐに始まります。そして次の冒険者との試合も、一瞬で終わらせたディアン。五人目まで全員一瞬で勝負がつきました。

うん、この辺まではみんな、盛り上がっていたんだけどね、六人目くらいからまた、し～んって。そうりゃあね、そうなるよね。僕達も最初は喜んでいたんだけど、この辺からスノーがね、

『ディアンのつよいの、ボクしってる。おえんしなくてもかつ。きょうのよるごはん、いのししね』

って。うん、そうだね。

それからも一瞬で相手を倒すディアン。十人倒すのにそんなに時間いりませんでした。十人倒し終わって丸から出てきたディアンに、近づく冒険者は誰も居ません。

『よし、これでその魔獣は我の物だな』

商人の顔が引きつっています。ディアンが魔獣を持ち上げようとして、慌ててロイが止めに入ります。そして小声でディアンに何か言うと、ディアンはそうかって言って、ロイが慌てて荷車を借りに。

それから周りの人達の手を借りて、何人かでイノシシ魔獣を荷車に乗せました。そうだよね、ディアンなら片手で持てちゃうけど、普通の人間には無理だもんね。ロイナイス！

みんなの視線が僕達に刺さる中、僕達はイノシシ魔獣を積んだ荷車を引きながら、イーサンさんとの待ち合わせの場所に向かいました。

うん、でも、まぁね。イノシシ魔獣を持っていたから、クッキーの列には行かないで。待ち合わ

せの場所に。ただ、僕達の前には大きなイノシシ魔獣がドンッと置かれているものだから、前を通る人通る人が、ジロジロと見てきて、僕はオニキスの後ろに隠れっぱなしだったよ。

でもこれに慣れないと、今度、魔獣自慢大会に出るんだからね。僕は少しでも練習しようと思って、オニキスからちょっと顔を出したり引っ込めたり、一歩前に出たり隠れたり。それ見ていたロイがクスクス笑っていました。

スノー達も僕の真似して出たり入ったり。スノー達は練習じゃなくてただの遊びで真似していただけだけど。

そして三十分くらいして、やっとイーサンさんが待ち合わせの場所に来ました。

「お待たせ、すまない遅くなっ……て？」

ドンッ!! と荷車に置かれているイノシシ魔獣見て、イーサンさんが言葉を途中で切って止まりました。

「あ～、それで、俺がここに来るまでに何があったんだ？」

イーサンさんが持っていた、たくさんの袋を、イノシシ魔獣が乗っている荷車の隅っこに置きながら聞いてきます。ロイがさっきのディアンのこと全部説明してくれて、オニキスとディアンは相変わらず今日はご馳走だって。

そして全部話を聞き終わったイーサンさん、とりあえず屋敷に戻ろうって、屋敷に向かってみんなで歩き始めました。

歩き始めてまた、周りの視線を集めるイノシシ魔獣。この魔獣ってどれくらい強い魔獣なのかな？　オニキス達に聞いてもしょうがないだろうから、帰ったらお父さんに聞いてみよう。

帰りの途中、イーサンさんがなんでクッキーを買うのに時間がかかったのか、教えてくれました。あのね、クッキーを焼く窯が二個あるらしいんだけど、そのうちの一個が壊れちゃって、焼くのに時間がかかったんだって。うん、それはしょうがないよね。でも。

もう一つ原因があって、それがアイツでした。来た時に街に入るための門で揉めていたドルサッチ。そのドルサッチが列に割り込んで来て、しかも焼けているクッキー全部よこせって騒いだらしくて。それでイーサンさんが間に入ったみたい。

イーサンさんが自分の名前出したら、ドルサッチも気づいたんだろうね。レイモンドおじさんの家族だって。クッキーはもう要らないって、さっさとどこかに行っちゃったって。

イーサンさんのおかげで何事もなく済んだから、店主がイーサンさんの順番になった時、注文よりも多くクッキーをくれました。その時には窯も直っていたから、是非もらってくれって。

本当、最悪だね、ドルサッチって。大会の種目、お父さんが出る騎士部門には三種類くらいあるみたいなんだけど、お父さんのレベルにドルサッチ出ないんだよね。誰かドルサッチのこと徹底的に倒してくれないかな？　少しは大人しくなるくらいにさ。

屋敷に帰ってイノシシ魔獣は玄関前に置いたまま、玄関ホールに入った僕達。ちょうどお父さん達が階段を下りてくるところで、僕はただいましながら、お父さんに抱きつきます。

「お帰りハルト。どうだった、楽しかったか？　ん？　フレッド、何だその顔は、何かあったのか？」

「えぇと、お父さん外見てみて」

お兄ちゃんにそう言われて、お父さん達が外に出ます。そして……。

「何だこれは!!」

お父さんの大きな叫び声が響きわたりました。

もうね、それからはオニキスとディアンへのお説教が始まっちゃって。休憩の部屋の隅っこに座らされたオニキス達。お父さんとグレン、二人のお説教が。僕達とお兄ちゃん、お母さん達はソファーに座って、買ってきたクッキーと紅茶を楽しんでいます。

クッキー、イーサンさんが言った通り、とっても美味しかったよ。サクッ、ふわっ、ホロホロ。口の中にちょうど良い感じの甘さが広がって。僕の家の料理人さんが作るクッキー以上かも。こんなに美味しいクッキーが食べられないなんて……、オニキス達可哀想。

イノシシ魔獣を見て、ロイに詰め寄ったお父さん。そして軽く話を聞いただけで、オニキスとディアンにおやつなしを言い渡しました。それからずっとお説教なんだ。

部屋に移動して、ロイにイノシシ魔獣を獲得するまでの話を、詳しく聞いたお父さん。やり過ぎだし、どうして目立つことしたって怒っています。

「今ここに、どれだけの人間が集まっていると思っているんだ。しかもそれなりに力のある人間達だぞ」

さっきのディアンのこと見ていた人達の中に、ディアンの力に目をつけて、力試しをしてくる人や、自分達の仲間に入れようと、勧誘してくる人達が集まってきたらどうするんだって。力試しならディアンは絶対に負けないけど、勧誘の方はかなりしつこい人も多いみたい。

何度も何度も自分のグループに入れって、面倒な人だと脅してきたりするの。例えば近くにいた僕の事も見ていて、僕に何かあっても良いのかなんて脅してね。まぁそういう場合は、正当防衛で相手のことを倒しちゃって良いみたいだけど。

街で買い物や見学している時に、そんな面倒な人達に絡まれるなんてやだよ。でも……、僕はあの時ディアンのこと応援しちゃったもんね。だって馬鹿にされて腹が立ったんだもん。ディアンとオニキスばっかり怒られるのかわいそうだよ。僕は怒っているお父さんに近づきます。

「おとうしゃん、ごめんしゃい。ぼく、がんばれちたにょ。でぃあん、おこりゃにゃいで」

「ハルト……、はぁ」

お父さんが取り敢えずお説教はここまでだって。それから今日と明日はおやつ抜きだって言いました。それはもうディアンががっくりしちゃって、うん夜寝る前にそっと二人に僕の分のクッキーあげよう。

それにしてもフウとライ帰って来ないなぁ。どこまで遊びに行っているんだろう。けっきょくフウもライも、おやつの時間過ぎても、夜のご飯の時間が過ぎても帰ってきませんでした。

帰ってきたのはもうそろそろ寝る時間で、僕が休憩の部屋でうとうとし始めて、お父さんに抱っこされて、部屋に行こうとした時。

窓から勢いよくフウとライが入ってて。

『ハルト！　大変！』

『オレ達の友達助けて！』

助けて？　凄く慌ててる二人の様子に、一気に目が覚めた僕。二人を落ち着かせようとしたんだけど、二人は僕に早く来てばっかり言うんだよ。僕の洋服引っ張って、外に連れて行こうとします。

それを見たお父さんが、二人に言葉が分かるようになる粉をかけてもらって。まずは何でそんなに慌ててるのか、それから僕をどこに連れて行こうとしてるのか、きちんと話しなさいって言いました。二人が慌てたままお父さん達に粉をかけます。それから
『フウ達が帰ろうとしたら、友達の妖精が慌てて他の妖精呼びに来て』

『僕達が新しくお友達になった妖精の友達の妖精が、穢れに襲われちゃったんだ！』

番外編

# それぞれの季節にありがとうよろしくねのお祭り

Kegare wo haratte, Mofumofu to Shiawaseseikatsu

「かなり暖かくなって来たわね」

「そうだな。今年もいつも通り楽しめそうだしな」

木の下や壁の横、日陰にしかもう雪が残っていない、だんだんと暖かい日ばかりになって来たある日。珍しく早く仕事が終わったお父さんと一緒に、庭でお茶をしていたら、父さん達がこんな話を始めました。

「ことちも、いちゅもどり？」

「ああ、そうか。ハルト達はここへ来たばかりだから知らないな。他にも色々催しものはあるが、この辺の街や村では、寒い季節と暖かくなる季節の、ちょうど真ん中くらいに、お祭りがあるんだぞ」

『お祭り!?』

『いつなんだ!?』

『たのしいこと？』

『『キュキュイ？　キュイイ？』』

『今日？　明日？　と聞いているぞ』

「ははは、さすがに今日や明日じゃないぞ。これから準備もあるからな。一週間後だ。みんな昨日お店通りに行った時、街の人達が忙しそうにしていなかったか？」

そういえば。今日や明日じゃないって聞いて、なんだぁとガックリしているフウ達。でもすぐに昨日のことを思い出したらしくて、僕と同じ、そういえばって言いました。

昨日、みんなでおやつに食べるお菓子と、ライのおままごと用のおもちゃのお椀が壊れちゃって、それを買いに、お店通りまで行った僕達。

その時に確かに、いつもより人が多かったような？　多いっていうか、バタバタしていたっていうか。いつもはお店の奥で仕事をしている人達も、外に出て来て何かしていたっけ？

『なんかみんなやってたね』

『ああ、何か飾ってたっけな』

『ぼくはわかんない』

『スノーはずっと下向いて、匂いばっかり嗅いでたんだから、見てないんじゃない？』

『あのね、それで、あたらしいクッキーのおみせ、みつけた！』

『『キュイ、キュキュキュイ』』

『バタバタしてたし、いつもと違う匂いもした、と言っているぞ』

「そう、それだ。みんな少し前からお祭りの準備を始めていて、バタバタしているんだ」

どんなお祭りか、寒い日にありがとう、また次の年もよろしくね。暖かい季節、こんにちは、またよろしくね。っていう、なんだろう新しい季節に変わるから、それぞれの季節に今までのありがとうとこれからよろしくねってするお祭りみたい。

寒い日にしか楽しめない物はいっぱい。例えば食材とか、その季節にしか育たない、薬を作るために必要な薬草とか。もちろん遊びだって。雪合戦をしたり、ソリみたいな木でできている乗り物に乗って、滑って遊んだり。

そういう、寒い日にしかできない事に対して、ありがとうございました。次の寒い季節もよろしくお願いしますってするの。

そして暖かい季節の方は、寒い季節とは逆に、これからよろしくお願いしますってするんだよ。これから暖かい日は当分続くからね。

寒い季節に変わる時にも、こういうお祭りがあるんだって。その時は逆ね、暖かい日ありがとう、寒い日よろしくお願いします。

それで一週間後、そのお祭りがあるから、みんなそれの準備でバタバタしていたんだ。

『わぁ、楽しそうだね!!』

『お祭り何するんだ!!』

『たのしいことばっかりがいいな』

『スノー、お祭りなんだから、楽しい事ばっかりだよ』

『『キュキュイ？　キュキュ？』』

『みんな何を準備してるの？　いつもと違う匂いもそのせい？　と言っているぞ』

「ああ、それはお供物のモウと、お祭りでみんなで食べるモウの準備をしているからね」

モウ？　何？　お母さんがビアンカにモウを持って来てって頼むと、すぐにビアンカが籠を持って戻って来ました。僕達はみんなで見えるようにって、その籠を下に置いてもらって、僕はイスから降りて、その籠の中を覗き込んだよ。そして籠に入っていた物は。

なんか真っ白と薄いピンクの色々な形をした物でした。星の形に三日月型、色々な形の花。それからそう見えるだけかもしれないけど、魔獣？　の形をしている物も。もしかしたら別の形かもしれないけどね。

「これは去年、私達が作った物で、残っていた物よ。モウっていう食べ物なの。モウは二年間は食べられるから、去年残った物は取っておいて、時々食べていたのよ」

「しゃわっちぇ、い？」

「ええ。大丈夫よ」

みんなでそれぞれモウを触ってみます。そうしたらちょっとザラザラしていて、とっても硬かったです。モウとモウをぶつけてみると、鈍いカチンッて音がしたし。これ、本当に食べ物なの？　こんな硬いの絶対僕は食べられないよ。

みんなもそう思ったみたい。こんなの食べるの？　美味しい匂いもあんまりしないし、それにとっても硬い。これ絶対美味しくないよって。

ね、みんなもそう思うよね。でも……。僕は、これと似ている物を知っていました。そう、地球でいうところのお餅にとっても似ていたんだ。

『おい、お前達、これはそのまま食べる物ではないぞ。我も昔このまま食べたことがあって、なんだこの硬いだけで美味しくない食べ物は、と思ったが。そうではなかった。これは焼いたり蒸したりして、柔らかくして食べる物だ』

「オニキスの言う通りよ。これはそのまま食べたら美味しくないけど。調理すればとっても美味しい物なの。そうね、ここでささっと焼いてみましょうか」

グレンがササッと、森で食べ物を用意する時みたいに、焚き火を用意して、そこに火鉢みたいな物を用意。最後に土魔法でしっかりと作って網を載せました。そして火をつけて網が温まれば、モウを網に載っけて。

少しした時でした。モウがプウッて膨らんだんだ。それからお米の焼ける良い匂いも。うん、やっぱりモウって。

全体的に膨らんだら、お皿にモウを移して、そこにこの世界のお醤油みたいな調味料とお砂糖みたいな調味料をそれぞれかけて。

「さぁ、これで出来上がりよ」

僕達のお皿にはそれぞれ違う味のモウが。熱いし喉に詰まるといけないから、少しずつ食べるのよって注意を受けてから、みんなでふうふうしてモウにかぶりつきました。

「おいち!!」

『『『美味しい!!』』』

『『キュキュイ!!』』

『美味しい!!　と言っているぞ』

やっぱりモウはお餅でした。地球のよりも伸びないけど、食感も味もお餅だったよ。

『こんな美味しいのがあったんだね。フウ、知らなかった!』

『オレもだぞ!　もっと食べたいぜ!』

みんなあっという間にモウを食べちゃって。おやつを食べたばっかりなのに、お代わりしようと。でもお母さんに、夜のご飯が食べられなくなるって言われて諦めることに。

「そんなにがっかりしなくても、お祭りになればたくさん食べられるわ。そうだわ!　このモウは私達が形を作ったのだけれど、みんなも作ってみる?」

『作れるの!?』

『楽しそうだな!!』

『これつくる!?』

『『きゅきゅ!?』』

『作れる!?　と言っているぞ』

「このモウには、ありがとうって意味とよろしくって意味があるの。みんなありがとうの時にもよろしくお願いしますの時も、時々プレゼントするでしょう?　それの代わりよ。白色は寒い季節、薄いピンク色は暖かい季節を表しているの。それをそれぞれ飾って、最後にみんなでモウを食べるのよ」

へぇ、そういう意味があるんだね。お供物って感じかな。

「それでお店で売っている物を買って来ても良いのだけれど、自分の好きな形のモウを作った方が楽しいからって、去年は自分達で作ったのよ。だから今年はハルトちゃん達も作ったらどうかしら？」

わぁ!!　モウを作れるって聞いて、みんな大盛り上がり。モウは作る時は柔らかいんだけど、飾る時は柔らかいと大変。せっかくの形が崩れちゃうといけないから、乾燥させてカチカチにするんだって。それで焼いたり蒸したりすれば、また柔らかいモウに。

乾燥させるには時間がいるから、急遽明日モウを作ることになりました。その日の夜は、みんな話もしないで、それぞれどんな形のモウにするか考えていたよ。僕はもちろんアレ。すぐに決まったよ。

そして次の日、みんなで厨房へ。僕達用に小さな台を用意してもらって、そこでモウを作ります。モウはお米が材料じゃありませんでした。

牛乳と麦？　に似ている物の粉を使って、蒸してこねると柔らかいモウの出来上がり。それから半分に分けて色をつければ準備はばっちり。モウを冷まして、形を作りやすいくらいに硬くして、その状態で形を作ります。

「それじゃあ作りましょうか」

自分達用にそれぞれ白とピンクのモウが一つずつ。後は自由に作って良いって。すぐに僕達はモウを作り始めます。

ここをこうして、ここは凹ませて。こっちは薄く線を入れてみて。初めての作業に、ちょっと大変だったけど、どんどん形を作って行きます。

そして一時間後。ついに自分達用のモウが出来上がりました。とりあえず見せ合いっこしてから残りは作るよ。乾燥に時間がかかるって言ったでしょう？　少しくらい時間が経っても、モウを作るのに問題ないんだ。だから先に見せ合いっこ。

「ぼくは、おにきしゅ、しゃむいひにょ、もふもふおにきしゅと。あったかいひにょ、もふもふおにきしゅ」

『オレを作ってくれたのか、ありがとう』

僕が作ったのは、それぞれもふもふ感の違うオニキスです。寒い日と暖かい日で、オニキスのもふもふ加減が違うんだよ。どっちも凄く気持ちの良いもふもふオニキスだから、季節にピッタリかと思って作ってみました。

僕が作ったからね、ちょっと？　かなり？　歪なオニキスになっちゃったけど。これからは毎年作って練習もするから、今回はこれで許してね。

そしてフウ達が作ったモウは？　みんな自分の姿のモウに僕の形のモウを作ってくれたんだ。だから僕の前には、ボクのモウがいっぱい。色々な僕があって、僕、とっても嬉しかったです。

「みにゃ、ありがちょ!!」

『これ楽しいね！　どんどん作ろう！』

『ああ、全部俺達で作ろうぜ！』

『いっぱいつくる!!』

『キュキュキュイ!!』

『頑張るぞ!!　と言っているぞ』

その後僕達は、残りのモウを全部作りました。お父さんやお母さん、お兄ちゃんでしょう。グレンとビアンカもね。後はお花とか魔獣とか。いっぱい作りました。そしてお祭り当日……。

僕達は今庭にいます。お祭りはパーティーも一緒にやるんだって。パーティーが終わったら、お店通りに行って、お祭りを楽しむよ。夏祭りみたいになっているみたい。ゲームやくじ引きがあったり、特別なお菓子を売っていたりね。それも楽しみ。だけどまずはやっぱりこっち。

「はは、今年は賑やかになったな。これは俺か。似てるじゃないか」

「みんな頑張って作ったもの」

モウを飾る場所は大変な事に。モウを飾る台があるんだけど、僕達がいっぱい作りすぎたせいで、台の上がモウだらけに。しかも台ギリギリまで載せていて、今にも落ちそうになっているモウまで。

その台の真ん中。ここは僕達が飾ったんだよ。家族全員が集まっているように並べたの。その周りにお花を飾ってね。家族はみんな集まってなくちゃ。

「それじゃあ乾杯するか。乾杯!!」

「「乾杯!!」」

「かぱい!!」

『『『乾杯!!』』』

『『キュキュイ!!』』

みんながジュースにお酒に、たくさんのご馳走を食べ始めます。お店通りの方では花火が上がっていて、それを見ながらのパーティーです。

でもあんまりご馳走を食べるのはダメ。早速自分達用のモウを持って来て焼いてもらう僕達。そして……。

「おいちいにぇ」

『うん、凄く美味しい！』

『オレの形のモウも美味しいぞ！』

『ぼくのも！』

『キュキュイ！』

『キュイイイ！』

『それぞれ美味しいと言っているぞ。ハルトの作ってくれた、俺のモウも最高だ！』

あのね、オニキス用に、別にオニキスのモウを作ったんだ。だってオニキスにも僕達の作ったモウを食べてもらいたくて。だから今オニキスのお皿には、みんなが作ったオニキスのモウが載っています。

こんな楽しいパーティーにお祭りがあるなんて。他にも楽しい事いっぱいあるのかな？ もしあるのなら、またみんなでいっぱい楽しめると良いなぁ。誰か一人だけとか、楽しめる人が限定じゃダメ。みんなで楽しめないとね。

『あっ！　それフウの!!』

『それはオレのだぞ!!』

『ふへへ、ぼくのつくった、ハルトのモウ』

『キュキュイ!!』

『キュイ!!』

『そっちのは自分達のだ、と言っているぞ。お前達、静かに食べないか。はぁ、まぁ、仕方がないか』

次のお祭りがどんなお祭りか分からないけど、またみんなでいっぱい楽しめますように!!

# あとがき

この度は『穢れを祓って、もふもふと幸せ生活』２巻をお手に取っていただき、誠にありがとうございます。作者のありぽんです。

穢れを祓って、もふもふと幸せ生活、略してけがもふ、２巻。いかがでしたでしょうか？　前回に引き続き、もふもふ魔獣達が溢れる作品に出来たのではないかと思っております。

さて２巻ですが、嬉しい出会い、悲しい別れと、ハルトにとっては、色々な経験をする巻となりました。

本当ならフェニックスとも、すぐに家族になれれば良かったのですが、これも人生。ですが再会を願っての羽をもらい、ハルトもフェニックスとの再会を楽しみにしているでしょう。

フェニックスも復活してハルトと家族になれる日を、どこかで回復しつつ楽しみにしているはず。早く復活して欲しいものです。お互いがお互い不足でイライラする前に（笑）

また、ハルトを守ってくれる、とっても強力な魔獣とも家族になる事ができました。ディアンはこれからしっかりと、大好きなハルトを守ってくれるはずです。オニキスとはその辺、どちらがハルトを守るかで、時々揉めそうですが。

他にもたくさんの魔獣や人々と出会ったハルト。人よりも魔獣達との出会いの方が多いハルトですが、今回は人との出会いもたくさんありました。

こうしてハルトはこれからも、素敵な出会いを、そして運命的な出会いをして、毎日楽しく生活していくはずです。これからのハルトの幸せを願って。

最後になりますが、ハルトたちを描いていただいた戸部淑先生。とってもとっても可愛いハルト達、カッコいいオニキス達のイラストをありがとうございます。

そしてこの本を手に取っていただいた読者の皆様、出版にかかわっていただいた皆様、本当に感謝申し上げます。

2巻刊行
おめでとうございます
ハチの着ぐるみ
可愛かったので
デザイン悩みました
Sunaho Tobe

# 転生したら最愛の家族にもう一度出会えました

前世のチートで

# 美味しいごはんをつくります

I make delicious meal for my beloved family

あやさくら

Illustration CONACO

王族相手に
保護者面談!?

木刀で生徒に
タイマン指導!?

最強の新人女教師が
魔術学院のしがらみを
ぶち壊す!?

いろんな意味で

# 規格外!?

# 穢れを祓って、もふもふと幸せ生活②

発行 —— 2024年7月1日　初版第1刷発行

著者 —— ありぽん

イラストレーター —— 戸部淑

装丁デザイン —— AFTERGLOW

発行者 —— 幕内和博

編集 —— 結城智史

発行所 —— 株式会社アース・スター エンターテイメント
〒141-0021　東京都品川区上大崎3-1-1
目黒セントラルスクエア　7F
TEL：03-5561-7630
FAX：03-5561-7632

印刷・製本 —— 中央精版印刷株式会社



ISBN 978-4-8030-1965-0